W0183251

FABULA

404

DELLO STESSO AUTORE:

Il dubbio
Il passo di Amagi
La ragazza del Kyūshū
Tokyo Express
Un posto tranquillo

Matsumoto Seichō

L'attesa

Traduzione di Gala Maria Follaco

ADELPHI EDIZIONI

TITOLO ORIGINALE:

Tsuyokiari
di Seichō Matsumoto

© 1971 SN KIKAKU
All rights reserved

Original Japanese edition published by Bungeishunju Ltd., in 1971

The Italian language edition is published by Adelphi Edizioni S.p.A.
by arrangement with Bungeishunju Ltd., Tokyo in care
of Tuttle-Mori Agency, Inc., Tokyo through Piergiorgio
Nicolazzini Literary Agency, Milano

© 2024 ADELPHI EDIZIONI S.P.A. MILANO

WWW.ADELPHI.IT

ISBN 978-88-459-3899-3

Anno				Edizione						
2027	2026	2025	2024	1	2	3	4	5	6	7

INDICE

L'ATTESA

Intorno alla tomba
si affaccenda
la forte formica.

SAITŌ SANKI

I

Era una fredda serata di inizio primavera. Mentre guidava, Isako gettò un'occhiata all'indicatore del carburante e vide che la lancetta puntava sulla « E ». Pensava di avere benzina a sufficienza, invece si sbagliava. Si chiese se le sarebbe bastata per un altro chilometro. Nobuhiro, suo marito, stava fumando una sigaretta sul sedile posteriore. Da un po' di tempo era sempre più curvo, e i suoi capelli radi sempre più candidi. Le luci dei negozi lungo la strada illuminavano senza sosta entrambi i lati del suo viso allungato, ma i suoi occhi, sotto le folte sopracciglia, erano chiusi come se dormisse. Lo specchietto retrovisore rifletteva solo la parte di viso intorno agli occhi, che apparivano decisamente infossati. Nonostante il riscaldamento acceso, Nobuhiro si stringeva infreddolito nel cappotto.

Se la benzina fosse bastata per un altro chilometro, sarebbe riuscita ad accompagnare il marito fino al luogo dell'incontro e a tornare indietro per un tratto di strada. Nobuhiro era atteso in un ristorante, dove di certo le cameriere e l'addetto alle scarpe aspettavano sulla porta. Sarebbe stato imbarazzante farsi vedere con l'auto in panne. Una donna che guida un'auto straniera e rimane a corto di carburante: che brutta figura.

Isako sapeva che in zona c'era un distributore. Lo frequentava fin troppo spesso, e conosceva bene quelli che ci lavoravano. Ma un'altra stazione di servizio sarebbe stata troppo lontana, avrebbe dovuto tornare indietro e fare un lungo giro, quindi decise di fermarsi lì. Il marito doveva presenziare a una serata con il Consiglio di amministrazione, e l'ora dell'appuntamento si avvicinava. Una settimana prima l'azienda aveva deciso un cambio ai vertici, ma non aveva ancora nominato il nuovo presidente. Nobuhiro non poteva certo presentarsi più tardi del presidente: né di quello vecchio, cui avrebbero conferito una carica onoraria, e tantomeno di quello nuovo.

Isako accostò sotto l'insegna rossa della compagnia petrolifera.

« Che succede? » le domandò Nobuhiro dal sedile posteriore. Aveva gli occhi aperti.

« Abbiamo finito la benzina. Devo fare rifornimento ».

Isako accostò e aprì la portiera.

« Quanto tempo ci vorrà? ».

Il marito sollevò il braccio e guardò le lancette del suo orologio alla luce della stazione di servizio. Senza occhiali, dovette strizzare gli occhi.

« Sono solo le cinque e quarantacinque. Ci vorranno cinque minuti ».

Due uomini in tuta da lavoro lanciarono loro un'occhiata da dietro le pareti di vetro di un piccolo ufficio illuminato a giorno. Un altro uomo, di corporatura minuta, si stava avvicinando. Isako conosceva tutti e tre. Scese dalla macchina e andò incontro al benzinaio.

« Oh, è lei, signora ».

L'uomo fece un sorrisetto ammiccante mentre si passava la mano sulla visiera del berretto.

« Il pieno, subito. Ho fretta ».

« Dove è diretta stavolta? ».

« C'è mio marito in macchina ».

« Che cosa? ».

L'uomo incassò la testa nelle spalle e guardò verso il finestrino dell'auto. Vennero raggiunti dai due colleghi, che nel frattempo erano usciti dall'ufficio. Non c'erano altre auto. Era una serata oziosa.

«Buonasera, signora».

Isako fece loro un sorriso fasullo.

«Ehi, c'è anche il marito» disse quello più basso per mettere in guardia i colleghi. Quelli cambiarono improvvisamente atteggiamento e si ricomposero, come quando uno parte in quarta e poi si ferma di colpo. Una commessa li osservava dall'ufficio, fra scaffali pieni di barattoli e pezzi di ricambio.

Il piccoletto infilò la pompa nel serbatoio dell'auto, e uno degli altri due mise in funzione un misuratore rosso. Un forte odore di benzina si diffuse nell'aria.

«Servizio casalingo, stasera?» sussurrò ridacchiando uno di loro a Isako. Dalla strada arrivava il rombo continuo delle auto.

«Non dire sciocchezze» lo ammonì Isako, ma sul suo volto, anziché un'espressione severa, si disegnò un debole sorriso amaro.

«Scusi».

L'uomo sollevò la visiera spingendo il berretto all'indietro e guardò l'auto. Isako si mise di spalle all'abitacolo.

«Smettetela di fissare la macchina con tanta insistenza. Non è bello».

Il benzinaio mollò la pompa e girò intorno all'auto fino al cofano, lo aprì e diede un'occhiata ai serbatoi dell'olio e dell'acqua. Isako avrebbe voluto spostarsi davanti all'auto o vicino al finestrino di Nobuhiro, ma non poteva allontanarsi da loro perché temeva che facessero dei gesti ancora più improvvidi.

Gli altri due le obbedirono, cambiando posizione con un leggero sorriso.

«Dove andate di bello, lei e suo marito?» chiese uno di loro.

«Al ristorante in fondo alla strada».

«Suo marito le offre una cenetta?».

«No. Lui va a un ricevimento per i dirigenti della sua azienda. Io no».

«E la signora accompagna sempre il maritino? L'azienda non gli mette a disposizione un'automobile di servizio?».

«Oggi mio marito era a casa. Per questo l'ho accompagnato io».

Isako si rese conto che si stava rivolgendo a loro con un tono diverso dal solito. Allora, con schiettezza domandò:

«Di' un po', mio marito non ti sembra un vecchietto?».

L'altro sembrò preso alla sprovvista dalle sue parole.

«Be', in effetti, sì... Ma no, in realtà ha un'aria giovanile. Quanti anni ha?» le domandò confuso.

«Sessantasette».

«Sessantasette... E lei quanti ne ha?».

«Una trentina».

«Una trentina vuol dire trenta più...?».

«Stupido. Ho detto una trentina, va bene? C'è modo e modo di essere sulla trentina».

«Come le pare. Però li porta bene. E poi ha un bel fisico. Alta e ben proporzionata, la pelle liscissima».

«Li porto bene rispetto a mio marito, vuoi dire?».

«Non intendevo quello».

«Guarda che lo so. È così che mi vedono tutti. Ormai ci ho fatto l'abitudine».

«Sarà...».

«Mi compatite, non è così? Ve lo leggo in faccia. All'inizio mi infastidiva, ma adesso non m'importa. Però non credo che sia necessario avere un'aria antiquata per stare con mio marito. Una volta non ero così. Nonostante fossi giovane cercavo di vestirmi nel modo più semplice possibile per dissimulare la differenza di età. Be', facevo male. Anche per un marito è preferibile che la moglie rimanga sempre giovanile».

Isako parlava a raffica. La pompa di benzina rombava ininterrottamente.

«Certo, anche suo marito lo preferisce».

I due uomini, che volevano prendersi gioco di lei, furono rimessi al loro posto. Quello che stava controllando il serbatoio dell'olio richiuse il cofano e si unì alla conversazione.

«Quindi la signora se ne va in giro con i suoi ragazzi per mantenersi giovane?» osò domandare uno dei tre.

«Proprio così. A furia di stare con un nonnetto si invecchia dentro. Parlare con i ragazzi invece mantiene giovani. Non vorrei che mi toccasse una menopausa precoce».

«Ma che dice? L'uomo che era con lei in macchina l'altra volta era molto affascinante. Avrà avuto ventitré, ventiquattro anni, giusto?».

«Oh, quello lì. No, qualcuno in più».

«Aveva un aspetto un po' trascurato, un fascino oscuro. Mi è rimasto impresso».

«Non saprei. Però i giovani parlano di cose interessanti, saltano da un argomento all'altro. Offro loro da mangiare e ascolto quello che hanno da dire».

«Mi sembra giusto. Il suo ultimo ragazzo apparteneva alla stessa compagnia di quello precedente? Quanto sarà passato, sei mesi forse? Un tipo slanciato, magro».

Si udì una voce alle loro spalle.

«Scusate».

I quattro si voltarono e rimasero di sasso. Il vecchio signore era lì, in piedi, una figura lunga e curva, con le mani affondate nelle tasche del cappotto.

«Posso usare il bagno?» domandò Nobuhiro guardando dritto in faccia tutti e tre gli uomini.

«Certo. Faccia pure».

Uno di loro fece un movimento come se gli avessero dato un pugno e si incamminò con il busto un po' storto.

«Papi,» Isako si avvicinò al marito e gli mise una mano sul braccio «vuoi che ti accompagni?».

«No. No, grazie... Quanto tempo ci vuole ancora per fare benzina?».

«Ho appena finito. Scusami se ti ho fatto aspettare».

I due uomini che erano rimasti lì tolsero la pompa dal

serbatoio e controllarono il misuratore con aria indaffarata.

« Quanto vi devo? » chiese Isako a voce alta, seguendo con lo sguardo il marito che procedeva lento verso i bagni, accompagnato dal benzinaio. Gli altri due si scambiarono un'occhiata, scrollarono la testa e si passarono la lingua sui denti.

« Che ore sono? » domandò Nobuhiro mentre si sistemava sul sedile posteriore. Isako lo stava aspettando con il motore acceso.

« Mancano sette minuti alle sei ».

« Si è fatto tardi ».

« Stai tranquillo. Non ci vorranno più di tre minuti ».

Il benzinaio richiuse la portiera dall'esterno e fece un inchino, quindi scomparve dal loro campo visivo.

« Ci è voluto più tempo del previsto per fare benzina, o mi sbaglio? ».

« Di solito si fa più in fretta, dipende dalle condizioni del motore e da come scorre l'olio ».

« Ti fermi spesso a fare rifornimento lì? ».

Il tono della sua voce era lo stesso di sempre.

« No. È la prima volta. Ma sai come sono fatta, e i giovani tendono a prendersi subito delle confidenze. Non nego che un po' mi dà fastidio ».

« Capisco ».

Isako guardò nello specchietto retrovisore. Nobuhiro socchiudeva gli occhi dolcemente, la testa appoggiata al sedile. Non si notavano ombre fra le sopracciglia. Isako si convinse che non avesse sentito nulla. Se avesse colto anche solo una parola di quello che aveva detto ai benzinai, non avrebbe potuto fare a meno di insospettirsi. E questo naturalmente si sarebbe manifestato nell'espressione del suo viso, e l'avrebbe spinto a porle delle domande. Ma non era questo il caso. Anzi, Nobuhiro sembrava quasi contento che sua moglie avesse suscitato l'interesse dei giovani benzinai. In effetti ne era felice, e non avrebbe preferito una moglie insignificante, ignorata da tutti.

Se pure il marito avesse ascoltato la sua conversazione con i benzinai, Isako non si sarebbe spaventata. Era certa di riuscire a inventarsi una scusa. Nobuhiro la amava moltissimo. Le figlie, avute con la sua ex moglie, si erano allontanate da lui: era un po' come se fosse stato costretto a separarsi da loro per restare con Isako. Quel vecchio ormai non aveva più alcun legame di sangue su cui fare affidamento. Erano rimasti soltanto loro due. Se lui l'avesse lasciata, si sarebbe ritrovato da solo. Grazie alla sua posizione sociale e alla sua ricchezza, avrebbe potuto sì sposarsi una terza volta, ma l'età avanzata non giocava a suo favore. Non avrebbe mai trovato un'altra donna così giovane e attraente come lei. E lui ne era perfettamente consapevole. Ecco perché la trattava con tanto riguardo; così la pensava Isako.

Lei si limitava per lo più a non deludere il marito e a non farlo soffrire. Per questo motivo, bisognava nascondergli la verità. A prescindere dalle prove inconfutabili di cui lui avrebbe potuto disporre, lei non avrebbe mai confessato. La confessione e la ricerca del perdono sono per i mariti di cinquant'anni. Dopo quell'età si è vecchi. Ed è penoso recare turbamento a un vecchio, a uno che, anche volendo ricominciare daccapo, non ha più tanta vita davanti a sé. Anche *per il suo bene* era preferibile negare l'evidenza.

Stavano insieme da sei anni.

Isako fece scendere il marito davanti al ristorante. All'ingresso, l'addetto alle scarpe, che portava una giacca corta sopra il kimono, venne di corsa ad aprire la portiera dell'auto. Nobuhiro gli fece un cenno con il capo e scese dalla macchina. Per un attimo sembrò sul punto di cadere, e l'altro si sporse in avanti per sostenerlo dalla schiena. Nobuhiro si voltò a guardare Isako, seduta al posto di guida, sollevò leggermente la mano e subito dopo si voltò. Era un gesto infantile, forse lo imbarazzava sentire su di sé lo sguardo dell'addetto alle scarpe e delle cameriere che lo attendevano all'ingresso. La sua espressione si perdeva in controluce, ma sembrava piuttosto soddisfatto. Non aveva bisogno di Isako per tornare a casa, e lei poteva decidere cosa fare in base al suo umore.

Quattro o cinque cameriere salutarono Nobuhiro. Era giusto così: in quel posto poteva godere di una certa considerazione. In qualità di consigliere della S. Optics, si accomodò in uno dei posti riservati ai dirigenti, accanto al nuovo presidente non ancora ufficialmente nominato. Nobuhiro non lo conosceva bene, sapeva però che proveniva dal settore contabile; in compenso conosceva da molti anni il suo predecessore, che ora sarebbe divenuto presidente onorario. Si trattava di un individuo molto ambizioso, coinvolto anche in altri affari; la sua condotta aveva contribuito a determinare un calo del valore economico dell'azienda. Quando la fortuna gli aveva voltato le spalle, le speculazioni fallimentari si erano moltiplicate, causando un crollo delle azioni, che prima avevano un valore molto elevato, e un aumento dei debiti. Quindi erano intervenute le banche, e dietro pressione dei finanziatori lo spudorato presidente si era dovuto ritirare, lasciando il posto a uno che proveniva dal settore contabile.

Tutti gli altri dirigenti, compreso l'amministratore delegato, erano rimasti ai loro posti. Forse ci sarebbe stata una riorganizzazione, ma non ora. Il presidente onorario continuava a supervisionare la situazione. Aveva fondato lui l'azienda e l'aveva fatta crescere, prima degli ultimi avvenimenti sfavorevoli. Era un tipo autoritario, e anche il dirigente contabile, che a breve sarebbe diventato presidente a tutti gli effetti, di fronte a lui doveva restare timidamente un passo indietro. Il nuovo presidente non avrebbe potuto riorganizzare il consiglio a suo piacimento. Non avrebbe potuto fare nulla senza l'approvazione del presidente onorario.

Nobuhiro era un amico intimo di quest'ultimo da molto tempo, e anche se adesso era un semplice consulente, fino a tre anni prima era stato dirigente nel settore tecnico. Nobuhiro aveva un dottorato in ingegneria. Le sue invenzioni nel campo degli strumenti ottici avevano notevolmente migliorato la reputazione dei prodotti dell'azienda. Molti brevetti della S. Optics si dovevano alle sue invenzioni. Aveva reso un ottimo servizio all'azienda. L'ex presidente gliene era grato, e aveva giurato di mantenerlo come consigliere a vita. Tre anni prima Nobuhiro aveva ceduto le sue responsabilità al suo successore, ma aveva continuato a ricevere un elevato stipendio come consigliere e consulente tecnico.

I dirigenti dell'azienda erano divisi in fazioni, ma ciò valeva soprattutto per coloro che operavano nel settore delle vendite e della contabilità, e non tanto per i dirigenti del comparto tecnico. In una situazione del genere, gli ingegneri potevano restare super partes. Anche se si fosse verificata la prevista riorganizzazione, Nobuhiro non pensava che lo avrebbero coinvolto. L'ex presidente gli aveva assicurato il suo posto di consigliere a vita. Una volta diventato presidente onorario, avrebbe garantito che la situazione restasse invariata. In un primo momento i finanziatori avevano raccomandato un esterno come nuovo presidente, ma lui si era opposto fermamente a questa intromissione. E ciò dimostrava che era ancora influente. Inoltre, questi cambiamenti non riguardavano la posizione di Nobuhiro come consigliere e consulente tecnico – questo era ciò che in quei giorni aveva raccontato, a grandi linee e in parole semplici, a Isako.

Isako vide Nobuhiro varcare tutto contento la soglia del locale e sentì che aveva portato a termine il proprio compito di badante. In fondo le sembrava un uomo felice. E anche lei poteva sentirsi tranquilla se lui, ignaro di tutto, si trovava in un ambiente allegro in compagnia di qualche geisha.

Ripartì diretta verso sud. Fortunatamente non era possibile svoltare a destra per diverse centinaia di metri, e anche se l'addetto del ristorante la stava osservando mentre si allontanava non poteva sapere che lei non stava andando nella direzione prevista.

Dopo aver percorso una distanza considerevole, parcheggiò l'auto a bordo strada. Entrò in un telefono pubblico, inserì dieci yen e appoggiò il dito sul disco dell'apparecchio. Compose velocemente il numero a sette cifre senza nemmeno aprire la rubrica, tanto le era familiare quell'operazione. Udì il segnale della linea telefonica, ma la moneta di rame ancora non cadeva. Dopo aver ascoltato il suono intermittente per cinque volte, riagganciò il ricevitore, raccolse la moneta e uscì dalla cabina. Ishii Kanji non era in casa, a quanto pareva. Forse era andato a trovare l'amico che abitava nello stesso condominio. La donna con cui conviveva era una cantante di cabaret di seconda categoria, e Isako sapeva che a quell'ora era già andata a lavorare. Ritornò alla macchina, incerta sul da farsi, ma era uscita con quell'idea in testa e non riusciva a pensare a un'altra destinazione. Si diresse verso Gotanda. Forse al suo arrivo avrebbe trovato Kanji di ritorno.

Quando arrivò davanti al condominio Bai'ei-sō, il suo orologio da polso segnava le sei e quaranta. Il complesso era composto da tre edifici a due piani. Non era un bel posto, ma nemmeno una stamberga. Il nido d'amore perfetto per un agente di cambio e una cantante di cabaret.

Isako parcheggiò l'auto in uno spiazzo e si diresse verso l'edificio centrale. Le stanze erano illuminate, ma non c'erano finestre aperte e le tende erano quasi tutte tirate. Questo era l'aspetto positivo della stagione fredda. Con il caldo, invece, la gente può sbirciare i passanti dalle finestre aperte. E il sole non tramonta tanto presto.

Isako percorse il corridoio di cemento e si fermò di fronte all'appartamento numero 6. Oltre a lei non c'era nessuno, si sentiva solo la voce di un televisore. Girò la maniglia e la porta si aprì. Ishii doveva essere in casa.

Isako entrò e chiamò attraverso la tenda che divideva il piccolo ingresso con il pavimento in terra battuta dal resto della casa. Non ricevendo risposta alzò un po’ la voce. Ancora niente: allora sollevò leggermente un lembo della tenda divisoria.

Da lì riusciva a vedere fino al soggiorno di sei *tatami.* Prima c’cra la cucina abitabile, che non era illuminata, mentre in soggiorno la luce era accesa. Delle riviste erano sparse in giro e il posacenere era pieno di mozziconi di sigaretta. Kanji non era uscito. Aveva un amico al piano di sopra e probabilmente era andato a scambiare due chiacchiere con lui. Isako decise di entrare ad aspettarlo. Era già stata molte volte a casa sua, quindi non ebbe alcuna esitazione. Si tolse le scarpe, attraversò la cucina buia ed entrò nel soggiorno. Si guardò intorno per qualche istante. In un angolo c’erano una scrivania e un mobile con dei libri: alcuni volumi di qualche collezione letteraria, ma anche libri di economia, di golf, manuali, eccetera. Sulla scrivania c’era una valigetta aperta da cui sporgevano documenti, carta intestata e opuscoli. Al centro del soggiorno, su un tavolo basso in melamina, c’erano delle riviste lasciate in disordine; altre si trovavano sul *tatami* insieme a un posacenere, e c’era un cuscino discosto dal tavolo. Tutto faceva pensare che Kanji fosse stato interrotto mentre leggeva le riviste sdraiato a terra.

Nell’angolo di fronte alla scrivania c’era uno specchio a tre ante. Di grandi dimensioni, era l’oggetto più bello della stanza. Il punto focale delle occupazioni e della vanità della cantante di cabaret. Davanti allo specchio c’era una collezione di cosmetici, molti dei quali stranieri, segno di una certa presunzione. Accanto c’era un telefono. Silenzioso come poco prima, quando lo aveva chiamato da una cabina lungo la strada.

Isako socchiuse la porta scorrevole che divideva la stanza da quella accanto. Una stanza di quattro *tatami* e mezzo, con armadi che contenevano abiti occidentali e giapponesi allineati su una parete e il ripostiglio a muro sull’altro lato. Alla parete era appeso un kimono da donna. Nel ripostiglio c’erano i *futon* ripiegati. E questo lo sapeva già, considerata la natura delle sue visite. Stavolta però nella stanza trovò un *futon* steso a terra e una persona che vi giaceva sopra. Un *futon* con motivi floreali che conosceva bene. Accanto al cuscino c'erano una piccola scatola e un bicchiere.

Isako guardò i capelli che spuntavano dal bordo del *futon* e chiamò: « Kan-*chan* ». Se non alzò la voce era perché non era del tutto certa che fosse davvero Kanji. Nessuna risposta. Senza distogliere lo sguardo, Isako si affrettò a chiudere la porta scorrevole. I capelli sul cuscino appartenevano a una donna. Anche Kanji aveva i capelli lunghi, ma erano diversi. Si diresse verso la cucina buia, a passo furtivo, con l'intenzione di lasciare subito l'appartamento. Proprio in quel momento, la porta d'ingresso si aprì ed entrò una figura maschile.

L'uomo vide Isako e si fermò.

« Noriko, stai uscendo ora? » le domandò.

« No, sono io » rispose Isako.

« Ah, sei tu, signora? Al buio non ti avevo riconosciuta ».

Kanji richiuse la porta, si sfilò i sandali ed entrò. Indossava la giacca sopra una camicia e un paio di pantaloni un po' spiegazzati.

« Da quando...? » le chiese Kanji, spostandosi di fronte a lei. La luce del soggiorno gli illuminò il viso e i suoi occhi brillarono. Era lo stesso viso che il benzinaio aveva descritto come « affascinante e trascurato ». L'ombra di Isako lo investiva per metà.

« Sono arrivata da circa dieci minuti... Noriko è in casa. Me ne vado ».

Cercò di scansarlo, ma Kanji le afferrò il braccio.

« Ma no, che fai? ».

La tirò a sé con forza e premette il viso contro il suo.

« Qual è il problema, me lo dici? » disse lasciando la presa. Le sue labbra umide luccicavano sotto la luce elettrica.

« Come sarebbe? C'è Noriko, sta di là ».

« E allora? È più eccitante, no? ».

« Ma che cosa dici? Non va bene. Me ne vado ».

«Aspetta un attimo. Abbiamo litigato. L'ho spinta, lei è caduta sulla schiena e ha battuto la testa contro uno spigolo in cucina. Uno spigolo del lavello di acciaio. C'era molto sangue, così Ōmura e Hamaguchi, quelli del piano di sopra, si sono preoccupati e l'hanno accompagnata in taxi da un medico».

«Accidenti, e poi che è successo?».

«Aveva un taglio sulla testa. Il medico ha dovuto metterle tre punti. Io sono rimasto qui a pulire. C'era sangue tutt'intorno al lavandino».

Kanji si voltò verso la cucina buia.

«Quindi sta bene? Sembra che dorma profondamente, o sbaglio?» chiese Isako accigliata.

«Suppongo che sia stanca. Ma sta bene. Dopo essere tornata si è persino messa a cucinare. Niente di diverso dal solito. Mi ha detto che Ōmura e Hamaguchi si sono presi cura di lei e mi ha mandato su a portargli una bottiglia di whisky che ci aveva regalato qualcuno. Poi ha steso da sola il *futon* e si è messa a dormire».

Kanji estrasse le sigarette dalla tasca dei pantaloni e offrì a Isako una sedia.

«Qual è stata la causa del litigio?».

Isako si sedette, incuriosita; era ormai certa che la donna non si sarebbe svegliata.

«La sua gelosia».

Kanji accavallò le gambe ed espirò il fumo.

«Per causa mia?».

«In parte, forse. Recentemente sembra che si stia accorgendo di molte cose».

«Ma non potrebbe trattarsi di qualcun'altra?».

«Mah, sul tuo conto per ora non ha certezze. Pensa che ho un'altra. E si è procurata delle prove».

«Prove? E quali sarebbero?».

«Ti è caduta una forcina. Quando sei venuta qui una settimana fa. Non me n'ero accorto perché si era infilata in mezzo a due *tatami*. L'ha trovata lei».

«Davvero? Sei proprio sicuro che sia mia? Mi ricordo perfettamente quante forcine ho e faccio sempre attenzione a riportarle tutte con me.. » disse Isako. Ma com'era andata l'ultima volta? In fondo non poteva essere così sicura.

« Altre ragazze qui non ne vengono. E se pure venissero non resterebbero a dormire ».

« E non è possibile che Noriko sia gelosa di una di queste altre ragazze? Di chi si tratta? ».

« Non è una. Vengono in tre. Studiano teatro e di sera lavorano in un bar. Noriko le conosce, così come Ōmura e Hamaguchi. Una delle tre non è male, e Noriko già da un po' dice che il mio atteggiamento nei suoi confronti è ambiguo. Poi c'è stata la forcina, che le ha fatto venire una crisi isterica. Delira. Come oggi. Mi ha aggredito all'improvviso mentre ero sdraiato, ha cercato di strangolarmi. È forte, per essere una donna. Mi ha fatto male e l'ho spinta via. E lei è caduta con il sedere per terra. Non ne potevo più, così mi sono detto che era meglio se andavo a trovare Hamaguchi, ma in cucina lei mi ha raggiunto, mi si è parata davanti, ha alzato un braccio e mi ha colpito. Io ho cercato di difendermi e lei ha perso l'equilibrio ed è inciampata, sbilanciandosi all'indietro. Per un attimo sembrava che stesse per rimettersi in piedi. E siccome gridava e si sbracciava selvaggiamente, per non dare fastidio a tutto il vicinato l'ho spinta per una spalla. A quel punto volevo scappare, ma poi l'ho vista cadere all'indietro, battere la testa contro lo spigolo del lavello e finire per terra ».

Nelle pause, Kanji espirava il fumo della sigaretta. Sembrava quasi che stesse parlando di qualcun altro, la sua espressione era per lo più seccata.

« Una bella sceneggiata, direi » commentò Isako, prestando attenzione a eventuali rumori alle sue spalle. Era pronta ad andarsene alla minima avvisaglia che Noriko si stesse per svegliare. Meglio tenersi alla larga dalle grane.

« Quando dà di matto non c'è niente da fare. Forse è ora che ci lasciamo ».

« E non hai paura? Se è gelosa fino a questo punto...

Se ti convinci a lasciarla, Noriko potrebbe anche ucciderti ».

« Questa storia non mi piace. Mi toccherà fuggire in segreto. Ti chiederò di trovarmi un posticino confortevole e mi ci nasconderò ».

« Quello non sarebbe un problema. Ma lei verrebbe a cercarti in ufficio ».

« Vorrà dire che mi licenzierò. Tanto nemmeno mi piace, questo lavoro ».

« Prima di licenziarti, assicurati che i miei titoli siano in ordine. È da un po' che sono in rialzo: come vanno? ».

« Mi pare che tu abbia guadagnato circa duecentomila yen fra le azioni della N. e quelle della K. ».

Mentre confabulavano, Kanji gettava continuamente delle occhiate verso la stanza.

« ... starà ancora dormendo, quella lì? ».

Kanji schiacciò il mozzicone della sigaretta nel posacenere.

« Non è che ha preso dei tranquillanti? Ho visto un bicchiere accanto al cuscino ».

« Ah, sì? Quando sono uscito non c'era nessun bicchiere ».

Kanji piegò la testa di lato e poi si avviò verso la stanza dicendo che andava a controllare.

« Io me ne vado ».

« Ma no, rimani ancora un momento. Se continua a dormire potremmo andarcene da qualche parte noi due soli. Sei venuta in macchina? ».

« Sì ».

« Quante ore puoi restare? ».

« Due o tre ore, penso ».

« Ottimo. Aspetta un momento. Vado a dare un'occhiata e intanto mi preparo ».

Kanji avanzò con passo felpato, cercando di tenere sollevate il più possibile le sue lunghe gambe. Si sentì il rumore della porta scorrevole che si apriva. Poi silenzio, finché Kanji non cominciò a chiamare: « Ehi, ehi! ». Isako si alzò istintivamente dalla sedia.

« Ehi » ripeteva Kanji a voce sempre più alta. Non era Isako che stava chiamando: scuoteva Noriko nel tentativo di svegliarla. Isako rimase immobile nel buio.

Le grida cessarono e si sentì il rumore dei passi di Kanji che tornava. Si fermò sulla soglia del soggiorno e disse:

« Signora, vieni qui un attimo. Qualcosa non va ».

Il suo tono era cambiato rispetto a poco prima.

« Che succede? ».

« Credo che abbia preso delle pillole. Ho cercato di svegliarla ma non risponde. Potrebbe essere morta ».

« Che dici? Non è possibile... ».

« Vieni a vedere, su ».

Kanji era turbato. Isako, sollevata che Noriko non potesse vederla, lo seguì.

La porta scorrevole era aperta. Il *futon* era mezzo sollevato e una donna di ventuno o ventidue anni, con un viso affilato e un pigiama color pesca, dormiva. Aveva il seno piatto, gli zigomi leggermente sporgenti, gli occhi incavati, il naso prominente. Adesso che erano chiusi, senza più tracce di matita e ciglia finte, i suoi occhi apparivano del tutto banali. Un rivolo di vomito bianco le scendeva dall'angolo della bocca spalancata.

Isako fissò quel volto addormentato con il fiato sospeso. Tranne gli occhi, il viso della donna era così truccato che non si riusciva a capire se fosse illividito.

« Credo che abbia preso circa la metà di questo flacone ».

Kanji si accovacciò e tenne il flacone alla luce in modo che Isako potesse vedere cosa c'era dentro. Le pillole fecero rumore. Il volto del ragazzo impallidì appena.

« Quando ha comprato questa roba? Non ne sapevo niente. Deve averla presa mentre io portavo il whisky a Hamaguchi. Che stupida. Forse voleva attirare la mia attenzione tentando il suicidio? ».

Kanji posò il flacone e si rialzò, ma non sapeva cosa fare.

« Quanto tempo fa sei andato da Hamaguchi? ».

« Circa due ore fa. Forse un po' prima ».

« Quindi è passato parecchio tempo da quando ha preso le pillole. Bisognerebbe chiamare un medico il prima possibile ».

« E cosa potrebbe fare, un medico? ».

« Una lavanda gastrica. Se non possono farla qui, chiameranno un'ambulanza e la porteranno in ospedale ».

« Un'ambulanza, veramente? ». Kanji sgranò gli occhi. « Non voglio arrivare a tanto. Se viene l'ambulanza, ci sarà il caos per tutto il condominio. Farò una figuraccia tale che non potrò più farmi vedere in giro ».

« Ma che dici! E se muore davvero, che fai? Sei stato tu a trovarla, se non chiami un medico la polizia sospetterà di te ».

« Che casino. Noriko mi ha messo nei guai. L'ha fatto apposta, lo so. Secondo te che devo fare? ».

« Non c'è molto da fare: chiama Hamaguchi o Ōmura e falli venire qui. Loro ti consiglieranno ».

« Sì, hai ragione. Farò così ».

Kanji si rianimò un poco.

« Io me ne vado. Prima che arrivino ».

Isako preferiva non incontrarli.

« Mi dispiace che stasera sia andata così. Sei venuta per niente ».

Kanji si scusò, livido in volto.

« Non devi dire a nessuno che stasera sono stata qui. A nessuno ».

« Certo ».

« Nemmeno a Hamaguchi e Ōmura. E se la polizia te lo chiede, non dirglielo ».

« Verrà la polizia? ».

« È un caso di suicidio. Anche se resta solo un tentativo. E la polizia potrebbe arrivare ».

« Ambulanze, polizia... Stai cercando di spaventarmi? ».

« Non possiamo cambiare quello che è successo. Non possiamo farci niente. L'importante è che tu non mi tiri in mezzo ».

Kanji la guardava e annuiva, ma quando le si avvicinò

cercando di accennare un sorriso con gli occhi, il suo volto era teso.

Nobuhiro rientrò con l'auto aziendale circa un'ora dopo il ritorno di Isako.

« Oh, hai fatto prima di me » le disse, sorpreso ma felice.

« Di parecchio. Ho fatto solo un lungo giro in città, e sono rientrata. Volevo andare da qualche parte a bere una tazza di tè ascoltando musica, ma non sono riuscita a trovare un posto adatto. Nei locali c'erano solo ragazzi. Mi sono arresa e sono tornata a casa ».

« Capisco ».

Il marito entrò nel soggiorno, aveva l'aria contenta. Isako lo aiutò a cambiarsi. Il suo viso era rubizzo, probabilmente perché aveva bevuto, ma le palpebre inferiori erano flosce e le guance rugose. Sotto il mento, sulla pelle cascante del collo si intravedevano le striature dei vasi sanguigni. Aveva il dorso delle mani raggrinzito, e le gambe ricurve. Rispetto al fisico giovane ed elastico di Ishii Kanji, pareva un'altra creatura.

Tuttavia a Isako quel marito ormai non suscitava insoddisfazione, anzi, le trasmetteva una certa tranquillità. Stare con un uomo più anziano le ispirava sicurezza, le dava un senso di stabilità all'interno di un ambiente domestico. Non aveva ancora intenzione di lasciarlo. Lo avrebbe fatto solo dopo essersi assicurata una ricompensa adeguata. Al momento la vita le sembrava un po' noiosa e monotona, perciò non aveva avuto altra scelta che cercarsi delle distrazioni, per non sentirsi soffocare. Ma erano solo un passatempo. Se in quel momento frequentava un uomo di ventiquattro, venticinque anni, era perché sin dall'inizio gli aveva fatto capire che doveva tenere le distanze. Non voleva problemi.

Nobuhiro aveva sessantasette anni. Isako sperava che non vivesse fino a ottanta o novant'anni. Se fosse morto a ottant'anni, lei ne avrebbe avuti cinquanta, e se fosse morto a novanta, sessanta. Una donna a quell'età è vecchia e nessuno la vuole più. Doveva liberarsi di lui intorno ai quarant'anni, o giù di lì. A quell'età sarebbe potuta tornare alla sua precedente occupazione di gerente di un locale. E sarebbe stata libera di innamorarsi.

Negli ultimi tempi lo stato di salute di Nobuhiro sembrava essersi deteriorato. Il che non era affatto una cattiva notizia. Di questo passo era improbabile che vivesse ancora a lungo. Quanto più breve era il tempo che gli restava da vivere, tanto più lei si sarebbe prodigata per lui. E il suo piano si sarebbe compiuto più rapidamente.

Le due figlie ormai non volevano più neppure avvicinarsi a quella casa. A volte il marito della figlia maggiore, per senso del dovere, telefonava a Nobuhiro o lo andava a trovare sul lavoro. Il genero era a capo di una piccola azienda. Probabilmente andava a trovarlo in ufficio anche la figlia. Quella minore era ancora nubile ed era pittrice. Aveva convissuto con almeno tre uomini diversi, uno dei quali era francese.

Le figlie andavano a trovare il padre in ufficio per riscuotere la paghetta. Soprattutto la figlia minore. Nobuhiro non diceva nulla, ma Isako lo intuiva. A volte buttava lì a Nobuhiro un commento sarcastico, giusto per non sembrargli una stupida del tutto inconsapevole. Non sopportava quella graduale erosione del patrimonio, era come se dei topolini lo rosicchiassero a piccoli morsi. Lui sembrava a disagio, così mostrava riserbo.

Le figlie e il genero avrebbero rimesso piede in quella casa solo una volta che lui fosse morto. Un'enorme vecchia casa a Shōtō, un lussuoso quartiere residenziale di Shibuya. Nobuhiro l'aveva fatta costruire subito dopo la guerra, e il solo lotto di cinquecentoventi *tsubo* di superficie in quella zona di pregio valeva ormai una fortuna. Le figlie andavano in giro a raccontare che l'ultima moglie di Nobuhiro, Isako, mirava al terreno, ai titoli e alla pensione di Nobuhiro. L'interessata non aveva nulla da obiettare, e se la cosa si fosse concretizzata, tanto meglio.

Isako in effetti era ossessionata da quel terreno. In passato aveva avuto un ristorante nella parte est di Ginza: si chiamava Minokasa e serviva cucina vegetariana tradizionale. Aveva conosciuto lì Nobuhiro, che ne era cliente abituale. Dopo il matrimonio aveva lasciato il ristorante. Molto meglio essere la moglie di un dirigente e dottore in ingegneria che mandare avanti da sola un ristorantino. Il suo piano era di aprirne uno dello stesso genere sul terreno di famiglia, una volta morto Nobuhiro. Era un quartiere ricco, tranquillo, perfetto per quel tipo di cucina. Siccome il terreno era vasto, ne avrebbe ceduto la metà. Così avrebbe avuto fondi a sufficienza per la costruzione di un nuovo locale, e sarebbe avanzata ancora un'abbondante riserva. Non l'avrebbe mai ceduto alle figlie. In un modo o nell'altro, doveva convincere Nobuhiro a fare testamento.

Dopo essersi cambiato, Nobuhiro si spostò in soggiorno e si sedette a guardare la televisione. Disse che una volta smaltita la sbornia avrebbe fatto un bagno, ma non escludeva di andare direttamente a letto se si fosse sentito troppo stanco. La cameriera si era già ritirata nella sua stanza.

Isako preparò il tè e si mise a guardare la televisione insieme a lui. Da quando aveva lasciato l'appartamento di Ishii Kanji si sentiva come pervasa da una corrente elettrica. Cosa ne era stato di Noriko? Gli amici di Kanji avevano chiamato un medico o un'ambulanza? O l'avevano curata di nascosto? Noriko sarebbe sopravvissuta? Avendo ingerito solo metà flacone, non rischiava davvero di morire.

A Isako sembrava che la distanza fra lì e Gotanda fosse enorme, gli eventi che si erano svolti in quella zona circa due ore prima parevano appartenere a un altro mondo, e lei non riusciva a credere di averne fatto parte. Si disse che sarebbe bastato interrompere ogni contatto perché la porta che la metteva in comunicazione con Gotanda venisse chiusa. E laggiù avrebbero continuato a vivere senza di lei, chiusi nella loro caverna. A Isako piaceva concedersi qualche distrazione insieme a quei ragazzi, d'accordo, ma se i loro problemi rischiavano di raggiungerla fin lì, allora lei avrebbe dovuto chiudere la porta.

Nobuhiro fu incuriosito dal silenzio di Isako.

« Che c'è che non va? » le chiese.

« Niente ». Isako lo guardò dritto in faccia e gli domandò: « Perché? ».

Lo fissava chiedendosi se avesse letto qualcosa nella sua espressione, immaginando che potesse anche aver sentito qualche stralcio della sua conversazione con i benzinai. Ma se pure il marito aveva intuito qualcosa, Isako poteva stare tranquilla. Le sarebbe bastato alzare la voce per metterlo a tacere.

« Dicevo così, per dire ».

Nobuhiro aveva l'abitudine di abbassare lo sguardo e di borbottare a denti stretti. Stavolta guardò giù verso la tazza e batté delicatamente il fondo per farle capire che voleva altro tè.

« Com'è andato il ricevimento? » domandò Isako per cambiare argomento, ma l'espressione del marito non era particolarmente allegra. Ogni volta che tornava da un ricevimento le raccontava sempre come era andata la serata. Quella sera avevano nominato il nuovo presidente, eppure lui non le raccontava nulla.

« Niente di particolare ».

Nobuhiro si grattò una guancia. La pelle del suo viso era picchiettata di macchie nere. Segno di una poco desiderabile longevità.

« Il signor presidente, quello nuovo, era su di giri? ».

« Sì, certo. Se la passa bene ».

« E l'altro signor presidente, quello onorario? Insomma, il signor Kawase ».

« Kawase? Abbastanza bene anche lui ».

« Che vuol dire "abbastanza"? Non troppo? Privato dei suoi poteri si sentirà triste, immagino ».

« È stato presidente per molto tempo. E questo nuovo ruolo gli viene conferito non certo perché si sia distinto per il suo lavoro e per la sua reputazione. Da questo punto di vista credo che provi una certa tristezza ».

« E tu, papi? ».

« Io?... Io non c'entro niente. Però anche per me è triste che Kawase abbia dovuto fare un passo indietro ».

« Eh, ma in fondo con il titolo di presidente onorario rivestirà comunque un ruolo di potere, no? ».

« Certo, rimarrà potente, del resto è lui il fondatore dell'azienda. Ma ora i finanziatori si stanno facendo sentire. Ciò che dice Kawase non sempre verrà accettato. E in effetti in passato ha fatto sempre come voleva lui. Diventare il presidente onorario significa anche, formalmente, fare un passo indietro, e per certi versi dovrà cercare di salvare la faccia di Kubota, il nuovo presidente ».

« Quindi c'è la possibilità che ai vertici le cose non vadano come vorrebbe Kawase? ».

« Rimane aperta anche la questione di cosa fare con i dirigenti delle società affiliate che non hanno funzionato. Li si potrebbe invitare a rassegnare le dimissioni, oppure assorbirli nella ditta principale. Poi vanno considerati vari fattori, come le intenzioni delle banche e la volontà del nuovo presidente. Insomma, sarà tutto complicato finché non saranno nominati i nuovi responsabili ».

Nobuhiro accarezzò il bordo della sua tazza.

« Ma tu sei a posto, vero, papi? Per te non cambierà niente? ».

« Non penso. In quanto consigliere e consulente tecnico sono estraneo alle dinamiche di spartizione del potere. Non si direbbe, ma credo che la mia presenza in azienda rappresenti comunque una sorta di garanzia di credibilità. In effetti, se dovessi lasciare anch'io, apparirebbero ancor meno affidabili – che poi è il motivo per cui Kawase ha insistito tanto perché restassi » sottolineò Nobuhiro.

« Meglio così » disse Isako con un cenno di assenso. « Ti voglio in salute, papi ».

Dalla televisione proveniva la melodia di una canzone popolare. Isako ripensò al seno piatto di Noriko che giaceva priva di sensi. E poi, cos'era successo?

Nobuhiro allungò un braccio e premette l'interruttore. L'immagine sullo schermo rimpicciolì rapidamente e poi scomparve. D'un tratto Nobuhiro piegò il busto in avanti e disse con voce sommessa:

«Isako, c'è una cosa su cui volevo chiederti un parere».

«Che cosa?».

Isako si voltò per guardarlo. Nobuhiro socchiuse un po' gli occhi, come se fosse abbagliato dalla luce.

«Ecco... Da qualche tempo non mi sento molto in forma e vorrei cominciare a fare qualcosa per tirarmi su».

«Oh, ottimo. Magari giocare un po' di più a golf?».

«Non riuscirei a muovermi più di quanto già non faccia. Più che altro avrei bisogno d'aria nuova. Dicono che cambiare aria faccia bene anche alla salute».

«Fantastico. Un viaggio da qualche parte?».

«No. In realtà, sto pensando di scrivere la mia autobiografia» rispose Nobuhiro con un'espressione imbarazzata.

«Autobiografia? Ah, vorresti scrivere della tua vita: penso che sia una buona idea. Hai vissuto tante esperienze interessanti. Parlerai anche di me?».

«Non mi spingerei così in là con il racconto. Diciamo che vorrei scrivere una semi-autobiografia, raccontando soprattutto della mia infanzia, la giovinezza, gli anni in America e le mie invenzioni nel settore ottico. Questo sarebbe il nucleo principale».

«Be', in effetti il racconto della nostra storia d'amore stonerebbe con tutto il resto. Mi sembra interessante. Hai intenzione di farla pubblicare da una casa editrice?».

«Non la scrivo per un pubblico, voglio ripercorrere i miei ricordi. Se dovessi pubblicarla, lo farei a mie spese. Magari in un secondo momento potrebbe suscitare la curiosità di un editore».

«Ma a quel punto sarebbe meglio guadagnarci qualcosa con i diritti d'autore, non pensi?».

«Su, non essere così avida».

«E la scriverai tu stesso?».

«No, sarebbe troppo faticoso. Detterò il testo a uno

stenografo che lo metterà per iscritto. Poi lo ritoccherò. Questo lo potrei fare anch'io».

«Ma gli stenografi non sono costosi?».

«Di certo non sono economici. Ma non dovrebbe venire qui tutti i giorni, solo quando ne avrò voglia. Stenografo e costi di pubblicazione... per respirare un po' d'aria nuova. Accetteresti questa spesa per soddisfare un mio piccolo piacere?».

«Ma sì, certo. Non mi oppongo».

«Grazie» disse lui chinando leggermente il capo.

Isako si domandò perché Nobuhiro avesse manifestato proprio in quel momento il desiderio di scrivere un'autobiografia. Era solo un modo per ammazzare il tempo, ora che il suo corpo diventava sempre meno adatto all'esercizio fisico? Oppure pensava che non gli rimanesse molto da vivere? Andava ancora al lavoro due o tre volte alla settimana. Con l'insediamento del nuovo presidente e la sostituzione dei dirigenti sarebbe passato a mansioni di minor impegno. La cena sembrava averlo messo di cattivo umore. Magari l'atmosfera della serata gli aveva fatto presentire che non avrebbe più avuto un ruolo attivo all'interno dell'azienda. Per questo, forse, gli era venuta l'idea dell'autobiografia, per distrarsi dalla noia della sua condizione.

Lei, in ogni caso, non si sarebbe opposta. Gli anziani vanno sempre accontentati. Era la cosa giusta da fare.

Quella sera e la mattina seguente non accadde nulla di strano.

Verso le tre del pomeriggio la giovane domestica disse che al telefono c'era un certo signor Hamaguchi che cercava la signora. Nobuhiro era uscito a portare il cane a passeggio.

«È lei, signora?».

La voce del giovane si presentò come Hamaguchi, un amico di Ishii.

«Ishii è stato arrestato dalla polizia due ore fa. È sospettato di aver picchiato a morte Noriko. Questa mattina, quando le hanno fatto l'autopsia, hanno scoperto che aveva avuto un'emorragia interna al cervello che aveva causato dei coaguli. Volevo informarla che Ishii per qualche tempo non potrà tornare a casa, dal momento che è sospettato di omicidio preterintenzionale... E poi vorrei discutere con lei di alcune questioni relative a Ishii, la richiamerò domani: a che ora sarebbe disponibile?».

II

Quella mattina nevicava. Doveva aver cominciato all'alba, e quando Isako si svegliò, alle nove, il giardino era già ricoperto da circa venti centimetri di neve. Dal cielo scuro continuava a cadere una polvere bianca.

Hamaguchi, l'amico di Ishii, l'avrebbe richiamata fra due ore. Il pomeriggio precedente Isako gli aveva detto di telefonarle verso le undici, perché di solito alle dieci e mezzo Nobuhiro usciva per portare il cane a fare una passeggiata di circa un'ora; ma quella mattina il tempo era brutto, ed evidentemente sarebbe rimasto in casa. Ciò nonostante Isako avrebbe potuto parlare al telefono, non era un grande problema. Doveva solo evitare di fare domande dettagliate sull'arresto di Ishii e sulle circostanze della morte di Noriko. Cosa che la impensieriva, ma le sarebbe bastato far capire a Hamaguchi di ricontattarla in un secondo momento. In ogni caso, qualche monosillabo al telefono non avrebbe rivelato nulla a Nobuhiro. La casa non era poi così grande, e capitava spesso che lui le passasse accanto mentre lei parlava al telefono.

Fecero colazione verso le dieci. Era una mattina molto fredda, e Nobuhiro chiese di avere pane tostato, uova al prosciutto e latte sul *kotatsu.* Appoggiò il giornale del mattino e gli occhiali di lato, poi addentò controvoglia il pane e una fetta di prosciutto, ma non parlò molto con Isako, seduta di fronte a lui; ogni tanto, come ridestandosi per un attimo dai propri pensieri, guardava fuori attraverso il vetro. Allora sulla pelle del suo collo teso risaltavano le striature scure dei vasi sanguigni.

«Come nevica».

La neve continuava a cadere, ricoprendo i rami spogli della magnolia.

«Magari tra un po' smette».

Isako sperava che smettesse di nevicare, e che lui uscisse; forse avrebbe indossato gli stivali di gomma.

«Ho una riunione in ufficio alle undici e un quarto. Prepariamoci, per favore» disse Nobuhiro.

Isako non si aspettava che con quel tempo lui sarebbe andato a lavorare. Ma poi pensò alla riunione del Consiglio di amministrazione di due sere prima: con l'imminente insediamento del nuovo presidente doveva esserci un gran da fare sia nell'organizzazione che nella gestione del personale. Per lei era un bene che il marito uscisse prima delle undici; ma l'invito a prepararsi voleva dire che doveva accompagnarlo con la macchina? Lo guardò con l'intenzione di rifiutare, ma lui si alzò e i lembi anteriori della sua veste da camera scivolarono a terra.

«Oggi avrò freddo alle dita dei piedi, quindi vorrei mettere quelle calze spesse di pura lana che ho ricevuto l'anno scorso come regalo di fine anno. Preparale, per favore».

Si diresse – con il suo corpo magro, alto e un po' chino in avanti – verso l'armadio in soggiorno. Con il cappotto addosso sarebbe stato identico a quella sera alla stazione di servizio, quando Isako lo aveva visto incamminarsi lentamente verso la toilette.

«Ah, e poi fa' venire anche un'auto a noleggio. Il prima possibile».

Nobuhiro non aveva intenzione di farsi accompagnare da Isako. Era sempre lei a proporglielo, e quella mattina nevicava. Isako disse con voce allegra alla cameriera di telefonare per chiedere una macchina.

«Vai in ufficio con questo tempo?».

Lo disse tanto per dire, le capitava spesso quando era di buon umore.

«Sì».

Nobuhiro si slacciò la cintura, si mise a sedere e infilò i calzini nuovi. Dai lunghi mutandoni spuntavano i suoi piedi scarni, bianchi e secchi.

«Avrai molto da lavorare, in questi giorni?».

«No, questa settimana dovrò andare in ufficio solo due o tre volte».

Il che voleva dire che non aveva granché da fare, poiché le riunioni importanti impegnavano altre persone. Il volto di Nobuhiro, visto di profilo, era così inespressivo da non permettere di indovinare i suoi pensieri.

La cameriera comunicò che per via della neve le auto erano tutte fuori, ma che l'agenzia ne aspettava una di ritorno entro mezz'ora. Isako guardò l'orologio e calcolò che mezz'ora dopo sarebbero state le dieci e mezzo. Più altri venti minuti per arrivare fino a casa loro.

«Perché non prendi il treno? È più veloce. Posso portarti in stazione con la macchina».

«No, aspetterò. Il treno mi stanca. Non ho fretta».

Il tentativo di mandarlo subito fuori di casa era andato a vuoto. Benché potesse comunque ricevere la telefonata di Hamaguchi senza problemi, il fatto che non fosse riuscita nel suo intento la mise di malumore. Si allontanò per andare a rassettare la cucina insieme alla domestica.

Dopo una ventina di minuti tornò in soggiorno, dove trovò Nobuhiro seduto a gambe incrociate, vestito di tutto punto, con il giornale che aveva già letto di nuovo aperto sotto la luce della lampada. Gli occhiali da lettura con la spessa montatura color caramello gli davano un'aria più giovanile.

Isako se ne stette a distanza, accanto alla porta scorrevole, a guardare la neve che cadeva, mentre Nobuhiro sfogliava rumorosamente il giornale.

«Sai...» cominciò in un tono un po' intimidito.
«Cosa?» disse lei senza muoversi, come era sua abitudine quando non era in vena di fare conversazione.
«Visto che oggi vado in ufficio, cercherò di sistemare la questione dello stenografo. Tra i miei colleghi c'è un tipo che se ne intende» disse guardandola.
«D'accordo, fa' pure» replicò lei con ostentata indifferenza. Stava pensando alla telefonata con Hamaguchi: se si fosse mostrata nervosa, forse il marito non si sarebbe avvicinato a lei.
«Non ho ancora pensato al tipo di contratto, ma sarebbe mia intenzione farlo venire tre volte alla settimana. Forse dovrò chiederti di preparare il pranzo anche per lui, qualche volta».
Nobuhiro temeva che per Isako potesse essere una seccatura.
«Va bene. Quanto ci vorrà?».
«Be', si tratta di un'autobiografia. Voglio raccontare poco alla volta, cominciando dai ricordi dei miei genitori, e da altre cose che mi verranno in mente. Non l'ho mai fatto prima d'ora, quindi non so se riuscirò ad arrivare in fondo, ma potrei sempre rinunciare a metà dell'opera».
«Ma come? Perché non dovresti continuare?».
Isako modificò il suo contegno, pensando che sarebbe stato meglio incoraggiare il marito a concedersi quel passatempo.
«Uhm. In ogni caso devo provarci. Poi si vedrà».
«Ma perché non invitare qualche volta lo stenografo in ufficio e dettargli lì i testi? La tua stanza è silenziosa, no?».
«Sì, questo è vero...».
Nobuhiro esitava a rispondere. Lentamente si tolse gli occhiali e si coprì il viso con la mano, come per nascondere la sua espressione.
«Vedi, l'azienda non mi consentirebbe di avere uno stenografo nella mia stanza per uso personale. Non mi

sentirei a mio agio. Una volta o due potrebbe anche succedere, ma non di più ».

Perché aveva deciso proprio adesso di scrivere la sua autobiografia? Sembrava molto determinato. Nobuhiro si strofinò gli occhi come se fosse stanco, forse perché si era appena tolto gli occhiali. Isako aveva la sensazione che non sarebbe vissuto ancora a lungo. Anche il dorso della sua mano appariva sempre più raggrinzito.

Isako pensava sempre, a ogni occasione, alla differenza di età tra lei e Nobuhiro. Era più giovane di trent'anni, certo, ma se il marito avesse avuto una vita lunga, anche lei sarebbe invecchiata insieme a lui, e le sue prospettive future si sarebbero ristrette. Ma sarebbe stato un problema anche se lui fosse morto troppo presto: per lei tre anni sarebbero stati l'ideale. In quel tempo avrebbe potuto divertirsi, pianificare il futuro e godere di ogni privilegio.

Quindi doveva mantenerlo in vita all'incirca per altri tre anni. Perciò avrebbe tollerato qualche sua piccola debolezza, come per esempio quella storia dell'autobiografia, considerandola alla stregua di un integratore alimentare. E a ben guardare, lei ci avrebbe guadagnato del tempo libero.

« Ma sì, fa' pure venire lo stenografo qui a casa ».

Isako aveva recuperato la sua compostezza, e anche la sua voce suonò diversa.

« Davvero? Si tratterà solo di un paio d'ore al giorno. Non sarà un'occupazione eccessiva, per te ».

« Potremmo almeno offrirgli la cena. Avrà bisogno di una postazione particolare? ».

« No, non sarà necessario. Ce la caveremo con la scrivania che c'è già ».

Anche il volto di Nobuhiro sembrò illuminarsi.

« Quando cominciate? ».

« Oggi parlerò con quel tizio al lavoro, e poi dipenderà dalla sua risposta. Ma non ho troppa fretta ».

Alla notizia che l'auto era arrivata, Nobuhiro disse: « Su, forza », e si alzò appoggiando le mani sul *tatami*.

Isako lo seguì verso la porta d'ingresso, quando alle loro spalle si udì lo squillo del telefono.

« Saki, accompagna tu il signore ».

Nobuhiro si fermò: credeva che la telefonata fosse per lui, ma Isako gli disse che aspettava una chiamata dal negozio di kimono, poi fece un cenno con gli occhi alla domestica e si voltò. Seguì il suono dei passi di Nobuhiro fino alla porta.

Poi sollevò il ricevitore e rispose.

« Parlo con la signora? » disse la stessa voce del pomeriggio precedente.

« Sì, sono io ».

« Mi aveva detto di richiamarla a quest'ora ».

Davanti agli occhi le si palesò il viso piatto e incorniciato da lunghi capelli di Hamaguchi.

« Sì, grazie ».

Con un orecchio Isako continuava a prestare attenzione ai movimenti nei pressi della porta. Sentì qualcosa di duro risuonare contro il pavimento in terra battuta: Nobuhiro si stava infilando le scarpe.

« Bene, devo riferirle un messaggio da parte di Ishii e dirle qualcos'altro su di lui... ma per lei è un buon momento? Può parlare? » chiese Hamaguchi, come se prima non ci avesse pensato.

« Sì, ecco... ».

« Vuole che la richiami più tardi? ».

Isako non rispose subito e si limitò a tenere la cornetta accostata all'orecchio fino a quando sentì il rumore del cancello che si apriva.

« Pronto? ».

« Sì, sì. Dimmi, che succede? ».

Adesso Isako poteva parlare liberamente. Saki sarebbe rimasta sull'uscio fino a quando l'auto non si fosse allontanata.

« Come le ho detto ieri, Ishii è stato arrestato per sospetto omicidio preterintenzionale, ma stamattina ha confessato esplicitamente di aver picchiato Noriko a morte. Quindi ora lo accusano di omicidio volontario. Conosco un agente che lavora in quella stazione di polizia. Ci ho parlato poco fa al telefono».

La prima preoccupazione di Isako fu di sapere se durante la confessione Ishii avesse fatto il suo nome.

Udì la macchina allontanarsi; Saki rientrò, ma vedendo Isako con il ricevitore in mano si ritirò subito in cucina.

«Cosa dice la polizia?».

«Mah, tutto e niente... È troppo lunga da raccontare al telefono. Non so come spiegare».

«Dimmi a grandi linee».

«Come faccio a spiegarlo a grandi linee? Il modo in cui Noriko è morta lascia un po' perplessi anche noi».

«È questo che Ishii ti ha chiesto di riferirmi?».

«No, non è questo. Vorrebbe che lei gli procurasse un avvocato...».

«Un avvocato?».

«Già. Mentre lo portavano via, ha approfittato di un attimo di confusione e me l'ha detto sottovoce. In quel momento ero a casa sua».

La storia sembrava farsi complicata. E se voleva che gli procurasse un avvocato, evidentemente si aspettava che fosse lei a pagarlo. Di certo non se la sarebbe cavata con una telefonata.

«Dove ti trovi adesso?».

«Vicino al mio appartamento. Sto chiamando da un telefono pubblico. Se chiamassi da casa qualcuno potrebbe sentirmi».

«Ho capito, allora verrò io da te. Ma non a casa tua. Arriverò in auto alla stazione di Gotanda, aspettami lì. Mi preparo e arrivo».

«Va bene. Mi dispiace farla uscire con questa neve» rispose Hamaguchi, mostrando una premura insolita per la sua giovane età.

Hamaguchi se ne stava in piedi con aria infreddolita davanti alla stazione di Gotanda. Indossava una giacca di pelle e stivali di gomma; aveva i capelli lunghi, la fronte stretta, le sopracciglia cascanti e gli occhi sottili come fessure. Teneva la bocca aperta, e il suo mento sembrava ancora più piccolo. Guardava da un'altra parte, e non si accorse dell'auto di Isako che si avvicinava sfilandosi dalla colonna di macchine.

Quando Isako abbassò un po' il finestrino e guardò fuori, lui finalmente la riconobbe, sorrise, fece un inchino e si affrettò a sedersi dietro di lei. Lì intorno non c'era un posto libero dove parcheggiare.

« Mi scusi per il disturbo, signora ».

« C'è un posto dove possiamo parcheggiare e prendere una tazza di tè? ».

« Giusto. Sì, c'è un drive-in a soli due chilometri dall'ingresso sulla Statale, la Keihin 2 ».

« Bene, allora andiamoci ».

« È un postaccio però. L'unica cosa buona è che lì si trova parcheggio ».

Per via della neve c'erano poche auto e Isako impiegò meno del previsto ad arrivare. Per tutta la durata del viaggio gli occhietti di Hamaguchi riflessi nello specchietto retrovisore la fecero sentire a disagio.

Il drive-in era una specie di trattoria economica, e a un tavolo vicino due camionisti stavano trangugiando degli *udon*. Il caffè che servirono a Isako e Hamaguchi era acqua sporca e zuccherata.

« Non riesco a credere che Noriko sia morta ».

Isako era disgustata dal fatto che Hamaguchi le sbirciasse il seno, quindi si abbottonò il cappotto fino al collo. Il giovane aveva il torace stretto, si sarebbe detto che fosse largo la metà di lei. Aveva la pelle del viso un po' sudicia, ma almeno sembrava essersi rasato prima di uscire di casa. Ishii una volta lo aveva deriso raccontandole la sua ambizione di diventare un caratterista.

« Dopo che lei se n'è andata è arrivato il dottore. Ha detto che doveva farle subito una lavanda gastrica e io e Ishii abbiamo dovuto dargli una mano. Noriko ha vomitato un bel po' in un catino di metallo. Una cosa disgustosa: non è stato un bello spettacolo, glielo assicuro ».

Il caffè che aveva appena bevuto le diede un senso di nausea.

« Ma lei era cosciente in quel momento? ».

« No, cosciente no, però reagiva. Poi, circa dieci minuti dopo, mentre il dottore la teneva in osservazione, le sue condizioni si sono improvvisamente aggravate e ha smesso di respirare ».

« Non capisco. Mi hai detto che è stata picchiata a morte... non c'entrano i sonniferi? ».

« Aveva del sangue sulla testa, così le hanno aperto la scatola cranica e hanno trovato tracce di un'emorragia interna. Pare che la causa della morte sia stata un colpo violento, e Ishii dice di averla afferrata e di averle sbattuto la testa con forza e ripetutamente contro il bordo del lavello della cucina. L'agente che conosco io mi ha detto che lo ha confessato lui stamattina, perciò ora è accusato di omicidio volontario ».

« Ed è stato lo stesso Ishii a confessarlo ».

« Pare di sì. Anche a me sembra un po' strano ».

« E non ha detto alla polizia che io ero stata a casa sua? ».

« L'agente non ha fatto nessun riferimento a lei. Ha nominato me e Ōmura, e un altro agente è venuto a chiedermi spiegazioni. Dopo un sopralluogo, non so se si dice così... Insomma, dopo aver perquisito l'appartamento di Ishii. E anche se Ishii non mi avesse messo in mezzo, il medico aveva già parlato. La morte di Noriko lo aveva lasciato perplesso, e invece di redigere un certificato di decesso è andato subito a denunciare il fatto al posto di polizia. Ha fatto bene ad andarsene, lei. Naturalmente non ha alcun ruolo in tutta questa storia, ma se l'avessero ritenuta una persona informata sui fatti allora sarebbero state grane. Nemmeno io e Ōmura abbiamo parlato di lei alla polizia. Non vogliamo procurarle dei fastidi ».

« Grazie ».

Isako si sentì in parte sollevata, ma avvertì qualcosa di ambiguo nel modo in cui Hamaguchi si rivolgeva a lei. Un che di untuoso.

«Però non capisco: Ishii ha spinto la signorina Noriko, lei ha perso l'equilibrio ed è caduta in cucina. Tu e Ōmura l'avete messa su un taxi e portata da un medico. Le hanno suturato la ferita con un paio di punti e l'hanno rimandata a casa, e lei parlava normalmente e non faceva nulla di strano. Ha dato a Ishii una bottiglia di whisky dicendogli di portarvela in segno di gratitudine. Questo è ciò che mi ha raccontato lui».

«Esatto, è andata proprio così. In quella clinica chirurgica ha ringraziato il medico e chiesto il conto all'infermiera, assicurandole che sarebbe passata a pagare l'indomani. Nel taxi che ci riportava a casa ci ha ringraziati e ha detto che si vergognava di quella lite con Ishii. Se la causa della morte fosse stata davvero il colpo alla testa e un'emorragia cerebrale, secondo me non avrebbe potuto dire o fare niente di tutto questo. Avrebbe perso i sensi».

«Sì, è vero. Dopo essere tornata a casa si è messa a letto e ha dato a Ishii il whisky da portarvi. Poi, mentre lui era via, ha preso i sonniferi».

«Dopo che lei è andata via, Ishii ci ha chiamato e noi abbiamo dato un'occhiata alla stanza: il flacone di sonniferi era mezzo vuoto. E nel bicchiere non c'era più un goccio d'acqua».

Isako assentì rivedendo la scena, quando si era affacciata nella stanza, e poi quando era insieme a Ishii accanto a Noriko che dormiva.

«Il flacone conteneva quaranta compresse. Lei ne ha prese circa venti. Dopo la lavanda gastrica ha vomitato molto, ma forse era già troppo tardi».

«Quindi si sarebbe suicidata con i sonniferi?».

«Penso di sì. Dopo aver battuto la testa, era in uno stato del tutto normale. È stato un suicidio. Noriko litigava spesso con Ishii ed era convinta che lui alla fine l'avrebbe abbandonata. In fondo era una donna fragile».

Hamaguchi faceva il finto tonto, ma Isako capiva benissimo che cosa volesse insinuare: accusava lei di essere la causa di tutte quelle liti. Aveva gli occhi piccoli come fessure, ma intorno alle orbite erano più rossi del normale e gli davano un aspetto sudicio.

«Ishii non ha detto alla polizia che si è trattato di un suicidio?».

«Sì, credo che l'abbia detto. Ma a quanto pare loro hanno risposto che siccome aveva vomitato dopo la lavanda gastrica la causa della morte non era da attribuirsi ai sonniferi. Penso che Ishii, dopo esser stato torchiato dalla polizia per tutta la notte, sia stato costretto a confessare di aver ucciso Noriko sbattendole più volte la testa contro il bordo del lavandino. E secondo me se lo aspettava, perché prima che i detective lo trascinassero via mi ha sussurrato che lei doveva trovargli un avvocato».

Non si trattava solo di trovarlo, l'avvocato: era escluso che Ishii avesse i soldi per pagare la parcella, quindi voleva che pensasse lei anche alle spese legali. Aveva litigato con la sua convivente, ne aveva causato la morte, e per il processo chiedeva a lei di farsi carico delle spese legali: aveva passato il segno. Anche la richiesta a Hamaguchi mentre gli agenti lo portavano via le sembrava un po' troppo ben orchestrata.

A Isako venne il dubbio che Hamaguchi e Ōmura volessero truffarla usando la scusa delle spese legali. Era bello dilettarsi con il teatro, ma entrambi campavano grazie al sostegno dei genitori e a qualche lavoretto part-time: insomma, erano sempre a corto di soldi. Ishii li trattava come fratelli minori, e gli passava del denaro che era della società per cui lavorava: quindi loro pendevano dalle sue labbra. Ishii non lo avrebbe mai ammesso ma, a quanto pareva, stornava del denaro che sarebbe spettato ai suoi clienti.

Voleva che Isako gli procurasse un avvocato, ma evidentemente nella sua posizione le era impossibile. Se le avessero domandato perché avesse richiesto la difesa di Ishii, lei avrebbe dovuto mentire. Hamaguchi e il suo amico lo sapevano, quindi certamente volevano approfittarsi di lei: avrebbero cercato loro l'avvocato, chiedendo a lei di occuparsi delle spese.

Questi pensieri davano agli occhi cerchiati di rosso di Hamaguchi un'aria non solo disgustosa e sporca, ma anche di malevola furbizia.

All'improvviso Isako fu cosciente della distanza sociale che li separava: era inaccettabile che un misero teppistello come quel giovanotto pensasse di poterla beffare. Si appoggiò allo schienale della sedia, lanciò un'occhiata sprezzante a Hamaguchi e disse: «Va bene. Gli troverò un avvocato».

Estrasse una sigaretta dall'astuccio e la picchiettò sul coperchio d'argento.

«È sicura?».

Hamaguchi guardò Isako negli occhi. Forse non si aspettava una risposta tanto immediata.

«Sì, me ne occupo io».

Hamaguchi fece per offrirle il suo accendino da due soldi, ma Isako rifiutò e dalla borsetta ne tirò fuori uno di marca straniera, placcato in oro. Hamaguchi accennò un sorriso volgare che la infastidì.

«Consegnerò i soldi direttamente all'avvocato» disse lei espirando una boccata di fumo.

«Conosce qualcuno?» domandò Hamaguchi. Sembrava quasi deluso dalla decisione di Isako.

«Basta cercare, e qualcuno in gamba verrà fuori. Non ho ancora in mente nessuno, ma ho molti contatti».

«Ne sono certo» rispose Hamaguchi annuendo. «Dopotutto si tratta di un'accusa di omicidio. Ci vuole un avvocato più che bravo». Non sembrava contento che si occupasse lei della scelta. Isako lo intuì e capì di averci visto giusto.

Avrebbe voluto domandargli sarcastica se per caso lui non avesse già pensato a qualcuno, ma si disse che non si sarebbe certo lasciato sfuggire l'occasione: avrebbe risposto che sì, ne conosceva uno che faceva proprio al caso loro, e lei si sarebbe ritrovata in trappola.

Sarebbe stato fin troppo semplice rifiutarsi di cercare un avvocato per Ishii: poteva benissimo dire a Hamaguchi che non era tenuta a farlo. Ma sapeva di non poterlo liquidare così in fretta. Rischiava che lui facesse il suo nome all'investigatore e raccontasse che lei era stata in quella casa. Il fatto che Hamaguchi continuasse a sottolineare che non voleva causarle fastidi poteva essere letto come una strategia per intimidirla. In ogni caso, a prescindere dalle vere intenzioni di Hamaguchi e Ōmura, si sarebbe occupata lei di assumere un legale, e questo non avrebbe consentito loro alcun margine di manovra.

Si separò da Hamaguchi e si diresse verso il centro della città. Avrebbe potuto dargli un passaggio fino alla stazione di Gotanda, ma questo l'avrebbe reso senz'altro più pretenzioso. Invece doveva tracciare fra loro una linea inequivocabile, e fare in modo che lui se ne accorgesse.

Senza contare che Hamaguchi, con la scusa dell'amicizia che lo legava a Ishii, cominciava a prendersi un po' troppa confidenza. L'aveva fissata per tutto il tempo dallo specchietto retrovisore, e nel bel mezzo della conversazione si era concesso atteggiamenti eccessivamente amichevoli ed espressioni che avevano un che di untuoso. Doveva mostrarsi ferma, e non permettere che nascesse in lui l'idea irriverente di sostituirsi a Ishii.

In realtà di avvocati non ne conosceva, ma mentre diceva a Hamaguchi di avere dei contatti le era venuta un'idea. Era l'unica persona a cui potesse rivolgersi date le circostanze, senza dubbio.

Fermò l'auto vicino a una cabina telefonica lungo la strada. Non nevicava più, e sul terreno si erano formate delle pozzanghere. Un uomo di mezza età uscì dalla cabina ridacchiando tra sé e sé, e lei entrò al posto suo. Attraverso il guanto sentì il calore della cornetta.

Ricordava il numero a memoria. La voce al centralino disse: «Risponde l'azienda di produzione alimentare A.».

«Vorrei parlare con il vicepresidente, per favore».

«Chi lo cerca?».

« Mi chiamo Kinoshita ».

« Le passo la segreteria ».

La voce della segretaria era cambiata rispetto all'anno prima.

« Sì » disse una voce robusta e gutturale.

« Pronto? ». Il tono di Isako si era fatto più allegro.

« Come immaginavo ». La voce all'altro capo si fece d'un tratto amichevole, e intima.

« Mi hai già riconosciuta? ».

« Certo ».

« Mi fa piacere. Come stai? ».

« Niente di nuovo. Nessuna malattia, ma nemmeno buone notizie ».

« Hai... da fare, adesso? ».

« Che c'è? Cos'è successo? ».

« C'è una cosa su cui ci terrei a chiederti un parere. Mi farebbe piacere parlartene di persona, se hai mezz'ora di tempo ».

« Non c'è problema. Sono sempre libero ».

Era sua abitudine parlare in modo molto cortese, e non perché si preoccupasse delle persone accanto a lui o di orecchie indiscrete al centralino.

« Dove ci vediamo? Immagino che tu preferisca non allontanarti troppo dall'ufficio ».

« Dove vuoi tu. Il tempo non mi manca ».

Decisero di darsi appuntamento nella hall dell'Hotel R.

Isako era seduta nella caffetteria in fondo alla hall; da lì vide entrare l'imponente figura di Shiotsuki Yoshihiko.

Isako, che teneva lo sguardo fisso in direzione della porta, si alzò dalla sedia come per fargli cenno di raggiungerla. Shiotsuki si guardò intorno, la riconobbe, sorrise e si avvicinò lentamente. Aveva una pipa in bocca, una sciarpa rossa arrotolata intorno al collo della giacca a quadri e portava scarpe vermiglie. I capelli brizzolati si intonavano alla sua carnagione.

« Ciao, da quanto tempo ». Shiotsuki si tolse la pipa di

bocca. I suoi occhi sorridenti tradivano una certa emozione.

«Davvero tanto tempo. Ti trovo bene» rispose Isako ricambiando lo sguardo. «Sei sempre uguale» continuò dopo essersi seduta, senza smettere di fissarlo.

«Ho qualche capello bianco in più».

«Ma no, che dici, non sei cambiato affatto».

«Quanto tempo è passato dall'ultima volta?».

«Vediamo... Poco meno di un anno».

«Uhm».

Shiotsuki si rimise la pipa in bocca, abbassò lo sguardo, inclinò l'accendino e accese la fiamma. Quei movimenti silenziosi raccontavano molto di quello che si erano detti l'ultima volta.

«Io sono invecchiata, non è vero?» domandò Isako sporgendosi in avanti.

«No, tu sei sempre giovane. Il tuo viso e il tuo corpo stanno diventando sempre più floridi» disse Shiotsuki guardandole il seno e i fianchi.

«Sarà. Se hai quest'impressione, forse è grazie al fatto che non conduco una vera e propria vita coniugale. Ho la fortuna di avere per marito un vecchietto».

«Dici davvero? Età?».

«La mia?».

«La tua la conosco già».

«Giusto, che testa che ho. Sessantasette».

«Sessantasette? Be', non è ancora così vecchio».

«Ma lui non è come te, papi. Tu sei in forma».

Poteva chiamarlo ancora «papi». Anche se usava lo stesso nomignolo per entrambi, Isako lo distingueva bene da Nobuhiro.

«Io ho qualche anno meno di tuo marito».

«Ma tu non ti sciuperai neanche a settant'anni».

«Grazie. Tu sì che sai come infondermi speranza».

«Come sei modesto. Eppure sai benissimo che è così».

«A questa età tutto dipende da chi mi trovo davanti».

«Ti vedi ancora con quella donna di Yanagibashi?».

«Sì e no».

«Va avanti da parecchio, caro. Dai miei tempi sono passati più di dieci anni. Quindi hai avuto altre donne?».

«Ehi, ehi, di cosa volevi parlarmi? È strano che tu mi abbia cercato proprio oggi, con tutta questa neve».

«Già, scusami».

Isako bevve il caffè che le avevano portato. Shiotsuki prese con le dita una zolletta di zucchero e la aggiunse nella sua tazza.

Shiotsuki Yoshihiko era il nipote di un pezzo grosso del partito conservatore. Suo zio guidava una delle correnti di partito e si prevedeva che a tempo debito ne sarebbe diventato il leader. Era un personaggio molto determinato, e aveva lavorato così tanto tempo per il governo da detenere ormai un grande potere. Dopo molti tentativi falliti di creare una propria azienda, Shiotsuki aveva finito, tramite lo zio, per assumere la vicepresidenza di un'azienda alimentare.

Si trattava di una grande impresa che operava nel settore dei frutti di mare, ma dipendeva in tutto e per tutto dallo zio; il posto di vicepresidente assegnato a Shiotsuki non era stato che un favore all'influente politico. A dispetto della sua posizione, Shiotsuki non godeva di nessuna autorità all'interno dell'azienda. Negli ultimi quindici anni l'azienda aveva versato a quest'uomo che non le serviva a niente uno stipendio elevato, che forse considerava come una sorta di donazione obbligata. Non avendo mansioni specifiche, Shiotsuki si limitava a gironzolare per l'ufficio, e anche se stava fuori tutto il giorno per affari personali, ciò non interferiva in alcun modo con le attività dell'azienda.

Era un amante della buona cucina e fu per questo e per passare il tempo che una volta si presentò al ristorante Minokasa a est di Ginza. Aveva l'abitudine, tipica delle persone come lui, di compiacersi delle proprie 'scoperte', quindi aveva cominciato a trascinarci colleghi e conoscenti, e dispensava perfino consigli sulla cucina vegetariana tradizionale. Questi suggerimenti si trasformarono poi in consigli sulla gestione del locale, quindi in un aiuto finanziario per Isako. Erano passati già due anni, e il terzo stava per finire, quando Sawada Nobuhiro mise piede per la prima volta al Minokasa. Ci era arrivato su invito delle persone di un'azienda in rapporti con la sua, e da quel momento Nobuhiro iniziò a portarci i propri clienti.

Fino all'ultimo, fin quando il matrimonio non fu cosa certa, Isako non ne fece parola con Shiotsuki; i suoi amici andarono su tutte le furie, e una volta affrontarono Nobuhiro. Se non se la presero più di tanto con Isako fu perché Shiotsuki non glielo permise, e anche perché credevano che lei provasse ancora qualcosa per lui e che quindi non sarebbe rimasta a lungo con Nobuhiro. La loro previsione si rivelò sbagliata, ma i presupposti erano corretti. Quello che gli amici non riuscivano a comprendere erano i veri sentimenti di Shiotsuki.

«Ascolta, papi, ho un favore da chiederti» disse Isako dopo aver bevuto due sorsi di caffè.

«Ha tutta l'aria di essere una cosa seria».

A dispetto del tono della sua voce, il viso di Shiotsuki tradiva una leggera tensione. Si mise sulla difensiva perché pensava che Isako volesse confidargli il proposito di separarsi dal marito. Un'eventualità che avrebbe influito in modo diretto sulla situazione di Shiotsuki. E che riguardava i veri sentimenti che aveva provato quando aveva dovuto rinunciare a lei. Isako, che lo stava guardando, lo intuiva perfettamente.

«Non si tratta di me».

«Non si tratta di te?».

«Sarai sollevato, no?».

«Sono deluso».

«Non esagerare adesso. Prima o poi parleremo anche di quello».

«Come ti pare».

«Che c'è? Ti ho turbato?».

«Per niente. Su, in fretta, dimmi».

«Sì, ora ti dico. Conosci qualche avvocato, papi?».

«Avvocato? Sì, certo che conosco qualche avvocato».

«Tranquillo, non aver paura. Ti ho detto che non si tratta di me. Non è una questione civile, ma penale».

«Penale? Cos'è successo?».

«Te lo dico fra un attimo. Ma prima, papi, dimmi: conosci un bravo avvocato penalista, uno di cui ci si può fidare, soprattutto? Te lo chiedo perché tu hai mille contatti».

«Sembri molto cauta. Sì, certo, ne conosco uno».

«Voglio un avvocato in gamba, ma soprattutto uno di cui mi possa fidare».

«Nessun problema... ma che diavolo è successo?».

Shiotsuki si rimise la pipa in bocca voltando leggermente il suo viso rotondo.

Shiotsuki ricaricò due volte la pipa. Fumò ininterrottamente finché Isako non finì di raccontare la sua storia.

«Lascia che ti chieda una cosa: perché mai sei così legata a questo ragazzo, Ishii Kanji?».

«È un ragazzo che frequento. Ma non farti pensieri strani. Non esco solo con lui, ma con l'intero gruppo di suoi amici. Conosco anche la morta, la signorina Noriko, la sua convivente. Andiamo tutti insieme a bere, nei go-go bar, facciamo dei giri in macchina... ce la spassiamo, niente di più. Quindi mi dispiace per Ishii. Un suo amico mi ha chiesto di procurargli un avvocato».

«Dunque è una questione di amicizia?».

«Di compassione. Non stanno al mio stesso livello».

«Hai già raggiunto l'età in cui si cominciano a frequentare uomini più giovani?».

«E che c'è di male, se non sono rapporti perversi? Anch'io voglio mantenermi giovane. Se rimango con quel vecchio, potrò solo invecchiare appresso a lui».

«E chi è stato a proporre al nonnino di sposarla?».

«Il mio papi. Tu. Non sei stato bravo a fermarmi. Se mi avessi trattenuto con più forza, non l'avrei sposato».

«Già» disse Shiotsuki, sbuffando una nuvola di fumo azzurrina. «Me l'hai già detto molte volte. Mi hai messo davanti al fatto compiuto, e per qualche tempo sono stato arrabbiato con te. Ma poi ci ho riflettuto e ho capito che stavi per sposarti ufficialmente, e anche se tra voi c'è una grande differenza di età, lui ha solo una decina d'anni più di me, e una posizione, e tanto denaro. Se ti fossi legata a me, saresti dovuta rimanere nell'ombra. Ho deciso di lasciar perdere, anche se intorno a me tutti si agitavano. Potrei dire, da vero signore, che ho messo al primo posto la tua felicità».

Nella caffetteria c'erano molti clienti, ma erano tutti assorti nelle loro storie e nessuno si curava di quel che si dicevano.

«Io penso che tu abbia trovato un modo molto astuto per allontanarti da me. Ero diventata un peso, e la storia di Sawada è stata l'occasione che aspettavi. Ecco perché non ti sei sforzato di farmi cambiare idea».

«Non è la prima volta che mi esponi questa tua teoria ingiusta, mia cara».

Shiotsuki sorrise con aria infastidita.

«Non è una teoria ingiusta. Dimmi, mi sono sbagliata?».

«Sei fuori strada...» disse ridendo l'uomo che aveva rinunciato alla sua donna. Le sue risate ormai non affermavano né negavano più nulla.

«A causa mia hai messo a repentaglio anche la storia che avevi con quella donna di Yanagibashi. Forse è anche per questo che mi hai lasciata andare. Per te lei rappresentava soprattutto la tranquillità... A proposito, come sta?».

«Anche lei è invecchiata, ormai. Ho commesso un errore a impegnarmi con lei. E mi dispiace: il nostro da un po' di tempo è un rapporto che non sa più di nulla, come l'acqua».

«Quindi non ragioni più a lungo termine, ma voli di fiore in fiore. Lo facevi già ai miei tempi. Fingevo di non accorgermene, ma lo sapevo. Ero giovane, sai, mi facevo delle remore».

«Se c'era qualcuno che volava di fiore in fiore, quella

eri tu, secondo me... Ci sono voluti anni perché riuscissimo a parlare di queste cose in modo così disinvolto».

«Parli come un vecchio. Io, invece, non sono ancora in grado di darmi un contegno da vecchia signora saggia. Se ci fossimo visti più di frequente, avremmo fatto fuochi d'artificio d'amore e d'odio. Uno o due incontri all'anno sono più che sufficienti: ci permettono di rimanere lucidi».

«E invece cosa mi avevi detto quando ci siamo lasciati? Che da allora in poi ci saremmo visti in segreto, come due amanti. E mettesti in chiaro che il matrimonio era tutt'altra cosa; ma io mi sentii raggirato».

«Ma se negli ultimi sei anni ci siamo incontrati innumerevoli volte! E ci saremmo visti ancora più di frequente, se tu non avessi rifiutato molti miei inviti. Mi sono detta che dovevi avere anche tu i tuoi impegni, e quindi...».

«Mi dispiaceva per il signor Sawada. Ma, a quanto sento, posso ormai fare a meno di preoccuparmi».

«Se è così, tanto meglio».

«Visto che tu hai un ragazzo a cui tieni così tanto da aiutarlo a coprire un crimine».

«Non siamo così intimi».

«No, lo so. Date le condizioni di tuo marito, non hai altra scelta. So bene che il tuo corpo non si può accontentare».

«Mi consideri proprio una donna molto lasciva». Isako rise inclinando la testa, poi tirò fuori una sigaretta. Shiotsuki le allungò l'accendino facendo scivolare lo sguardo sulle labbra e sul mento prominenti, fino al collo forte e al seno florido.

«Hai preso un po' di peso, o sbaglio?».

«Continui a dirmi cose brutte» rispose Isako, espirando anche lei il fumo della sigaretta.

«Al contrario. Hai un aspetto fantastico. La tua carnagione è bianca come sempre, e sei ben fatta. È un peccato che la notte tuo marito non ti tratti meglio».

«Ti ringrazio. Se mi dimostri compassione vuol dire che provi ancora qualcosa per me».

«Lascia stare gli uomini più giovani» tagliò corto Shiotsuki. «Non portano nulla di buono».

«Sembra una risposta da sportello psicologico» ribatté Isako abbassando lo sguardo.

«Stammi a sentire. I giovani non hanno nulla da perdere. Tu invece hai un marito con una buona posizione, e del denaro. I giovani non hanno niente. Sono soli. Questa è la loro forza. Non hanno paura di niente. Ti trovi certamente in una posizione di svantaggio. È una scommessa persa in partenza».

«Ti ho detto che non è questo il tipo di rapporto che ho con lui».

«Penserò io all'avvocato. E non si limiterà a difendere il tuo amico in questa vicenda. Affinché la storia non abbia alcun seguito, lo farò mettere fuori gioco dall'avvocato. A quanto ho capito, oltre a lui sono coinvolti anche degli amici: come si chiamano?».

«Hamaguchi e Ōmura. Due delinquenti».

«Metteremo a posto anche loro. Faremo in modo che non creino più problemi. Quella non è gente con cui ti devi mescolare».

Ogni parola di Shiotsuki era come un peso sulla coscienza di Isako.

«E sapresti trovarlo, un avvocato del genere?» gli chiese, alzando gli occhi verso di lui.

«Sì. Tu sai l'influenza politica che ha mio zio. Intorno a lui gravitano moltissime persone capaci. Mi occuperò anche della parcella. Tu avresti difficoltà a trovare i soldi necessari. Basta un attimo di distrazione, e gli avvocati ti mangiano vivo».

«Davvero vuoi farti carico anche della parcella?» domandò Isako sgranando gli occhi. Quando mentre guidava le era venuta l'idea di telefonare a Shiotsuki, in cuor suo aveva sperato che lui le facesse un'offerta come quella.

«Non ho soldi, ma per gli avvocati che conosce mio zio questo non è un problema. Con tutti i favori che dispensa in giro, non avrò difficoltà a coinvolgere qualcuno. Si faranno in quattro, vedrai. È gente abituata a sistemare le cose. Non dovrai nemmeno incontrarli. Mi occuperò io di tutto. Terrò il tuo nome fuori da questa storia».

«Sono felice. Non so che dire» rispose Isako con le spalle scosse dai tremiti. «Grazie infinite, papi. Non so come ringraziarti. Mi hai salvato».

«Approfitta della situazione per tagliare i ponti con quei giovani. Trovati un tipo di mezza età con moglie e figli, uno che non compia atti sconsiderati, magari che abbia anche una posizione, per quanto minima...».

«Dimmi, papi, noi due ci incontreremo ancora, vero?».

«Per forza di cose. Dovrò riferirti gli aggiornamenti dell'avvocato. Se il tuo amico ha confessato alla polizia, la cosa sarà presto nelle mani del pubblico ministero».

«Quanti anni si rischiano per un omicidio?».

«Sei preoccupata?».

«Nient'affatto. Più a lungo sta dentro, e meno me lo ritroverò fra i piedi».

«Finalmente dici quello che pensi».

«Non fraintendermi. Come dici tu, mi infastidiva. Era diventato molto insistente...».

«Chissà quante cose gli avrai insegnato».

«Sei un idiota. Ancora parli così... Sul serio, per quanto tempo credi che dovrà stare in prigione? Per un omicidio si rischia l'ergastolo?».

«Non saprei. Per come lo hai descritto è un crimine assimilabile all'uxoricidio. Penso che la richiesta iniziale sarà di quindici anni, ma, a seconda dello zelo del difensore, è possibile che si scenda a otto».

«Allora sarà meglio che tu dica all'avvocato di frenare gli entusiasmi, e che si assicuri di ottenere una pena ben più lunga di otto anni».

«Non l'avrei mai detto».

«Per me è meglio così. Fra tre anni ho intenzione di riprendere la mia vecchia attività. La casa in cui abito adesso mi renderà parecchio, ho già pensato a tutto. Non voglio interferenze prima che gli affari possano ingranare bene. E dopo otto anni o più mi sarò sistemata, e nessuno potrà approfittarsi di me... Allora, papi, naturalmente mi aspetto che tu faccia ancora il tifo per me. Questa volta non ti importunerò per questioni di soldi».

«Fra tre anni. E quel testardo di tuo marito ha acconsentito?».

«Non ha acconsentito perché non gliene ho mai parlato. Ma tanto lui fra tre anni sarà morto».

«Morto? Vuoi dire che è malato?».

«Non è malato, ma si sta spegnendo. Da qui a tre anni sarà sicuramente morto» disse Isako con un tono spazientito.

Shiotsuki allontanò da sé la pipa, e a bocca aperta fissò il volto di Isako.

III

Verso le due del pomeriggio Nobuhiro, che era al lavoro dalla mattina, fu di ritorno con l'auto aziendale. Quando Isako lo raggiunse all'ingresso, vide che dietro di lui c'era una giovane donna con i capelli corti, di circa diciotto o diciannove anni. Aveva con sé una borsa portadocumenti marrone e sembrava infreddolita. Teneva in mano il cappotto scuro, di un color topo come il vestito. Una sciarpetta rosso mattone spuntava dal colletto leggermente aperto sul davanti. Quando la giovane donna vide Isako fece subito un inchino, rivelando un corpo minuto che si accordava con il suo viso. Aveva la carnagione chiara, anzi pallida, gli occhi e il naso piccoli, i denti sporgenti e il mento poco pronunciato. Gli zigomi prominenti davano al suo volto una struttura disarmonica.

« Oh, eccoti. Ti presento la signorina Miyahara Motoko. La stenografa, te ne ho parlato » le disse Nobuhiro con aria un po' imbarazzata. Isako udì pronunciare il suo nome, ma ancora non poteva sapere con quale carattere si scrivesse.

« L'ho ricevuta in ufficio, ma poi le ho chiesto di venire qui perché ci tenevo a fartela conoscere ».

« Mi chiamo Miyahara » disse la stenografa in tono formale, quindi si inchinò come un ragazzino. Aveva gambe sottili e indossava stivali di un color marrone rossiccio. Erano gli unici sprazzi di vivacità, insieme alla sciarpa, in quella figura minuta.

Isako non sapeva in che stanza portarla. Non era un'ospite così importante da invitarla ad accomodarsi in soggiorno. Anzi, era una persona assunta dal marito, e anche se era la prima volta che veniva a casa loro, Isako non doveva sentirsi obbligata a fare troppe cerimonie.

« Lo studio andrà bene. Portala lì » disse Nobuhiro togliendosi il cappotto.

Lo studio si trovava alla fine del corridoio, sul lato opposto del soggiorno. Era una piccola stanza di soli sei *tatami*, l'unica, insieme al soggiorno, a essere arredata all'occidentale. I mobili erano così sobri che ricordava un'aula di studio: sugli scaffali erano allineati libri di ingegneria elettronica, non c'era un solo testo che fosse destinato alla lettura di piacere. Dietro alla sedia era posizionata una piccola stufa a gas. La finestra dava su uno stretto sentiero che conduceva al giardino sul retro, e si vedevano i rami protesi di un albero di cachi e il capannone del vicino, con il bucato steso ad asciugare sul tetto.

Miyahara Motoko, la stenografa, se ne stava in un angolo perché non sapeva dove sedersi; Isako entrò portando in una mano un vassoio con le tazze da tè e nell'altra una misera sedia da cucina.

« Ma non puoi darle una sedia migliore? » chiese Nobuhiro aggrottando le sopracciglia.

« Oh, questa non va bene? » ribatté Isako guardando la sedia che aveva posato a terra.

« Non si disturbi, va benissimo » disse educatamente la stenografa dal viso piccolo.

« No, d'ora in avanti verrà qui spesso. Portale una delle sedie del soggiorno. Sono più comode. E la signorina Miyahara avrà bisogno anche di una scrivania » disse Nobuhiro rivolto a Isako.

« Una scrivania...? E quale? ».

«Ce ne sarà pure una piccola, da qualche parte. Ti avevo detto che avremmo avuto ospite una stenografa».

«Certo, me l'hai detto, ma non pensavo così presto».

«Ho capito. Andrò io a dare un'occhiata».

Nobuhiro lasciò la stanza.

Isako posò la tazza sulla scrivania del marito e disse: «Prego». Miyahara Motoko, ancora in piedi, chinò il capo. Reggeva in mano la sua valigetta da impiegata, che Isako trovava orribile.

«Mio marito ha già cominciato a dettarle la sua autobiografia?».

Isako scrutò in volto la pallida Motoko, mascherando con un sorriso la propria curiosità. Il suo sguardo si soffermò sulle guance smunte e ruvide.

«Sì. Ci siamo visti già due volte in ufficio. Ogni volta per quaranta minuti circa» rispose Motoko a capo chino, con un movimento che sembrava un tentativo di nascondere gli incisivi.

«Ah, davvero? Immagino che non sia tanto bravo a raccontare».

«All'inizio fanno tutti fatica, ma poi ci si abitua».

Quella parsimonia nel parlare, oltre che alla giovane età, poteva essere dovuta alla natura del suo mestiere.

«Fa questo lavoro da molto tempo?».

«No. Sono solo due anni che ho acquisito le competenze necessarie. Ho ancora molto da imparare».

«In una scuola di stenografia?».

«Sì. Ho studiato lì per due anni, poi ho lavorato per altri quattro in una compagnia di stenografia. Mi sono licenziata, e da circa due anni lavoro per conto mio».

Aveva una voce molto chiara.

«Quindi lei... mi scusi, signorina Miyahara, ma quanti anni ha?».

«Venticinque».

«Oh, cielo. Sembra molto più giovane».

Non mentiva. Sembrava davvero più giovane, diciannove o vent'anni al massimo. Era bassa e minuta, con un viso esile, per questo forse non tradiva la sua età; era come se il suo sviluppo si fosse interrotto. Il suo viso era privo di lucentezza, sembrava cosparso di polvere. Quando si sentì dire che sembrava più giovane Motoko abbassò lo sguardo e sorrise, e le piccole rughe che aveva agli angoli degli occhi svelarono finalmente la sua età.

« Quindi lavora per conto suo. È autonoma ».

« Sì, ma non abbastanza ».

« Di cosa si occupa principalmente? Tavole rotonde per conferenze, riviste, cose del genere? ».

« A volte, anche se in quei contesti in genere cercano persone con maggiore esperienza. Io sono agli inizi, mi capita di dare una mano: le tavole rotonde che mi affidano di solito non sono troppo importanti ».

« E guadagna bene? ».

« No, per ora non ho molti incarichi. Non guadagno molto ».

Isako pensò che doveva essere quello il motivo per cui aveva accettato di buon grado la proposta di Nobuhiro, e le lanciò un'altra occhiata. Non aveva nulla di sensuale, e chiunque si fosse trovato solo con lei non avrebbe certo tentato di sedurla. Una giovane donna può non avere un viso particolarmente attraente, ma se le linee del suo corpo danno una sensazione di morbidezza, può anche risultare affascinante. Non era tuttavia il caso di Motoko. La sua era una valutazione da un punto di vista maschile: l'esperienza con le ragazze che lavoravano al suo ristorante, in passato, l'aveva aiutata a comprendere i gusti degli uomini.

Nobuhiro entrò con la domestica, Saki, e un tavolino che un tempo era stato usato come tavolo di servizio in cucina, ma poi era stato sostituito. Lo conservavano nel ripostiglio, insieme ad altre vecchie cose.

« Ma che cosa hai portato? ». Isako mise su un'espressione accigliata. Quel tavolino veniva usato ai tempi della prima moglie.

« Per un po' dovrà accontentarsi di questo ».

Saki aveva tirato a lucido la superficie del tavolo, logorata dall'uso.

«E perché deve accontentarsi? Non possiamo comprargliene uno nuovo?».

«Già».

Comprendeva il ritegno del marito. Poiché aveva assunto una stenografa, Nobuhiro non aveva il coraggio di dirle che avrebbe voluto anche comprare un tavolo nuovo: gli sembrava una spesa eccessiva. La proposta di Isako doveva averlo rinfrancato, ma continuava a scrutarla in viso nel tentativo di indovinare le sue vere intenzioni.

«Se è per me, posso lavorare tranquillamente a questo tavolo» intervenne Motoko in tono modesto.

«Non si preoccupi, è una vergogna tirar fuori un oggetto così malandato. Comprane uno nuovo, su. Quanto vuoi che costi?».

«Hai ragione».

«E già che ci sei, perché non ci abbini anche una sedia?».

«Anche una sedia?».

«Quella del soggiorno magari non ci sta bene. E se la togliamo di lì, sarà un problema quando avremo ospiti. Una sedia non costa molto».

«Mhmm» fece Nobuhiro illuminandosi in volto. «Va bene, farò così».

Poi si passò una mano sul collo. La stenografa abbassò gli occhi.

«Signorina Miyahara, le chiedo di pazientare, soltanto per oggi» disse Isako con modi gentili.

«Sì, non importa» rispose la stenografa un po' smarrita. Nobuhiro rimase lì impalato, senza nemmeno sedersi sulla sua sedia. Era stato incauto a portare lì quel vecchio tavolo, che era stato usato dalla sua prima moglie.

«Cominciate subito?» domandò Isako al marito.

«No, per oggi lasciamo stare. Volevo solo presentarti la signorina Miyahara».

«Bene, lo hai fatto. Ma già che ci siete, perché non cominciate?».

«No, per oggi è abbastanza».

«Ma non è bello nei confronti della signorina Miyahara. Non l'avrai portata fin qui per niente?».

«Non si preoccupi per me. Sapevo già che oggi ci sarebbero state solo le presentazioni» ribatté Motoko guardandola con i suoi minuscoli occhi dalle palpebre senza piega.

«Mi sembra un peccato però. In ufficio non siete riusciti a parlare?».

«Proprio così. Con tutto quell'andirivieni è difficile concentrarsi».

«E allora fatelo qui, no?».

Quando Isako percepiva una sorta di resistenza in Nobuhiro, curiosamente s'irritava e senza accorgersene riprendeva il suo solito tono brusco. Era una reazione quasi istintiva. Accadde anche in quel momento, davanti alla stenografa. Non era come un normale litigio tra marito e moglie. Il marito restava zitto.

Squillò il telefono. Saki andò a rispondere, ma tornò subito.

«Chi era?».

«Hanno riagganciato non appena ho detto "pronto?". Devono essersi sbagliati» rispose la domestica.

Forse avevano messo giù dopo aver sentito la sua voce. Poteva essere Hamaguchi. Non era improbabile che volesse notizie in merito all'avvocato di Ishii. Ben si adattava alle sue maniere spudorate: sapeva distinguere la voce di Isako, e dopo aver sentito quella della domestica, aveva riagganciato. Si fingeva in ansia per Ishii, ma in realtà non voleva che avvicinarsi a lei.

Tuttavia poteva trattarsi anche di Shiotsuki. La chiamava raramente, ma una volta aveva riagganciato perché era stato Nobuhiro a rispondere. Quando poi si erano incontrati, le aveva detto che dalla voce il marito gli era sembrato più giovane e gentile di quanto si aspettasse. Ah sì, ci hai parlato? No, no, ha detto solo «Pronto, casa Sawada» e io ho riattaccato, ma l'ho capito da quelle poche parole. Questo le aveva raccontato ridendo. Poteva averla chiamata per riferire la risposta dell'avvocato. Shiotsuki era il tipo che faceva tutto ciò che gli veniva chiesto in modo rapido e puntuale.

Finalmente Nobuhiro si sedette ed espirò una boccata di fumo della sua sigaretta. La stenografa rimase in piedi vicino alla sedia, come sospesa a mezz'aria. Quella telefonata interrotta aveva mutato l'umore di Isako. Se era Hamaguchi, con ogni probabilità avrebbe richiamato.

« Non vuoi iniziare a dettarle qualcosa? » domandò Isako, stavolta con voce vellutata.

« Uhm ».

Nobuhiro continuava a fumare.

« In un'autobiografia si parla di sé, quindi sai già cosa scrivere, no? ».

« Non è esattamente così che funziona ».

« Se sono d'intralcio, posso anche andarmene di là ».

« Oggi non è il caso. Cominceremo la prossima volta. Devo studiare un po', e pensare anche a come raccontare... ».

« Ma se mi ha detto che vi siete visti già due volte ».

« Appunto, e ho capito che ancora non va ».

« All'inizio è così per tutti. Ma lei è molto bravo per essere alla sua prima volta » disse a bassa voce la stenografa.

Dopo che Miyahara Motoko se ne fu andata, Isako si sedette sulla sedia della cucina che aveva portato per la stenografa. Nobuhiro si sporse in avanti per accendersi un'altra sigaretta.

« Quando hai intenzione di farla tornare? » domandò Isako.

« Ci siamo accordati per domani » rispose Nobuhiro. Sembrava a disagio, quasi temesse la reazione della moglie.

« La fai venire di mattina? ».

« No, nel pomeriggio ».

E con questo le fece capire che non era necessario invitarla a pranzo.

« E non potete vedervi in ufficio? ».

« No, non va bene. Troppe distrazioni ».

« Quindi da domani verrà qui tutti i giorni? ».

« Non tutti i giorni. Forse due volte a settimana. Ha anche altri impegni di lavoro ».

« È molto occupata? ».

« Di certo non ha molto tempo a disposizione ».

« E come mai una stenografa così richiesta ha accettato di lavorare per te? ».

« Gliel'ho fatto chiedere da una persona con cui è in confidenza, perciò non ha rifiutato ».

« Se è così, vorrà anche un buon compenso. Quanto avete pattuito? ».

« Normalmente gli stenografi chiedono una tariffa oraria, ma a differenza di un'intervista o di una tavola rotonda io parlo a un ritmo irregolare. Quindi Miyahara non è ancora riuscita a farsi un'idea precisa, e abbiamo deciso di fare una prova prima di decidere il compenso. È in debito verso la persona che ha fatto da intermediario e dice che mi riserverà un trattamento di favore ».

« E perché dovrebbe farlo? Offriti di pagarle la tariffa normale, no? Non hai mica bisogno che una stenografa ti faccia beneficenza ».

« Non è quello che intendevo. Non è una questione di beneficenza, ma di praticità. Lei può venirmi incontro sugli orari, per esempio ».

« Ma è meglio non porsi in una condizione di debolezza ».

« Qui forza o debolezza non c'entrano ».

« Be', comunque sia non ha importanza. Ora che finalmente ti sei concesso un piccolo piacere non dovresti lesinare sui soldi. Per me non è un problema se spendi qualcosina in più ».

« Bene».

«Andrò anche a comprare una nuova scrivania con una sedia ».

«Non credo sia necessario».

«Sì, invece, questo vecchio tavolo non va proprio bene per scrivere».

Isako lanciò un'occhiata di disprezzo a quel mobile che stava lì da prima di lei.

«Adesso vado ai grandi magazzini e cerco una scrivania e una sedia».

«Vuoi andarci adesso? Non c'è tutta questa fretta».

«No, una volta che si è presa una decisione non c'è da perder tempo. Dobbiamo prepararle una postazione come si deve».

Nobuhiro guardò il volto della moglie, ma subito abbassò gli occhi. Lei si allungò per prendere una sigaretta dalla scrivania e lui gliel'accese.

«Quella signorina Miyahara mi è sembrata un po' palliduccia. E magra. Chissà, forse ha qualche problema».

«Ha un aspetto fragile. Visto che lavora così tanto, però, non credo sia malata».

«Sembra denutrita. Mi fa un po' impressione».

Nobuhiro non replicò.

«E avrebbe venticinque anni?».

«Hai parlato con lei?».

«Sì, per poco. Parla in un modo formale, poco amichevole. Le ho fatto i complimenti per la sua aria giovanile, ma mi è parsa così scialba, come se non mangiasse abbastanza. Anche il suo viso è così spento, secco».

Nobuhiro la guardò in viso soppesando le sue parole. La linea del collo di Isako era florida, luminosa. La fronte e il setto nasale luccicavano. Il suo labbro inferiore leggermente sporgente era umido.

«Devo ammettere che non impazzisco all'idea di avere un'estranea che lavora per casa».

«Ti dà fastidio?».

«Mi sembra che scombussoli i nostri ritmi. Arriverà e resterà per mezza giornata, no? Saprà tutto ciò che succede in casa nostra».

«Ma no, non saprà nulla. Quando c'è lei chiuderemo la porta in modo che non possa sentire niente, e poi, quando avrà finito, se ne tornerà immediatamente a casa sua».

«Va bene, fai quello che vuoi, papi. Io non vi disturberò».

«Si tratterà di un paio di volte a settimana, non di più».

«D'accordo, procedi pure».

Ai vecchi occorreva concedere distrazioni appropriate. In fondo, nel pagare una stenografa ricevendola in casa, Nobuhiro si sarebbe sentito in soggezione nei confronti della moglie. Isako si ripromise di limitare il sarcasmo. Un piccolo prezzo da pagare in cambio dei momenti di distrazione che Nobuhiro avrebbe goduto parlando a ruota libera con quella stenografa esangue. Trovarsi accanto quella donnina scialba gli avrebbe in qualche modo mutato l'umore?

«Bene, vado a cambiarmi».

Con addosso il kimono, Nobuhiro sembrava ancora più vecchio. Gli abiti tradizionali hanno un che di antiquato, che sembra rallentare i movimenti di chi li indossa. In mancanza del colletto stretto, le striature della pelle erano visibili fino al petto. La tinta scura del kimono foderato lo invecchiava. A un giovane quel tipo di kimono così sobrio poteva dare un aspetto sodo, ma addosso a un uomo in là con gli anni non faceva che diminuirne la vitalità.

Nobuhiro prese un libro, un foglio di carta e una penna a sfera e si sedette al *kotatsu* del salotto. Odiava la televisione. Forse voleva prendere qualche appunto per l'autobiografia. Senza impegno, però, come indicava il libro posato lì accanto, pronto a riempire i momenti di noia. L'idea di scrivere la propria autobiografia sembrava averlo tirato su di morale, anche se non era sicuro di riuscire a concretizzarla. Lui stesso aveva detto che, se non avesse funzionato, avrebbe interrotto il lavoro. Isako non sapeva come fosse stato Nobuhiro da giovane, ma nel primo anno, o nei primi due, della loro relazione le era sembrato possedere ancora una certa tensione e un certo vigore; era intenzionato a riuscire ancora bene nel suo lavoro, ma a poco a poco era diventato sempre più incostante e meno perseverante.

«Vado ai grandi magazzini a cercare scrivania e sedia. Meglio provvedere subito» disse Isako sporgendosi verso il marito seduto al *kotatsu*, sottolineando con il suo tono di voce come quell'uscita fosse un favore che gli faceva.

«Già che ci sono passerò a trovare degli amici, quindi potrei tornare tardi» aggiunse. «Darò a Saki disposizioni per la cena».

Nobuhiro estrasse gli occhiali dalla custodia.

«Rientrerai così tardi?».

«Sì, forse. Non lo so ancora».

Era vero che non lo sapeva. Dipendeva dalla disponibilità della persona con cui doveva incontrarsi. Nobuhiro non le chiedeva mai da chi andasse. Era sua abitudine, ormai, non fare domande.

Nobuhiro strinse gli occhi per mettere a fuoco i caratteri stampati sulle pagine del libro. L'ultima volta si era appisolato con il libro aperto, e un filo di saliva gli aveva sporcato il davanti del kimono.

«Papi, bada a non addormentarti qui. È vero che il *kotatsu* elettrico è più sicuro, ma devi stare comunque attento. Se ti viene sonno, dillo a Saki, e lei ti stenderà il *futon*».

«Va bene, va bene».

Dal ricevitore del telefono pubblico fuoriuscì fra le risa la voce di Shiotsuki.

«Ero io, prima, al telefono. Ho riattaccato perché ho sentito la voce di quella che mi sembrava la domestica».

«Non è da te chiamare. Cosa c'era di così urgente?».

«Si tratta del favore che mi hai chiesto. Ho trovato un buon avvocato. Siccome mi eri parsa impaziente, ho pensato di fartelo sapere subito».

«Grazie. Ma non c'era tutta questa fretta».

« Se per te va bene, possiamo vederci da qualche parte per parlare ».

« Io non ho problemi, ma tu? Sono solo le quattro ».

« Io? Nessun problema. Fare il vicepresidente è un incarico poco impegnativo. Che ne dici di mangiare un boccone insieme? È ancora un po' presto, ma metterei lo stesso qualcosa nello stomaco ».

« Sì, va bene ».

« Andiamo in un ristorante ad Akasaka. Provo a telefonare, richiamami tra cinque minuti, se non ti dispiace ».

Quando lo richiamò cinque minuti dopo, lui le confermò che il ristorante aveva un tavolo libero, ma siccome Isako non sapeva dove si trovasse, le disse di aspettare nella hall di un hotel vicino.

Quando arrivò all'hotel, Shiotsuki era già lì ad attenderla.

« Ma come hai fatto in fretta! ».

« Be', il mio ufficio è proprio qui vicino. E poi posso svignarmela quando voglio. Tu sei venuta in macchina, immagino. Ho rimandato indietro l'auto aziendale proprio per questo ».

« Non era necessario che ci vedessimo al ristorante ».

« Ma sì, una volta tanto. È un piccolo locale simpatico. Mi darai tu un passaggio ».

Andarono insieme verso la macchina parcheggiata davanti all'hotel. Continuavano ad arrivare automobili con a bordo degli stranieri. Quell'atmosfera animata ebbe su Isako un effetto corroborante. Nulla a che vedere con la noia e l'aria stagnante della casa in cui abitava con Nobuhiro.

Shiotsuki si sistemò sul sedile del passeggero, si mise la pipa in bocca e le indicò la direzione.

« No, non di là. Non posso voltare a destra ».

« Va bene. Girerai alla prossima, allora ».

« È una strada a senso unico, non si può entrare da quella parte ».

« Ti orienti bene. Da quando sei così ferrata in geografia? ».

«Quando fai l'autista, ti viene naturale. E poi mio marito lavora da queste parti».

«Già, è vero. Lo accompagni ancora in ufficio?».

«L'ho fatto fino a tre anni fa. Ho smesso quando sono migliorata».

Shiotsuki strinse la pipa con i denti ed emise un gemito d'ammirazione per la sua risposta pronta.

Mentre procedevano a zigzag per le stradine di Akasaka, Shiotsuki, che avrebbe dovuto riconoscere il ristorante, si guardava intorno un po' smarrito.

«Eccolo, è qui».

Lo individuò in mezzo a una fila di porte e insegne luminose dalla forma allungata, tutte quasi identiche, che si susseguivano lungo una strada in leggera pendenza. Il loro ristorante si chiamava Tatsushin.

Una giovane cameriera uscì e le disse che il parcheggio era sul retro, ed era raggiungibile da una via laterale. Isako riuscì, con qualche difficoltà, a posteggiare.

«Grazie. Come autista te la cavi. Non avrei diritto di lamentarmi se avessimo un incidente stradale e morissimo insieme» scherzò Shiotsuki, mentre l'aspettava insieme alla cameriera davanti alla porta schermata da una grata.

«È ancora presto per morire».

«Hai ancora molti piaceri da soddisfare?».

«Se siamo venuti al mondo, non sprechiamo tutto morendo adesso, pa...».

Stava per dire «papi», ma si interruppe. Poi riprese: «Cerca di vivere a lungo anche tu».

«Grazie».

Entrarono e trovarono ad accoglierli una cameriera sui quarant'anni.

«Benvenuti. Grazie per averci avvisati».

«Mi spiace, è un po' presto. Ma siamo venuti solo per mangiare» disse Shiotsuki togliendosi le scarpe. La donna osservava Isako di sottecchi.

Dalla stanza d'ingresso di sei *tatami* si accedeva a uno stretto corridoio e poi a una rampa di scale. Al piano superiore c'era una stanza di dieci *tatami* con al centro un grande tavolo laccato color vermiglio e due sedie, poste l'una di fronte all'altra.

«Così va bene per voi?» chiese la cameriera riferendosi alla posizione delle sedie.

«Va bene. Forse sono un po' distanti».

«Oh, d'accordo. Allora posso metterle una accanto all'altra».

«Non è necessario. Ci si può sentire vicini anche stando lontani».

«Con permesso».

La cameriera fece un inchino e uscì dalla stanza.

«Ma che cosa vai dicendo?» chiese Isako, infastidita dalle battute di Shiotsuki. «È la prima volta che vengo qui, non voglio che si facciano strane idee sul mio conto».

«Non se le faranno».

«E invece sì... Tu vieni qui spesso, papi. Non dire sciocchezze».

«Non ci vengo spesso. Solo per il bicchiere della staffa dopo qualche festa aziendale, se c'è la compagnia giusta. Altrimenti preferisco i bar. Non si faranno nessuna idea sul tuo conto. Non ti ho portato qui nemmeno prima».

Con «prima» intendeva quando avevano una relazione.

«Chissà cosa penseranno di me».

«Penseranno che sei una che sa stare al mondo».

«Ah, sì?».

«Basta un'occhiata per capirlo. Hai l'aria di una che un posto così lo saprebbe gestire. In fondo la tua aspirazione è quella di tornare a far parte di questo mondo, no? Ed è un bene che tu abbia ancora la stoffa».

«Sì, se le circostanze me lo permetteranno».

«Ma vorresti, no?».

«Fra tre anni. L'ideale sarebbe che mio marito morisse».

Un rumore di passi sulle scale coprì il silenzio imbarazzato di Shiotsuki.

«Con permesso. Gradite qualcosa da bere?» domandò la cameriera posando il servizio da tavolo davanti a loro.

«Io devo guidare, quindi prenderò un succo di frutta».
«D'accordo».
«È un peccato, ma va bene. Per me del sakè... C'è la signora, oggi?».
«Sì. In questo momento sta facendo il bagno».
«Il bagno? Eh già, è ancora presto».
«Se dovete parlare, allora, porterò solo da mangiare».
«Sì, fra un po'. Prima avremmo bisogno di discutere di affari».
«Certo».
La cameriera si avvicinò a Shiotsuki e gli sussurrò qualcosa all'orecchio.
«No, non abbiamo bisogno di compagnia» rispose Shiotsuki con una voce naturale.
«Ma perché non chiami tre di quelle ragazze che conosci così bene? Mi fa piacere vederle».
Shiotsuki si mise a ridere.
«Come le gradisci in questo periodo? Giovani, delle ragazzine?».
«Ehi, non sono mica così vecchio... E poi sei tu quella a cui piacciono i ragazzi, o sbaglio?».
«Come rispondi piccato. Sì, ogni tanto me la spasso in loro compagnia, per distrarmi un po'. Te l'ho detto e te lo ripeto: le mie amicizie non hanno nulla di sconveniente».
«Pare che quel giovane, Ishii Kanji, abbia raccontato tutto alla polizia».
«Che cosa?».
«Che ti prende? Sei sbiancata».
«Non scherzare. Cosa ha detto? Un mucchio di frottole, immagino».
Un tremore involontario fece vibrare le bacchette che Isako teneva in mano.
«Stai tranquilla. Di te non ha detto niente. Quell'Ishii è giovane ma sa il fatto suo».
«E come fai a saperlo?».
«Me l'ha detto l'avvocato che ho assunto. Ha letto il rapporto della polizia. È giovane anche lui, ma molto in

gamba. E non potrebbe essere altrimenti, dato che è stato assoldato da uno che è legato a mio zio».

Il prestigio di un politico influente arrivava dappertutto. Aveva permesso a Shiotsuki Yoshihiko, il nipote, di diventare vicepresidente di un'azienda alimentare, e di fare i propri comodi. In cambio, in qualsiasi momento, l'azienda avrebbe potuto chiedere all'onorevole una somma dieci volte più alta dello stipendio del nipote. Le aziende traggono profitti enormi dai rapporti con la politica – e gli avvocati fanno rapidamente carriera.

Isako non voleva un avvocato troppo intraprendente. Le bastava che Ishii non le serbasse rancore e che Hamaguchi e Ōmura non si approfittassero di lei.

«Stando a quanto mi ha riferito, il caso è stato subito affidato all'ufficio del pubblico ministero: una volta terminate le indagini, Ishii sarà immediatamente perseguito. Però, come ti ho accennato, lui ha smentito tutto quello che aveva confessato alla polizia. Ha detto che la donna, non ricordo il nome, ha solo barcollato un po' mentre lo spintonava, e lui per difendersi ha cercato di parare i suoi colpi, ma che non l'ha spinta in cucina né l'ha aggredita per primo. Secondo Ishii è morta per via dei sonniferi. E lui non c'entra nulla perché si è trattato di un suicidio».

Isako ripensò al viso di Noriko che si stagliava sul *futon* e al flacone di sonniferi vicino a lei, e si disse che Ishii non mentiva. Però non poteva mettere a parte Shiotsuki di questa sua sensazione, originata da ciò che aveva visto di persona.

«Se l'avvocato si sta dando da fare non è solo per riguardo nei confronti di mio zio, sai?» proseguì Shiotsuki sorseggiando del sakè, mentre la cameriera serviva loro i piatti. «Quello che la polizia ha presentato come un omicidio, nelle successive dichiarazioni dell'accusato è stato definito un suicidio, perché l'accusato ha ritirato la sua precedente confessione. Qui si tratta di una condanna per omicidio o di un'assoluzione. Un caso del genere per un avvocato difensore è allettante».

«Cosa mi dici invece del signor procuratore?».

«Il procuratore sembra condividere le conclusioni a cui è giunta la polizia. Non sappiamo ancora se intenda accusarlo di omicidio volontario o colposo, ma in ogni caso ritiene che la morte della vittima sia stata causata da un atto violento di Ishii. Perché il rapporto dell'autopsia conferma che la vittima ha preso dei sonniferi, ma in quantità moderata e non certo letale».

«Davvero? È sicuro?».

«Sì, ma l'avvocato è molto agguerrito. Sta contattando diversi medici legali per verificare la validità del referto. È convinto che questo ci sarà utile. Ieri è venuto a trovarmi in ufficio per parlarne, era addirittura entusiasta».

«Ahimè, si starà dando un gran da fare».

«Forse non è quello che volevi. Ma non posso rivelargli la tua posizione».

«No di certo. Non devi mai fare il mio nome».

«Ecco perché è complicato. Come cliente, non posso certo dire al mio avvocato di contenersi, di lasciare che gli infliggano una pena esemplare, che lo tenga in prigione il più a lungo possibile. Tutt'al più posso ringraziarlo cortesemente, mostrando poca partecipazione».

«Non abbiamo avuto fortuna, con l'avvocato».

«È una situazione paradossale. Ma posso capire come ti senti. Forse sarebbe stato meglio un avvocato svogliato, un tipo mediocre. Quello che me l'ha presentato è stato fin troppo solerte. A volte avere uno zio come il mio può essere un problema».

«Non possiamo sostituirlo?».

«Non posso farlo. Sarebbe illogico. Se sostituiamo un avvocato tanto zelante, finiranno per sospettare di noi».

«Se sarà scagionato uscirà subito, immagino».

«Se il procuratore dovesse ricorrere in appello contro la sentenza di primo grado ci sarà un periodo di detenzione, ma potrebbe succedere che, dietro cauzione, trascorsa la metà del tempo gli concedano la libertà provvisoria, e allora non resterebbe dentro nemmeno tre o quattro anni. Gli otto anni e più in cui speri tu sono fuori discussione».

«Che guaio. Non c'è proprio niente che possiamo fare?».

«Possiamo solo cercare di tenere a freno l'avvocato... Mi sembri molto in pena. Che ti serva di lezione: devi stare alla larga dai ragazzini. Tienilo a mente».

«Ma che vai dicendo?».

«Forse le lezioni da sole non bastano... Che ne dici se dopo mangiato ce ne andiamo da qualche parte per un paio d'ore?».

Isako si sentì scuotere e aprì gli occhi. Nella penombra intravide il soffitto bianco e Shiotsuki, sdraiato accanto a lei a pancia in giù, che caricava la pipa.

«Oh, devo essermi addormentata».

Guardò l'orologio, ma era troppo buio e non riuscì a distinguere subito il piccolo quadrante. Il riscaldamento dell'albergo non funzionava bene, si sentiva le gambe appiccicose e sudate.

«Per una buona mezz'ora» le disse Shiotsuki.

«Ah, solo? Che ore sono?».

«Le nove e qualcosa. Una come te si preoccupa dell'orario?».

«Sì, adesso sono una casalinga. E poi oggi ero uscita per comprare una scrivania e una sedia, ma non ho avuto nemmeno il tempo di fare un salto ai grandi magazzini».

«Una scrivania e una sedia?».

«Voglio fumare. Fammi dare una boccata alla pipa».

Isako si girò supina ed espirò un paio di volte il fumo.

«La scrivania e la sedia sono per una stenografa».

«Una stenografa? Che storia è?».

«Si tratta di mio marito: vuole pubblicare a proprie spese un'autobiografia. La detterà a una stenografa, che farà venire a casa nostra. Che idea stramba gli è venuta».

«E da quando?».

«Me ne ha parlato per la prima volta una decina di giorni fa. Oggi ha portato la stenografa a casa per farmela conoscere. Ha venticinque anni ed è del tutto priva di fascino. Ha una faccia strana, è magra e gracile, ma è pur sempre una giovane donna. Però ho pensato che mio marito si sentirà a suo agio con lei, per un vecchio come lui sarà un piacevole diversivo. Quest'idea dell'autobiografia mi fa pensare che non gli resti ancora molto da vivere».

Shiotsuki tacque per qualche istante, poi a un certo punto disse:

«La S. Optics sta per annunciare un cambio completo nella gestione, con un nuovo presidente. L'ho saputo l'altro ieri».

«Sì, me l'ha detto anche mio marito. Qualche tempo fa c'è stato un ricevimento per tutto il Consiglio di amministrazione in un ristorante di Akasaka, e ci è andato anche lui».

«E che cosa ha raccontato il signor Sawada?».

«Nulla di particolare. A quanto pare, i dirigenti hanno parlato di possibili cambiamenti riguardo al personale addetto alle vendite e alla contabilità, ma lui, per quel che ne so, non si è espresso».

Vedendo Shiotsuki stranamente silenzioso, Isako ebbe un'intuizione.

«Pensi che chiederanno anche a mio marito di licenziarsi?».

Si voltò e guardò il profilo dell'uomo. Lui diede una boccata alla pipa.

«Non ne sono ancora sicuro. Potrebbe succedere, sì».

«Già, c'era da aspettarselo» rispose Isako con convinzione. Dopo il ricevimento Nobuhiro aveva cominciato a comportarsi in modo sfuggente. Aveva perso la sua energia. Lei lo aveva attribuito alla stanchezza dovuta all'età. E se invece le stava nascondendo che il nuovo presidente aveva chiesto ufficiosamente le sue dimissioni?

«La S. Optics ha un debito di gratitudine verso tuo marito per le sue innovazioni tecniche, è grazie a lui se l'azienda è cresciuta così tanto. Probabilmente è per questo che l'ex presidente lo ha trattato con tale riguardo, nominandolo consigliere a vita; ma i nuovi presidenti sono spesso riluttanti a seguire i passi dei loro predecessori. In questo caso, poi, la situazione si è deteriorata a causa della cattiva gestione del vecchio presidente: le banche si stanno facendo sentire, e si vocifera che al signor Sawada sarà revocato l'incarico a vita. Questo è ciò che si dice. Del resto, siamo in piena rivoluzione tecnologica».

Questo voleva dire, in un certo senso, che le innovazioni tecniche di Nobuhiro erano ormai obsolete, quindi inutili, e che l'insegna della S. Optics sarebbe finita nel ripostiglio.

«Sono solo voci, non c'è ancora niente di definitivo. Credo sia meglio evitare di fargli domande. Ma adesso che mi hai parlato dell'autobiografia, credo di capire come si senta tuo marito».

«In altre parole, è pronto a ritirarsi. Ma certo, era tutto troppo strano. Mi stava nascondendo qualcosa. Se lo licenziano le nostre entrate ne risentiranno».

«Non so se il nuovo presidente si spingerà davvero fino a questo punto, ma io ho la sensazione che, trattandosi di una persona che ha contribuito enormemente alla crescita dell'azienda, se pure dovessero revocargli l'incarico da consigliere, forse lo pagheranno comunque come prima, come consulente tecnico. Il suo accordo con l'ex presidente in qualche modo non verrà ignorato. Insomma, forse gli offriranno il suo vecchio stipendio».

«Chissà. Se venisse a mancare l'attuale fonte di reddito sarebbe un bel problema. Ne ho bisogno ancora per tre anni. Il mio piano si regge proprio su questo».

«Magari potrei chiedere a mio zio di mettere una buona parola con la banca perché convinca il nuovo presidente a lasciare il signor Sawada dov'è... Se è come dici, si tratterebbe solo di tre anni, no?».

«Davvero? Te ne sarei grata».

«Sto scherzando. Come posso, nella mia posizione, chiedergli di aiutare tuo marito?».

«Sarebbe così strano?».

«Ho anch'io una coscienza, sai? Ormai ti ho lasciata al signor Sawada».

«E quindi non puoi aiutarmi?».

«È una questione etica. Ti sei resa conto di cosa stiamo facendo, in questo momento?».

«Proprio per questo dovresti voler aiutare mio marito, no?».

«A quanto pare il tuo pensiero non è nemmeno sfiorato dal buon senso».

«Che c'entra il buon senso? Puoi avere quanto buon senso ti pare, ma nessuno ti presterà un centesimo quando sei in difficoltà. Ognuno pensa ai propri interessi. La gente spende parole sui problemi degli altri quando non la riguardano, a distanza di sicurezza; ma uno che sta annegando vuole solo essere salvato. Presto sarò vedova. Non sono né giovane né vecchia, sono a metà della mia vita: il momento più difficile per una donna. Per questo mi do così tanto da fare. Oramai non posso fare affidamento su di te, papi. Mi hai lasciato a Sawada, e per te è stato un sollievo. Questo genere di compagnia occasionale non ti dispiace, ma non ti vuoi assumere delle responsabilità nei miei confronti. Anche perché conosco fin troppo bene le tue astuzie».

«Bene bene, ora stai puntando me come bersaglio?».

«Sto solo dicendo la verità. Perciò devo attrezzarmi fin da ora per la mia sopravvivenza. Devo attuare il mio piano o ne pagherò le conseguenze. Alla mia età, non ci sono seconde possibilità».

«Questa sera sembri molto preoccupata della tua età».

«Sì, perché è come dico».

«Be', è comprensibile... Stiamo divagando, ne riparliamo la prossima volta. È ora di alzarsi, su».

«Già. Tu resta pure a letto un altro po'. Faccio io il bagno per prima».

Quando si alzò dal letto, la luce rossa dei neon della strada filtrava attraverso le fessure della tapparella verde. Mentre riempiva la piccola vasca da bagno con l'acqua calda, Isako rifletteva su come mettere al sicuro i suoi averi il prima possibile.

Uscì da sola dal parcheggio dell'hotel, e mentre passava davanti alla stazione di servizio un dipendente in piedi a bordo strada sollevò un braccio. Isako fermò l'auto e aspettò che quel ragazzo alto e con i capelli lunghi la raggiungesse.

« Che succede? ».

Il benzinaio la scrutò dal finestrino mezzo abbassato.

« Buonasera, signora. È diretta a casa? ».

« Sì ».

« È tardi ».

Sul viso allungato del giovane si disegnò un sorriso allusivo. Era uno dei tre con cui si era fermata a parlare la sera del ricevimento di Nobuhiro.

« E allora? ».

Era sola e non voleva concedergli troppa confidenza.

« Non ha la carrozzeria un po' troppo sporca? ».

In un primo momento pensò che volesse provocarla, poi le sovvenne che in effetti non faceva lavare la macchina da oltre una settimana.

« La farò lavare domani, quando ripasserò di qui ».

« Oltre a farla lavare, sarebbe bene anche passare la cera. Ha perso lucentezza ».

Passare la cera era un'operazione di un'ora, ma siccome lo facevano tra un intervento e l'altro ne impiegavano sempre almeno tre. Il giorno successivo doveva andare ai grandi magazzini per ordinare sedia e scrivania: poteva lasciare loro l'auto e fare il resto della strada in taxi.

« Ci vediamo domani allora ».

« Ah, sì? L'aspettiamo. Non vediamo l'ora di rivedere il suo bel visino. Arrivederci. Buonanotte ».

Il viso allungato indietreggiò, e il ragazzo la salutò con la mano. Si trattenne dal fare altre battute di spirito, forse perché il volto di lei era rimasto contratto per tutto il tempo della conversazione.

Quando arrivò a casa, Saki sentì l'auto entrare in garage e la raggiunse sulla porta d'ingresso.

« Bentornata a casa ».

« Sei ancora in piedi? ».

« Sì ».

« Il signore? ».

« Ha cenato ed è andato a letto verso le sei ».

« Bene. Ci sono state telefonate? ».

« Una. Da una persona che si è presentata come Hamaguchi. Vorrebbe che domani lei lo richiamasse ».

Siccome non gli aveva ancora detto dell'avvocato, pensò che volesse ricevere qualche aggiornamento. Doveva tirarsi fuori il prima possibile da quel pasticcio, e interrompere ogni contatto con quella gente.

IV

Isako serviva la colazione a Nobuhiro, seduto di fronte a lei nel *kotatsu.* Pane, latte, bistecca, insalata di verdure e brodo di *miso.* Il piano del piccolo *kotatsu* era ingombro di piatti.

Nobuhiro aveva mangiato solo metà della fetta di pane imburrata per lui da Isako, e stava sorseggiando il brodo di *miso.* Lo preferiva alla zuppa. Finì le verdure crude e le uova, ma lasciò più di due terzi della carne. Masticava lentamente: era una sua abitudine. Teneva gli occhi socchiusi, come se stesse pensando a qualcosa, ed era parco di parole.

Il sole batteva sulla parte alta del muro del giardino, lasciando la parte bassa nell'ombra fredda; il primo piano della casa accanto, che aveva tutte le persiane chiuse, brillava ancora di luce.

« La carne si raffredda. Su, mangiala ».

« Sì ».

Nobuhiro obbedì e avvicinò le bacchette alla bistecca, ma dopo averne portato un pezzo alla bocca dovette riposarsi. La carne era stata tagliata appositamente per lui, a fettine sottili come fogli di carta.

Isako mangiava sempre sola, quando lui aveva già finito. Con Nobuhiro non le piaceva. Non riusciva ad accordare il suo ritmo nel mangiare a quello di lui, che era così lento. La irritava. Servendolo, invece, aveva modo di osservarlo con calma.

Ultimamente Nobuhiro aveva ancora meno appetito del solito. Isako gli metteva ogni mattina la bistecca nel piatto per aumentare l'apporto calorico, ma lui non mangiava molto. Gli preparava una minestra facendo bollire le ossa di pollo, oppure la zuppa di cipolle, che era lunga da preparare, ma lui non gradiva né l'una né l'altra: preferiva il brodo di *miso* con le alghe *wakame*.

Nobuhiro indossava uno *hanten* a righe blu e sottili strisce rosse, fatto fare per lui da Isako. Fino all'anno scorso gli stava bene, ma ora vi galleggiava dentro, cosa che sottolineava una sorta di impudicizia senile.

Nobuhiro sembrava ogni giorno più minuto. La pelle sotto gli occhi si era afflosciata, le guance erano più cadenti, il labbro inferiore era proteso mollemente in avanti e le rughe intorno alla bocca erano aumentate. La sua schiena si era ulteriormente ingobbita. Chi lo aveva sempre davanti agli occhi non se ne rendeva conto, ma le persone che non lo vedevano da tempo si sarebbero stupite di trovarlo così invecchiato. Probabilmente qualcuno avrebbe giurato che non sarebbe vissuto a lungo.

La differenza d'età rispetto a Shiotsuki Yoshihiko era di circa due lustri, ma questi in confronto a Nobuhiro sembrava nel fiore degli anni. Il suo viso era roseo e luminoso. La fronte priva di rughe era lucente, e la pelle del suo corpo liscia. Mangiava di gusto. La voce era forte e vibrante. Non si affaticava mai.

Nobuhiro raccolse un pezzo di *wakame* dalla ciotola con la punta delle bacchette e se lo portò alla bocca. Il brodo gli sgocciolò sul petto; il suo abito era già macchiato in due o tre punti. A Isako venne in mente un suo zio che era morto per le conseguenze di un ictus, e che quando mangiava portava un bavaglino.

« Che si dice in ufficio, papi? » domandò Isako, mentre con calma riassettava il piano del *kotatsu*.

« Eh? » Nobuhiro stava succhiando un pezzetto di alga. Sembrava leggermente turbato. « Niente di particolare... » rispose evitando lo sguardo della moglie.

« La riorganizzazione dei vertici voluta dal nuovo presidente ti creerà dei problemi, papi? ».

Voleva verificare le informazioni ottenute da Shiotsuki la sera prima.

« Uhm. No, credo di no ».

« Credi di no? Questa risposta mi impensierisce. Fino a poco tempo fa eri assolutamente sicuro. Le cose sono cambiate? ».

« Non sono cambiate, ma sembra che il nuovo presidente stia avendo delle difficoltà a prendere delle decisioni, per via dell'ingerenza delle banche e di altre questioni. Ma io sono lì per volontà dell'ex presidente e ho ricevuto un'offerta, quindi non credo che dovrò dimettermi ».

« Non dobbiamo preoccuparci di nulla? ».

« No ».

Ma la risposta di Nobuhiro non le bastava. Isako pensò di tirare fuori la storia che le aveva raccontato Shiotsuki facendogli credere di averla sentita da qualcun altro, ma se l'avesse fatto Nobuhiro avrebbe potuto collegare quell'informazione alla sua uscita della sera precedente. Nobuhiro non parlava mai di Shiotsuki, il che rendeva ancora più oscuri i suoi pensieri. Non poteva aver del tutto rimosso l'esistenza di quell'uomo che aveva fatto parte della vita della moglie. All'inizio della loro relazione, Shiotsuki era persino andato a lamentarsi con la persona che li aveva presentati.

Era stata tutta una messinscena di Shiotsuki, che gli aveva ceduto la sua donna ma che voleva tormentarlo un poco, certo che Nobuhiro non l'avrebbe lasciata per questo: si erano sposati, e non si sarebbe certo coperto di vergogna, né avrebbe rinunciato a una donna così giovane. In altre parole, Shiotsuki voleva in qualche modo esercitare il suo «controllo». Senza dimenticare la sua inguaribile gelosia.

Nobuhiro era consapevole del fatto che Shiotsuki aveva avuto prima di lui quella che adesso era la sua donna. E se questi non lo dava a vedere, era per una forma di orgogliosa affettazione. Isako era tentata di menzionare la storia delle sostituzioni dei dirigenti alla S. Optics, buttando lì che l'informazione le era arrivata da Shiotsuki per scuotere un po' il sussiego di Nobuhiro, ma decise di trattenersi. Avrebbe atteso un'occasione più adatta.

Per il momento doveva fingere di credere alle parole di Nobuhiro, e poi scoprire se la stava ingannando. Se Nobuhiro nascondeva qualcosa, se non poteva dire apertamente la verità, allora questa sarebbe venuta fuori da sola, piano piano. Le sembrò la migliore strategia.

«Sto pensando di frequentare qualche corso di cucina» disse Isako come se comunicasse una decisione già presa.

«Ah, sì? E perché?» le domandò Nobuhiro deglutendo il suo tè. Il pomo d'Adamo si mosse su e giù.

«La cucina è cambiata rispetto ai tempi in cui mi ci dedicavo per mestiere...».

«Hai intenzione di aprire un altro ristorante di cucina tradizionale vegetariana?».

«Non ho ancora deciso, ma di certo devo pensare a cosa fare dopo la tua morte, papi. Non posso farmi cogliere impreparata. Senza le giuste conoscenze, come farò ad assumere dei cuochi?».

Nobuhiro guardò fuori. Attraverso la porta a vetri si vedeva il giardino, una lunga linea di terra illuminata ai margini, con il sole che adesso aveva raggiunto la base del muro. La porta scorrevole tra il corridoio e il soggiorno era aperta. Isako trovava soffocanti le stanze chiuse, nonostante Nobuhiro avesse freddo.

Isako ruppe il silenzio.

«E poi, come puoi essere così sicuro di rimanere per sempre al tuo posto, in azienda?».

Nobuhiro abbassò gli occhi.

« È bene che io mi dia da fare, no? ».

Se fosse stato un marito come gli altri, di fronte a quell'affermazione Nobuhiro avrebbe scherzato, e a prescindere dalle sue vere intenzioni le avrebbe risposto con leggerezza che allora avrebbe portato lei il pane a casa, oppure l'avrebbe ringraziata; invece Nobuhiro rimase in silenzio, serio in volto. Isako ne fu infastidita e per un attimo fu tentata di dire più del dovuto.

Nobuhiro socchiuse le labbra come per parlare, ma le serrò subito. Isako pensò che non si smentiva mai. Quando doveva esprimere la propria opinione, o ribattere qualcosa, si ritraeva, quasi temesse di venir attaccato. Sembrava credere che la via più sicura fosse quella di non scontrarsi mai con qualcuno più forte di lui: era inutile procurarsi una ferita, se la sconfitta era ovvia. Pareva rassegnato al fatto che un vecchio che si mette contro una giovane donna energica verrà sicuramente sopraffatto; si considerava inferiore, e debole, come un bambino incapace di fronteggiare un adulto. A questa rassegnazione si accompagnava un sorriso amaro, oppure una certa aria di chi la sa lunga – come a dire che parlare con qualcuno che non capiva i suoi ragionamenti non lo avrebbe portato da nessuna parte.

Isako trovava ripugnante l'atteggiamento di Nobuhiro, così cupo e taciturno: le veniva voglia di aggredirlo, di dirgli che lei a differenza sua era una persona schietta, o che avrebbe voluto che parlasse più chiaro, che fosse capace di dire quello che pensava.

Anche adesso Nobuhiro era sembrato sul punto di dire qualcosa, ma poi aveva voltato silenziosamente la testa dall'altra parte. Isako avvertì un dolore acuto alla nuca, e le uscirono di bocca incontrollate queste parole:

« D'ora in poi me ne andrò un po' in giro per ristoranti. Anche le attrezzature saranno molto cambiate, è bene che mi informi ».

Mentre parlava si rese conto di aver trovato anche una buona scusa per uscire. Frequentare un corso di cucina e andare in giro per ristoranti le avrebbe permesso di assentarsi da casa quotidianamente.

« Non credere che sia un'idea balzana. Ne va del mio futuro sostentamento ».

Voleva far credere a Nobuhiro che si sarebbe resa autosufficiente, che ce l'avrebbe fatta senza l'aiuto di nessuno; in altre parole, che era decisa a non risposarsi. Questo l'avrebbe reso felice, e si sarebbe potuto tradurre in un qualche accordo per ottenere terra, casa e proprietà. Poteva già uscire tutte le volte che lo desiderava, certo, ma non sarebbe stato male avere un motivo legato a un preciso dovere: le avrebbe consentito di gustare appieno la sua libertà.

Lei e Nobuhiro avevano già avuto una conversazione del genere.

«Se muori, papi, non voglio certo morire anch'io, o uccidermi per seguirti nella morte. So che ci sono mogli capaci di rendere felici i loro mariti promettendo l'impossibile; io invece ti dico che non potrei fare ciò che non mi è possibile. Detesto le bugie. In compenso, non mi risposerò. Non so quando morirai, ma ormai ho anch'io i miei anni e non voglio affaticarmi dietro a un altro uomo. E poi, dove potrei trovare un uomo buono quanto te?».

Il volto rugoso di Nobuhiro si increspò in un'espressione di gioia. Conversazioni di quel genere evocavano un certo tipo di atmosfera, di gesti, e lui ne fu sinceramente commosso.

Isako capì di piacergli ancora enormemente. In passato lui aveva portato spesso ospiti al Minokasa. Era un uomo molto attento alle apparenze, per questo non si presentava mai da solo. In giro si diceva che Nobuhiro fosse stato sedotto da Isako, ma nessuno dall'esterno può capire che cosa succeda davvero tra un uomo e una donna. Adesso erano marito e moglie e correva voce che Nobuhiro fosse in balia di una moglie egoista, ma nessuno sapeva quanto piacere gli procurasse il corpo di quella donna in camera da letto, dove nessuno poteva vederli. In quei momenti, Nobuhiro abbandonava il suo sussiego e si attaccava a lei come un neonato nudo e insicuro. Si agitava, si dibatteva, si muoveva senza sosta. Isako si sentiva ora una ragazzina alla mercé di un uomo maturo, ora una madre affettuosa, o ancora una donna più anziana che lo sbeffeggiava. E nessuno poteva sapere quanto Nobuhiro godesse in quelle situazioni.

Quel gioco beffardo era diventato un'abitudine anche durante il giorno, e ora scandiva la loro vita quotidiana. E Nobuhiro, per quanto sottomesso, forse in cuor suo si sentiva soddisfatto. Forse si godeva la sua posizione di marito sconfitto. Benché il suo volto sembrasse celare indignazione, la sua condiscendenza gli procurava un piacere segreto. Questa consapevolezza permetteva a Isako di sopportare i silenzi rassegnati di Nobuhiro, e quella sua aria un po' imbronciata, un po' cupa, che talvolta le appariva anche comica.

Nobuhiro si alzò appoggiando le mani sul piano del *kotatsu* e si diresse verso lo studio con un'espressione irritata, esattamente quell'atteggiamento di finta superbia che Isako conosceva fin troppo bene; lei lo seguì con lo sguardo sbuffando dal naso, aspettando che fosse sparito alla vista prima di ritrovare il buon umore.

Qualunque fosse l'opinione di Nobuhiro in proposito, Isako era determinata a frequentare le sue lezioni di cucina e a girare per ristoranti. Soprattutto, non voleva rinunciare ai ristoranti. Se avesse chiamato al telefono Shiotsuki per chiedergli di accompagnarla, lui sarebbe certamente corso da lei, visto quanto si annoiava in ufficio. E avrebbe pagato tutto con il fondo spese dell'azienda, o qualcosa del genere, per la felicità delle tasche di Isako. Shiotsuki era decisamente la compagnia ideale.

Isako non si aspettava che la sua attuale relazione con Shiotsuki si trasformasse in un legame più complicato. Lui era stato « adulto » sin dall'inizio della loro frequentazione, e ora anche lei era cresciuta. Se pure Nobuhiro fosse morto, lei non sarebbe mai tornata al tipo di relazione che aveva prima con Shiotsuki. Lui aveva realizzato il suo astuto piano per recidere il loro legame, e Isako escludeva che avesse voglia di ricostruirlo. Shiotsuki era un libertino, aveva molte relazioni, ma a parte la donna di Yanagibashi, dalla quale peraltro non pareva più granché attratto, non sembrava che nella sua vita ci fosse qualcuno di speciale.

Isako conosceva i sentimenti di Shiotsuki e giocava a comportarsi da «amica», cercando però di approfittarsene. Lo zio di Shiotsuki era una risorsa preziosa. Se fosse riuscita ad avviare la sua attività commerciale avrebbe potuto portarle molti clienti. Shiotsuki era un uomo particolare, uno che sembrava avere i nervi saldi e s'intendeva di tante cose, dalla qualità della cucina all'abbigliamento femminile, all'arredamento. Aveva mangiato nei ristoranti di tutto il paese, e non solo conosceva le tradizioni gastronomiche, ma se la cavava anche con il coltello. Si dilettava in cucina quasi da professionista, sapeva come condire le pietanze e come disporle nel piatto. In fatto di kimono femminili si intendeva quanto un negoziante. Il gusto di Isako per i kimono si era formato nel tempo trascorso con Shiotsuki.

Agli inizi della loro frequentazione, Isako era stata irretita dalle lodi di Shiotsuki per il suo kimono. Anche quando indossava qualcosa di semplice e poco appariscente, Shiotsuki si avvicinava a lei, la guardava negli occhi, toccava il tessuto con la punta delle dita ed era in grado di dirle da dove venisse e dove era stato filato. Conosceva ogni dettaglio, dalle cinture alla biancheria intima, ed era molto selettivo in fatto di colori e modelli. Isako cercava l'ammirazione di Shiotsuki, e a furia di comprare kimono si ritrovò ad avere una relazione con lui. Shiotsuki si intendeva anche della disposizione del giardino e della stanza per la cerimonia del tè, e aveva un ottimo gusto per dipinti e oggetti. Le fu di grande aiuto nel consigliarla sull'arredamento in stile tradizionale delle stanze al Minokasa, e le sue idee, anche quando riguardavano gli angoli meno visibili del locale, gli conferivano un'aria distinta. Era anche un abile calligrafo, bravo quanto un insegnante, e sapeva disegnare con la tecnica del tratto unico. Si dilettava persino nella lavorazione del legno.

Pur essendo una persona dai tanti talenti, non era mai stato in grado di gestire gli affari, e in passato aveva commesso molti errori; per questo, nonostante fosse diventato vicepresidente grazie al potere dello zio, lo tenevano alla larga dalla gestione dell'azienda. Tuttavia Shiotsuki non se ne crucciava, anzi si godeva la propria libertà, convinto che occuparsi degli affari di qualcun altro avesse poco senso.

Il cielo non ci concede mai due cose: sarebbe stato perfetto se avesse potuto usare anche solo la metà del suo gusto e della sua abilità nel campo degli affari, ma non c'era stato niente da fare.

Shiotsuki aveva ragione a non crucciarsi: in un momento di difficoltà un amministratore capace non avrebbe potuto rendersi granché utile, mentre chi aveva un legame con una persona influente sarebbe risultato ben più interessante per l'azienda.

Isako doveva tenersi stretto Shiotsuki, soprattutto in vista dei suoi futuri progetti. Senza contare che lui era in grado di procurarle un tipo di piacere che da Nobuhiro non avrebbe mai potuto avere. E i consigli di Shiotsuki, con la sua esperienza di vita e le sue mille astuzie, potevano tornarle utili. Lui l'avrebbe trattata con ogni riguardo, purché lei non mettesse a repentaglio la sua situazione.

Poco dopo mezzogiorno arrivò la stenografa Miyahara Motoko. In piedi sulla porta, con il suo viso magro e la sua figura snella, appariva del tutto scialba, anche vestita di nero come quel giorno. Aveva occhi e naso piccoli, privi di vivacità. Miyahara Motoko, tenendo la valigetta in una mano, guardò Isako e fece un altro dei suoi inchini da ragazzino.

« Ben arrivata. Grazie per ieri. Fa freddo, vero? ».

« Non troppo, oggi l'aria è piuttosto mite ».

Miyahara dischiuse appena le labbra lasciando intravedere gli incisivi. Il suo sorriso non era né caloroso né femminile.

Isako bussò alla porta dello studio insieme a Miyahara, pensando che l'arrivo della ragazza avrebbe restituito a Nobuhiro il buon umore. Si comportava sempre bene davanti agli altri.

« Caro, c'è qui la signorina Miyahara ».

Nobuhiro, curvo sulla scrivania, si voltò a guardarla e con aria leggermente impacciata strizzò gli occhi.

« Salve ».

« Buongiorno » disse Miyahara facendo un rigido inchino.

« La scrivania e la sedia sono state ordinate ieri ai grandi magazzini e saranno consegnate presto » disse Isako, ripromettendosi di passare dai grandi magazzini il giorno stesso o l'indomani.

« Ah, sì? Nel frattempo puoi far portare qualcosa? ».

Nobuhiro si alzò e si guardò intorno. Isako intuì che era a disagio.

« Vado a prendere i mobili di ieri ».

Isako andò nel ripostiglio e tornò con il vecchio tavolo del giorno prima, quello che aveva causato tanto imbarazzo. Nobuhiro aveva un'espressione turbata. La sedia della cucina era rimasta in un angolo dello studio.

« Abbia pazienza, è solo finché non ci consegnano i mobili nuovi » disse Isako a Miyahara.

« Grazie ».

« Vuole provare a sedersi? ».

Miyahara si accomodò sulla sedia, che però era troppo alta rispetto al tavolo.

« La scrivania è un po' bassa. Chissà se abbiamo qualcos'altro » disse Isako con aria pensierosa.

« Per ora andrà bene, si tratta solo di aspettare la consegna dai grandi magazzini » rispose premuroso Nobuhiro.

« È vero, riesco a scrivere senza problemi » aggiunse imbarazzata Miyahara.

« Caro, pensi di cominciare oggi? ».

« Sì, mi sono segnato le cose da dettare ».

Sulla scrivania c'erano un quaderno e una penna stilografica. Ecco a cosa si era dedicato da quando si era alzato dal *kotatsu*. Aveva rinunciato a contraddire Isako, si era chiuso nello studio e si era distratto con quegli appunti. Davanti a una terza persona Nobuhiro aveva recuperato calma e compostezza.

Miyahara estrasse dalla valigetta dei fogli sottili per stenografare e tre penne a sfera. Saki entrò con il tè, lanciò un'occhiata a quegli oggetti e uscì.

« Cominciate subito? » chiese Isako a Nobuhiro, che nel frattempo si era rimesso a sedere e stava guardando i suoi appunti. Evidentemente non aveva in programma di andare in ufficio.

« Sì, anche se devo ancora prendere confidenza. Nei giorni scorsi lei è venuta un paio di volte in ufficio e ci siamo esercitati, ma non è come scrivere, devo ancora orientarmi ».

Nobuhiro appoggiò il mento su una mano.

« Signorina Miyahara, come si fa a dettare nel modo migliore? » domandò, preso da mille dubbi.

« Be', alcune persone parlano come se stessero tenendo una conferenza o partecipando a un dibattito, e in seguito modificano la loro trascrizione ».

« Una conferenza o un dibattito, dice? Io non ho mai tenuto una conferenza, né partecipato a un dibattito. Questo è un problema ».

« Non hai proprio fiducia in te stesso, eh? Vedendo con quale entusiasmo ti sei lanciato in questa iniziativa, pensavo che fossi un po' più sicuro del fatto tuo » lo interruppe Isako.

« Non si preoccupi. Va bene come abbiamo fatto l'altra volta. All'inizio forse sarà poco sciolto, ma poi ci farà l'abitudine. In seguito potrà apportare tutti i cambiamenti che vorrà. Parli senza pensare che davanti a lei c'è una stenografa » lo incoraggiò Motoko con la penna appoggiata sul foglio.

« Rimango ad ascoltare un momento anch'io » disse Isako.

« Bene, forse parlare come se si rivolgesse a sua moglie potrebbe aiutarla » aggiunse Motoko con un tono maturo. Il tono di una donna di venticinque anni, che però mal si accordava a quel viso e a quel corpo così minuti, come rimpiccioliti. Isako guardava il profilo anemico della stenografa pensando che quella donna, con la sua esperienza, per qualche tempo avrebbe fatto da guida a Nobuhiro.

Nobuhiro non riusciva ad aprire bocca, continuava a guardare i suoi appunti dando dei colpetti di tosse come per schiarirsi la voce; infine si mise a fumare con aria preoccupata.

Miyahara posò la penna e sorseggiò il suo tè.

« Qual è il problema, caro? Non riesci a dire nulla? ».

« Già, non ci riesco ».

« Forse è a causa mia? Vi sto disturbando? ».

« No, non è questo... ».

Nobuhiro si grattò un sopracciglio.

« Signorina Miyahara, proviamoci comunque. Non sono sicuro di riuscirci, ma parlerò lentamente. So già che mi bloccherò ».

« Sì, certo. Prego, può cominciare ».

Miyahara afferrò di nuovo la penna. Isako era curiosa di sapere cosa avrebbe detto Nobuhiro, quindi rimase in silenzio, ma quella forma di svago che il marito si era scelto le sembrava il tipo di gioco che un nonno fa con dei nipotini.

« Vediamo... ».

Nobuhiro diede ancora un paio di colpetti di tosse.

« Dunque... Sono nato in una piccola città, che un tempo fu una roccaforte feudale, chiamata Chōfu, nella prefettura di Yamaguchi. Ah, il carattere di "Chō" è quello di "lungo", e quello di "fu" è quello di "Fuchū" ».

« Ho capito ».

« Va bene così? » domandò Nobuhiro rivolto a Miyahara e Isako.

« Perfetto ». Miyahara sorrise e annuì. Isako voleva che proseguisse.

« Chōfu si trova tre *ri* a est di Shimonoseki, o a dodici chilometri, come diciamo oggi. Per favore, scriva dodici chilometri ».

« Sì, d'accordo » rispose Miyahara facendo scorrere la penna sul foglio di carta.

« Mio padre apparteneva a una famiglia di samurai. Il dominio di Chōfu era quello di un ramo cadetto del clan Mōri di Yamaguchi... Il carattere di "ramo" è lo stesso della parola "filiale". Raccontando a voce non posso precisare quali caratteri deve usare ».

« Non si preoccupi, potremo correggere in un secondo momento. Se ho dubbi su un carattere lo scriverò in *katakana*. Stia tranquillo ».

« Uhm ».

Nobuhiro lanciò un'occhiata a Isako. Era uno sguardo quasi infantile, imbarazzato e stranito. Isako pensò che a causarlo fosse stato il proprio sorriso appena accennato.

« Mio nonno era un samurai di rango modesto, e riceveva un basso salario dal signore feudale... Le sono chiari tutti i caratteri? Non riesco a non pensarci ».

« Stia tranquillo. Prosegua pure ».

« ... il suo salario era quello di un fante. Il padre di mio nonno provava, nei confronti di Takasugi Shinsaku e Kusaka Genzui... Genzui si scrive... non importa, le detterò i caratteri più tardi. Lui rispettava, o per meglio dire venerava, Genzui, Itō Hirobumi e Yamagata Aritomo, perché tutti loro provenivano dalla fanteria. Anche la famiglia del generale Nogi è originaria di quelle zone. Mio padre da piccolo sognava di fare il soldato, ma a causa della sua salute fragile dovette rinunciare a questo proposito e divenne un mercante. Commerciava in cereali, ma ho sempre pensato che se avesse fatto il soldato avrebbe raggiunto almeno il grado di generale maggiore. Mio padre aveva presenza di spirito in tutto ciò che faceva, era un uomo coraggioso... ».

Isako pensò che, per essere figlio di tale padre, Nobuhiro difettasse di coraggio. E a giudicare da come elogiava il padre, doveva esserne consapevole.

« Che ne pensa? Stiamo andando bene? ».

« Molto bene » rispose Miyahara. Isako voleva rimanere ad ascoltare ancora un po'.

« Mio padre aveva una fiorente attività commerciale, e Chōfu era solo un paesino di campagna: quando avevo sette anni ci trasferimmo a Moji, una città oltre lo stretto di Kanmon. I ricordi della mia infanzia riguardano soprattutto Chōfu e Moji... No, anzi, scriva: le due città di Chōfu e Moji. Forse suona meglio ».

« Sì ».

Saki entrò dopo aver bussato piano alla porta. Isako pensò che fosse venuta per ricevere qualche disposizione, invece disse:

« Mi scusi, signora, sono venuti a riportare l'auto dalla stazione di servizio ».

Quella mattina sul presto dovevano aver sistemato la macchina, e adesso l'avevano riportata.

« Ah, sì? Arrivo subito ».

Quando si alzò dalla sedia, Nobuhiro la guardò.

« Cos'ha la macchina che non va? ».

« Ieri sera ho chiesto al personale della stazione di servizio di passare la cera ».

La sera prima, quando era tornata, Nobuhiro dormiva già. E quella mattina non le aveva chiesto dove fosse stata. Mentre lei gli parlava delle lezioni di cucina e dei ristoranti lui era sembrato scontento, e Isako aveva pensato che forse aveva intuito qualcosa.

Fuori, davanti all'ingresso di casa, c'era un ragazzo alto con i capelli arruffati. Aveva guidato lui l'auto di Isako, e dietro alla sua macchina era posteggiata quella con cui il ragazzo sarebbe tornato alla stazione di servizio. Alla guida c'era un altro uomo.

L'auto appena incerata scintillava al sole.

«Sembra nuova».

«Già. Visto che è sua le ho dato una bella ripassata».

Le battute di quel ragazzo erano sempre eccessive, il suo sorriso troppo ammiccante. Finché erano alla stazione di servizio Isako poteva anche fingere di trovarlo divertente, ma era inammissibile che venisse a ripetere le stesse cose, con lo stesso sorriso, a casa sua.

«Quant'è?» domandò cambiando il tono della conversazione.

«Mah. Facciamo milleduecento yen».

Isako prese le banconote dal portafoglio con espressione contrariata.

«Signora, c'è qualcuno che vorrebbe parlarle» le sussurrò il ragazzo con un sorrisetto.

Isako guardò con fare noncurante nella direzione che lui le indicava e vide Hamaguchi sporgersi dal finestrino della seconda auto, chinando più volte il volto abbagliato dal sole. Isako era ammutolita per lo stupore.

«Quel signore dice di doverle parlare e ha insistito per venire qui insieme a me. È un amico del ragazzo che era con lei, no? L'ho già visto un paio di volte».

Forse le era capitato di dare un passaggio a Hamaguchi mentre era in auto con Ishii Kanji. Non potendo fare altro, si incamminò verso l'auto parcheggiata dietro la sua. Lanciò un'occhiataccia a Hamaguchi.

«Deve scusarmi. Alla stazione di servizio mi hanno detto che sarebbero venuti a riportarle un'auto e ne ho approfittato».

Al contrario di quanto esprimevano le sue parole, parlava senza preoccuparsi di risultare discreto; aveva un'espressione furba, e i bordi degli occhi arrossati.

«Lo capisci che potresti mettermi nei guai, presentandoti così a casa mia?» lo rimproverò Isako.

«Sì, solo che al telefono non riusciamo mai a parlare».

«Che cosa devi dirmi?».

«Si tratta dell'avvocato di Ishii. È approdata a qualcosa?».

«Più o meno».

«Se ha incaricato qualcuno, vorrei incontrarlo e chiedergli alcune cose. Anche Ōmura è d'accordo. Vogliamo testimoniare in tribunale per fornire prove a favore di Ishii. Io e Ōmura sappiamo meglio di chiunque altro cos'è successo quella notte».

La notte della morte di Noriko erano stati anche loro in quell'appartamento, e conoscevano tutti i dettagli. Quegli occhi rossi sembravano volerle ricordare che c'era anche lei, e che loro lo sapevano. La richiesta di parlare con l'avvocato, in qualità di amici di Ishii, forse celava la minaccia di raccontargli tutto quello che era successo, per poi ripeterlo anche in tribunale. Probabilmente era stata un'idea di Ōmura, il più scaltro dei due.

«Per il momento non ho incontrato l'avvocato. Devo ancora prendere una decisione definitiva».

«E quanto tempo ci vorrà?».

«Ancora un po'».

«È crudele far aspettare Ishii. Mi sono affidato a lei dietro sua richiesta, ma vorrei che lei fosse più chiara. Lo dice anche Ōmura» disse con insolenza Hamaguchi.

«Dov'è adesso Ōmura?».

«A casa sua. In attesa che gli riferisca la sua risposta».

Come pensava Isako: dietro a quei movimenti c'era sicuramente lui.

«Qui non possiamo parlare. Ascolta: oggi pomeriggio devo andare ai grandi magazzini N., ci vediamo nella lobby dell'Hotel A. verso le tre. Può venire anche Ōmura».

«D'accordo, facciamo così».

Hamaguchi stavolta chinò leggermente il capo, poi si ritrasse nell'abitacolo.

Prima di rientrare in casa Isako si voltò e vide che il benzinaio aveva sostituito Hamaguchi al posto di guida, e che i due stavano ridendo.

Si affacciò nello studio: Nobuhiro era intento a dettare a Miyahara.

«... Ci sono due isole sulla costa di Chōfu, chiamate Manju e Kanju. Il carattere di "Man" è quello di "pienezza” o “soddisfazione”, quello di “Kan” di “secco”, e quello di “ju” è lo stesso che si usa per indicare le sfere dell’abaco. Va bene...? Quando ero bambino, il paesaggio di queste due piccole isole ha lasciato una forte impressione su di me. Manju non è accessibile, invece Kanju si può raggiungere a piedi dalla terraferma nelle ore di bassa marea. Mia madre mi portava lì a raccogliere i molluschi. Qualche volta raccoglievamo anche le alghe *wakame...*».

V

Isako si era preparata per uscire. Si affacciò mentre Nobuhiro stava ancora dettando alla stenografa.

« Papi, ho delle commissioni da sbrigare ».

Nobuhiro si voltò nel bel mezzo del racconto sulle isole Manju e Kanju.

« Certo, vai pure » le rispose, e come al solito non chiese dove stesse andando. Persino il suo sguardo era concentrato nella dettatura. Miyahara Motoko si alzò, e mentre diceva: « Buon pomeriggio » chinò rapidamente la testa dai capelli corti. Il suo inchino risultò rigido e dimesso.

« Signorina Miyahara, domani dovrebbero arrivare la scrivania e la sedia che ho ordinato per lei. Farò una telefonata ai grandi magazzini per sollecitare la consegna ».

« La ringrazio ».

Saki la accompagnò alla porta. Finché era in compagnia di quella scialba stenografa, Nobuhiro non aveva bisogno di niente.

Isako aveva in programma di fare tappa ai grandi magazzini, per poi raggiungere l'Hotel A. Ma non aveva in mente nessuna strategia, e l'incontro con Ōmura e Hamaguchi poteva anche finire male. Sperava di riuscire a rimetterli al loro posto, ma aveva la sensazione che non sarebbe stato facile. Anche se aveva proposto lei quell'incontro, e con piglio autoritario, nel corso della conversazione la tensione avrebbe potuto allentarsi, e lei non poteva rischiare di abbassare la guardia, regalando loro un vantaggio. E se si fossero fatti entrambi insistenti, le cose si sarebbero ingarbugliate.

Le venne l'idea di chiedere consiglio a Shiotsuki. In situazioni del genere sapeva di poter contare su di lui.

Era l'una passata quando si fermò a un telefono pubblico lungo la strada. Sperava che Shiotsuki, che pranzava sempre tardi, non fosse già uscito. Fortunatamente udì subito la sua voce.

« Sì, va bene. Prenoto un buon tavolo ».

Con lui le spiegazioni non servivano. Le indicò un ristorante di cucina del Kansai che si trovava nel seminterrato di un edificio a Ginza. La tappa ai grandi magazzini rischiava di essere rimandata di un altro giorno.

« Non ci vediamo per mesi e poi all'improvviso i nostri incontri prendono un ritmo forsennato ».

Per cominciare, Shiotsuki aveva ordinato un sashimi di gamberi e orate accompagnato da una birra.

« Se proprio devo uscire a pranzo tutti i giorni, sarà meglio che faccia attenzione alla mia alimentazione ».

« Non dire sciocchezze. E non farti strane idee. Se oggi ti ho cercato è perché ho bisogno di un consiglio ».

« Un consiglio? ».

« Non guardarmi con quegli occhi, papi. Non è una cosa che ti riguarda direttamente ».

« Che mi riguardi o no, io mi comporto da cavaliere ».

« Menti. Ora sei tranquillo, ecco perché riesci a dire tutte queste sciocchezze. So che per me, ormai, non correresti più nessun rischio ».

« Di cosa volevi parlarmi? ».

« Te lo dico subito ».

« "Sedutasi, si decise a raccontare..." ».

« Non c'è bisogno di scomodare il teatro *kabuki* ».

Isako gli raccontò di Hamaguchi e Ōmura. Gli aveva

già parlato della relazione tra Ishii Kanji e i due uomini, ma ora per la prima volta menzionava esplicitamente la possibilità di dover trattare con loro. Tra un boccone e l'altro gli illustrò la situazione in tono piuttosto leggero, ma la sua preoccupazione e il suo desiderio di sbarazzarsi di qualsiasi seccatura trasparivano chiaramente.

« L'altro giorno ti ho detto che gli uomini più giovani non portano nulla di buono. Ma io mi riferivo a Ishii ».

Shiotsuki inarcò leggermente la schiena e aggiunse:

« Gli amici di uno così sono gente della stessa risma. Forse vogliono usare Ishii come aggancio per cercare di approfittarsi di te ».

« È una questione di soldi, ovvio. Sono stati loro a chiedermi di trovare un avvocato, e siccome mi hanno fatto capire con un certo sarcasmo che avrei dovuto coprire io le spese, ho tagliato corto e ho detto loro che me ne sarei occupata. A quel punto si sono dovuti inventare qualcos'altro. Che sfrontati, presentarsi così a casa mia! ».

« Sono bravi a indispettirti. Ti hanno vista in ghingheri e avranno pensato che avrebbe funzionato. Vogliono solo i soldi? ».

« Cos'altro dovrebbero volere? ».

« Lo sai anche tu, te lo leggo negli occhi. Il tuo piccioncino andrà in galera e loro vogliono prendere il suo posto ».

« Che volgarità vai dicendo! E poi, "piccioncino" è un modo di dire così antiquato... ».

« Smettila di fingere. Finora hai cercato di tenermi all'oscuro, ma non serve. Farò in modo che il nostro avvocato lo tenga al fresco. Ma ho bisogno che tu mi dica la verità. Non possiamo farci cogliere impreparati ».

« ... ho commesso un errore » disse Isako abbassando gli occhi, con una voce sommessa, un po' imbarazzata e un po' disperata.

« Mhmm. Lo immaginavo ».

Shiotsuki sospirò con forza dalle narici, poi si zittì e fissò la fronte di Isako, che teneva ancora gli occhi bassi.

«È per questo che... è per questo che non volevo dirtelo».

Sentì il sangue affiorarle alle guance e alzò il viso verso Shiotsuki, in modo da disorientare il suo sguardo perplesso.

Shiotsuki si versò rapido un bicchiere di birra, voltò la testa e lo mandò giù. La sua gola gorgogliò come se inghiottisse qualcosa di doloroso. Si stava comportando in maniera insolita.

«Sei arrabbiato?».

Shiotsuki si voltò nuovamente verso di lei e le mostrò la lingua per nascondere l'imbarazzo che i suoi gesti tradivano.

«Sarebbe inutile darti della donnaccia, ma sentirti dire queste cose fa un certo effetto».

«Ecco, lo vedi?».

«Ti conosco da tanto tempo, quindi non sono così sorpreso. Ma di una cosa sì: sei talmente infedele da sceglierti uomini tanto giovani. Ma forse è per via dell'età che hai».

«Mi stai dando della vecchia?» ribatté Isako sporgendo il viso in avanti.

«I giovani sono rischiosi. Piantala di corrergli dietro. Non hanno niente, nemmeno qualcosa da perdere. È questa la loro forza. Con loro sei sempre in svantaggio, è evidente».

«L'ho capito molto bene. D'ora in avanti mi dedicherò solo ai vecchietti».

«Ti riferisci a me?».

«Chissà».

«Tuo marito sarebbe una scelta sicura».

«Fin troppo sicura. Per questo sono insoddisfatta. Mi metto a fare pensieri strani e finisco nei guai. Perdo il controllo di me stessa, come se fossi ubriaca. Non m'importa più di niente».

«E ti sembra un buon motivo per tradirlo con uomini più giovani?».

«Sei stato tu, papi, a farmi diventare così. Una volta che hai unito a me il tuo sangue, il mio è diventato torbido, non si è più calmato. E tu invece te la sei data a gambe, dopo avermi lasciata tra le braccia di quel vecchio. Non è giusto».

«Cos'è, sei partita al contrattacco?».

«Da questo momento in poi non mi basterà più vederti *occasionalmente*, come abbiamo fatto finora. Rischio di avere un esaurimento».

Shiotsuki strinse gli occhi.

«Spero che ti atterrai alla tua disciplina, e non darai preoccupazioni a tuo marito».

«Che gentile che sei. È la stessa disciplina che ti assicura che non metterò a rischio la tua reputazione. Puoi stare tranquillo. Non c'era bisogno di esplicitare i tuoi timori».

Isako si guardò il polso.

«Oh, sono quasi le due».

«A che ora devi incontrarli?».

«Alle tre».

«Manca un'ora».

Shiotsuki rifletté per qualche istante, poi disse:

«È meglio che tu non ci vada da sola. Verrò con te».

«Cosa? Tu, papi?».

«Non ho intenzione di fare nulla di particolare. Ma serve qualcuno abituato alle discussioni. Già che ci sono ti presenterò anche l'avvocato».

Non avendo altre idee, Isako non seppe come rispondergli.

Shiotsuki uscì dalla stanza dicendo che avrebbe fatto una telefonata, e tornò solo dopo una decina di minuti. Forse aveva già chiamato il suo avvocato, anche se quando aveva menzionato «qualcuno abituato alle discussioni» non sembrava riferirsi a lui. Forse si trattava di qualcun altro. In fondo non era così difficile da immaginare: era risaputo che suo zio, influente politico del partito conservatore, era in buoni rapporti con certi pezzi grossi di destra. Shiotsuki avrebbe potuto chiamare qualche personaggio di quell'ambiente, ma Isako sperava che la faccenda non si ingigantisse. Lo stesso valeva per l'avvocato: dopo che Isako gli aveva detto di volerne restare fuori il più possibile, lasciando Shiotsuki a fare da tramite, lui aveva dato appuntamento all'avvocato in albergo. Shiotsuki non era mai stato un tipo particolarmente discreto, e qualche accortezza in più non avrebbe di certo guastato.

« Questo lo so ».

Tornato dalla sua telefonata, Shiotsuki aveva ascoltato le preoccupazioni di Isako.

« Per quanto riguarda l'avvocato, non posso fare sempre da paravento: sei tu la cliente, se non lo incontri di persona, lui non si lascerà convincere. Naturalmente per ora è all'oscuro della relazione tra te e Ishii Kanji. Ma non vogliamo che Ishii riveli qualcosa durante il processo, giusto? Se lo scandalo diventasse pubblico, ti ritroveresti nei guai con tuo marito e questo metterebbe a rischio i tuoi progetti. Ecco perché è necessario che l'avvocato lavori per te, e non faccia trapelare lo scandalo. L'avvocato deve conoscerti meglio ».

« Questa storia ha preso una strana piega. Forse sarebbe stato meglio se non avesse accettato la difesa di Ishii ».

« Se la pensi così, non funzionerà. Tanto per cominciare, lui lavora più per tutelare te che per difendere Ishii in tribunale. E noi vogliamo innanzitutto ingraziarci Ishii fornendogli un avvocato e impedirgli di dire sciocchezze. In secondo luogo dobbiamo evitare che quei teppisti di Ōmura e Hamaguchi si approfittino di te; e bisogna che l'avvocato, con la sua strategia in tribunale, prevenga ogni possibile riferimento a te durante il processo. Non era questo che volevi? » riepilogò Shiotsuki.

« Sì, ma è complicato ».

« È una faccenda intricata, piena di contraddizioni. Tu vuoi che Ishii rimanga in prigione il più a lungo possibile, perciò l'avvocato non dev'essere troppo zelante ».

« Non possiamo trovare una via di mezzo? ».

« È un caso delicato, questo. Non si può risolvere facilmente come pensi tu. Per esempio, Ōmura e Hamaguchi hanno taciuto il tuo nome alla polizia, ma questo non significa che lo faranno anche in tribunale».

Isako restò in silenzio.

«Prima di tutto c'è un esame dei testimoni da parte del pubblico ministero. L'avvocato mi ha detto che per fortuna il procuratore non ha ancora chiamato a deporre Ōmura o Hamaguchi. Ma non sappiamo cosa succederà in futuro. Perciò dobbiamo tutelarci».

«Che devo fare, papi?».

«Non lo sai, eh? Non ci avevi pensato. Ci vogliono molta saggezza e duro lavoro per raccogliere ciò che si è seminato senza che nessuno lo sappia».

Il tono di Shiotsuki era tornato quello di sempre.

In macchina, sulla strada per l'Hotel A., Isako gli parlò in tono sommesso.

«Finalmente ho capito perché devo vedere l'avvocato. Finalmente ho trovato il coraggio di confidarmi con lui. Che tipo è?».

«Si chiama Saeki Yoshio, ha appena trentacinque anni. Lavorava per Kawashima, un importante penalista, ma se n'è andato tre anni fa per mettersi in proprio. Mi è stato presentato dagli amici di mio zio, quindi è una persona fidata. Ma non devi avere troppa fretta di fargli le tue confidenze».

«No, certo, ne parlerò prima con te».

«Brava».

«Sarà lui a incontrare Ōmura e Hamaguchi d'ora in poi?».

«No, questo no. Ma adesso dobbiamo parlare dell'appuntamento con loro: ti basterà rivolgergli poche parole, in piedi. È difficile sfilarsi da seduti».

«Sfilarsi?».

«Si unirà a voi un uomo prestante. A quel punto tu ti defilerai e verrai a sederti vicino a me e all'avvocato. Lui penserà a tutto il resto».

«Nel senso che ricorrerà alle arti marziali?».

«È un gentiluomo. Uno di cui ci si può fidare... Mancano venti minuti alle tre, dobbiamo essere là prima di loro ».

Una volta entrati nella hall scrutarono i volti delle persone sedute.

« Non sono ancora arrivati » sussurrò Isako.

« Resta qui. Da dove ci troviamo non si vede, ma dietro il muro divisorio c'è un'altra sala. Io sarò lì con l'avvocato. Quando l'uomo di cui ti ho parlato si presenterà, tu ci raggiungerai da quella parte ».

Shiotsuki si allontanò.

Isako si guardò intorno, ma non riuscì a capire quale, tra quelle persone, fosse l'uomo di cui le aveva parlato Shiotsuki. Probabilmente si trovava già lì, ma c'erano troppi uomini grandi e grossi, e anche diversi stranieri.

Si voltò distrattamente verso l'ingresso e vide la faccia larga di Ōmura avanzare attraverso la porta girevole, e dietro di lui spuntavano i lunghi capelli di Hamaguchi.

Entrarono e si guardarono intorno, finché Hamaguchi notò Isako, quindi diede di gomito a Ōmura facendo un cenno con il mento come per dire: « È laggiù ». Fu un gesto di grande arroganza, come se Isako fosse la sua donna. Lei rimase immobile senza sorridere, ma loro si avvicinarono chinando il capo con troppa familiarità.

« Mi scusi per questa mattina, signora » disse Hamaguchi ridacchiando alle spalle di Ōmura. Isako non incontrava Ōmura da molto tempo, non l'aveva visto nemmeno quella sera nell'appartamento. Era un giovane alto e grassoccio, con il viso piatto e gli zigomi larghi.

« Salve, signora, ne è passato di tempo ».

Il suo tono era calmo, ma trafisse Isako con lo sguardo. Aveva occhi lunghi e sottili. Quello doveva essere il suo modo di guardare le donne.

« Già, da quanto tempo » rispose Isako, senza sorridere né ostentare indifferenza, ma si scostò appena, in modo da non fronteggiarli direttamente.

« Ishii è in un mare di guai, a quanto pare » le disse, come se si stesse rivolgendo a un parente ma senza aggiungere « mi dispiace per lei ».

« È vero, che disastro ».

Gli occhi di Ōmura, sottili come fessure, per un attimo le sembrarono quasi lucidi.

« Hamaguchi mi ha detto che si è occupata dell'avvocato. La ringrazio ».

« Ne ho trovato uno ».

« Non è ancora permesso fargli visita al centro di detenzione, e quindi non ho potuto parlare con Ishii, ma sono sicuro che in cuor suo le è grato ».

Si soffermò un po' più a lungo sulle parole « in cuor suo ». Forse voleva essere certo che Isako le sentisse, forse voleva suggerire che Ishii non aveva ancora fatto il suo nome alle autorità, che le era grato per l'affetto, o bontà, dimostrati assumendo un avvocato, che stava cercando di non causarle problemi, e che questa era anche la loro intenzione.

Isako aspettava l'arrivo dell'uomo di cui le aveva parlato Shiotsuki, ma non poteva guardarsi intorno per cercarlo.

Ōmura e Hamaguchi sembravano intenzionati a mettersi comodi. Forse aspettavano l'occasione per invitarla a uscire con loro. Per fortuna tutte le sedie erano occupate, ma qualcuno si sarebbe potuto alzare, e in tal caso Ōmura l'avrebbe sicuramente invitata a sedersi. Quella prospettiva la rendeva nervosa. In effetti i due si guardavano intorno alla ricerca di qualche posto libero.

« Di cosa deve parlarmi, signor Ōmura? Ma prima di tutto voglio dirvi che dovreste evitare di venire a casa mia, come invece ha fatto stamattina il signor Hamaguchi ».

« Me lo ha detto. Pare che sia stato costretto a venire perché lei non gli rispondeva al telefono, e ha comunque cercato di non procurarvi fastidi. Ma ho capito: la cosa non si ripeterà » rispose Ōmura con una sfumatura ironica nella voce.

A quel punto, la porta che Isako vedeva di fronte a lei si aprì, e nella hall entrarono una donna con un cappotto di visone e un uomo. La donna si diresse rapidamente verso la reception. L'uomo, apparentemente non accompagnato, si fermò davanti alla porta girevole che stava ancora ruotando alle sue spalle. Isako notò con la coda dell'occhio l'abito nero che vestiva la sua corporatura squadrata, e capì che l'uomo chiamato da Shiotsuki era arrivato.

Ōmura e Hamaguchi erano rivolti verso di lei, quindi non potevano vedere cosa succedeva dietro di loro. Isako continuò a tenere lo sguardo fisso sui due. Ai margini del suo campo visivo, una figura nera dai contorni sfocati la fissava. Forse era in ritardo, forse dopo aver ricevuto la telefonata non aveva avuto il tempo di prepararsi. L'uomo vide una donna di mezza età e due giovani uomini in piedi che parlavano tra loro, e li riconobbe immediatamente. Rimase a osservarli.

« Signor Ōmura, che cosa vuole da me? ».

« Ecco, si tratta di quell'avvocato. È tutto a posto? ».

La macchia dell'uomo si mosse leggermente. Si avvicinò fino a sentire la conversazione. Era pronto a intervenire da un momento all'altro.

« In che senso? ».

« Voglio dire, è bravo o no? Ishii è in una posizione delicata, come lei sa. Che l'abbia uccisa o che Noriko si sia suicidata, lui rischia la vita. È come se fosse sull'orlo di un baratro. Ho paura che non riesca a trovare un avvocato davvero in gamba ».

« Il suo avvocato è molto in gamba ».

« Ha abbastanza esperienza? ».

« Direi di sì ».

« Quanti anni ha? ».

« Quanti anni? Non so, trentacinque o trentasei ».

La macchia vestita di nero si avvicinò ancora. Qualcuno passò fra di loro.

« Andrà davvero bene, quell'avvocato? » disse Hamaguchi alle spalle dell'amico. Isako lo ignorò, e si fece avanti Ōmura.

« Non è un po' troppo giovane? ».

Forse Ōmura voleva incontrare l'avvocato. Forse voleva minacciarla di rivelare all'avvocato la sua relazione con Ishii. O forse conoscevano un altro avvocato, ma in tal caso avrebbero potuto chiederle semplicemente di pagarlo, puntando direttamente ai suoi soldi.

«Penso che sia un avvocato valido».

«Sarà. È lei a pagargli la parcella, quindi è libera di scegliere l'avvocato che vuole, ma siccome il nostro amico è sull'orlo del baratro, penso che non dovremmo accontentarci di un avvocato qualsiasi» disse Ōmura.

«E allora, che cosa dovrei fare?».

«Be', ecco...».

In quel momento, la macchia rimasta ai margini del campo visivo di Isako si spostò in primo piano. Interruppe Ōmura e s'intromise nella loro conversazione.

«Buongiorno, signora».

Aveva una voce stentorea. Il suo volto, che solo adesso Isako riusciva a vedere, era rotondo; aveva un taglio di capelli deciso ed era di corporatura massiccia. Le sopracciglia erano sottili, gli occhi gonfi e assonnati, le ali del naso grosse e le labbra carnose. Il doppio mento gli ricadeva sul colletto, e aveva le guance flosce e arrossate come quelle di un alcolizzato. Eppure era senz'altro lui: le spalle e il torace possenti conferivano alla sua figura una forma squadrata che nemmeno la giacca dal tessuto spesso riusciva a dissimulare.

«Buongiorno».

Isako sorrise e si inchinò davanti a quell'uomo mai visto prima.

Ōmura e Hamaguchi indietreggiarono e si voltarono di lato, come se non potessero far nulla per impedire l'interruzione. Sapevano che Isako aveva molte conoscenze, e scrutavano di sottecchi l'uomo nel tentativo di capire che cosa lo legasse a lei.

Con loro grande sorpresa, l'uomo vestito di nero si girò improvvisamente verso i due e si mise a ridere.

«Ah ah ah, lieto di fare la vostra conoscenza».

Ōmura e Hamaguchi erano interdetti. Lo guardavano con occhi sgranati.

«Qual buon vento? Ah ah ah».

Aveva una risata allegra e profonda. L'uomo si avvicinò a pochi centimetri dalle loro facce. Isako vedeva il suo corpo squadrato di spalle. Ricordava un agente di polizia in tenuta antisommossa.

Isako si avviò. Ōmura e Hamaguchi fecero come per seguirla.

« Ma no, senza fretta... ».

La fragorosa risata non cessava, e l'uomo sembrava trattenerli con entrambe le braccia. Quando Isako si voltò, già a metà della bassa scalinata oltre la parete divisoria, vide che l'uomo sorrideva e stava porgendo dei biglietti da visita a Ōmura e Hamaguchi, che lo guardavano uno dietro l'altro con aria spaurita.

Oltre la parete la hall continuava in un'altra sala più piccola. Sembrava la parte nascosta di un palcoscenico girevole. Shiotsuki Yoshihiko e un altro uomo erano seduti a un tavolo e stavano chiacchierando.

Shiotsuki alzò lo sguardo su Isako che si stava dirigendo verso di lui.

« Benvenuta ».

Nell'udire queste parole, l'altro uomo si alzò in piedi dritto come un palo. La sua valigetta rimase accanto alla sedia.

« Ti presento l'avvocato Saeki Yoshio... ».

L'avvocato, con i capelli ordinatamente separati da una riga laterale, aveva il viso punteggiato dai segni di una barba folta e dura, che spuntava nonostante la recente rasatura. Teneva il capo chino e picchiettava con le dita sulla custodia dei biglietti da visita. Isako pensò all'uomo corpulento che ridendo distribuiva biglietti da visita a Ōmura e Hamaguchi dall'altra parte del palcoscenico, e si chiese come sarebbe andata a finire. Il biglietto da visita che aveva appena ricevuto riportava due indirizzi, uno di uno studio legale e l'altro di casa.

Mentre Isako si sistemava sulla sedia accanto a Shiotsuki, questi riassunse i punti principali che aveva discusso con l'avvocato.

« Saeki è entusiasta di questo caso, e sostiene di poter

dimostrare la non colpevolezza dell'imputato. Ne abbiamo parlato un po' e devo dire che il suo è un punto di vista interessante. Saeki, vorresti spiegarlo anche alla signora Sawada? ».

L'avvocato disse: « Certamente », e quasi senza volerlo chinò il capo mentre si rivolgeva a Isako. Aveva occhi rotondi, la bocca larga e la mascella pronunciata.

Mentre guardava l'avvocato estrarre un documento dalla valigetta, Isako si chiese in quali termini Shiotsuki gli avesse parlato di lei.

Shiotsuki fumava con aria indifferente.

« La denuncia è partita tre giorni fa. L'accusa è quella di omicidio » disse Saeki. Omicidio... Isako guardò dritto in volto Shiotsuki. Shiotsuki strizzò gli occhi come se fosse infastidito dal fumo.

« Pensavo che si trattasse di omicidio colposo, ma il pubblico ministero ha scelto una linea più severa del previsto. Al momento il processo è fissato all'inizio del mese prossimo. Come ho detto al signor Shiotsuki, vorrei esporle brevemente i punti principali di questo caso... ».

Se Ishii era appena stato denunciato, né Ōmura né Hamaguchi erano ancora diventati testimoni dell'accusa. Il pubblico ministero non li aveva ancora convocati. Non erano nemmeno stati sentiti come persone informate sui fatti. Possibile? L'istruttoria sembrava procedere fuori da ogni logica. Anche se non poteva ancora abbassare la guardia, Isako si sentiva come se avesse scampato un primo grande pericolo.

« Secondo l'atto d'accusa, i fatti sono i seguenti ».

L'avvocato Saeki iniziò a leggere uno dei documenti che aveva portato con sé.

« Intorno alle 16:30 del 2 marzo dell'anno ... dell'epoca Shōwa, l'imputato, avendo maturato l'intenzione di uccidere Fukushima Noriko (22 anni), con la quale condivideva un appartamento del condominio Bai'ei-sō, al numero ... dell'isolato ..., circoscrizione ... della città di Tokyo, la colpì in volto, la trascinò dalla stanza da letto fino in cucina, la colpì ancora diverse volte, o forse la spinse con violenza, finché non batté la parte posteriore della testa sul bordo metallico del lavandino. Di conseguenza, la donna riportò una ferita da contusione alla testa, più altre lesioni che la condussero alla morte per commozione cerebrale intorno alle 20:30 del medesimo giorno ».

La voce di Saeki era sommessa ma chiara, una voce che veniva voglia di ascoltare amplificata da un microfono.

« Così sono descritti i fatti dall'accusa, che non menziona la grande quantità di sonniferi assunta dalla donna, come se questo non avesse niente a che fare col decesso. Da parte del procuratore si tratta di una valutazione alquanto bizzarra. Ho avuto modo di vedere il rapporto dell'autopsia, che contiene il seguente passaggio: "... Lo stomaco contiene circa 300 ml di un liquido torbido color marrone scuro, mescolato a chicchi di riso non digeriti e frammenti di vegetali, oltre a una piccola quantità di frammenti di pasticche bianche e dure. I chicchi di riso si sfaldano molto facilmente sotto la pressione delle dita" ».

L'avvocato Saeki sollevò di nuovo lo sguardo da quelli che sembravano degli appunti, e rivolse per un attimo i suoi grandi occhi verso Isako. Poi la sua voce sommessa riprese:

« Frammenti di pasticche bianche e dure nello stomaco... Mi sono chiesto di cosa si trattasse esattamente. Il signor Shiotsuki mi ha detto che la signorina Noriko è stata spinta dall'imputato e ha sbattuto la testa sul lavandino della cucina, quindi è andata da un medico nelle vicinanze per farsi curare la ferita, è tornata a casa, ha preso dei sonniferi ed è andata a letto ».

L'avvocato disse di averlo saputo da Shiotsuki, ma il racconto di Shiotsuki era un'informazione di seconda mano. Gli occhi tondi dell'avvocato sembravano attendere una conferma da parte di Isako. Lei annuì debolmente.

« Insomma, ho capito subito che le pasticche bianche e dure rinvenute nello stomaco erano sonniferi. Sono andato avanti con la lettura del referto: "... Il contenuto dello stomaco, il sangue e i campioni di urina prelevati durante l'autopsia del cadavere sono stati sottoposti ad analisi chimiche per verificare la presenza di sonniferi e i risultati sono...". Segue una noiosa sequela di termini scientifici, ma in poche parole i risultati sono stati tutti negativi. E così la procura ha escluso l'assunzione di sonniferi.

« Ciò nonostante, riguardo all'interno del cervello si può leggere quanto segue: "... Non si riscontrano anomalie degne di nota nella corteccia cerebrale e nelle zone contigue, ma nella struttura subcorticale detta globo pallido si osserva qua e là quella che sembra una pseudocalcificazione intorno ai vasi sanguigni, unita a degenerazione e atrofia neuronale localizzata, a cui si aggiunge la presenza di lipofuscina intraneuronale" ».

Isako rivide Noriko addormentata. I suoi capelli erano scompigliati sul cuscino, e quando Isako le aveva scoperto il viso i suoi occhi erano chiusi. Russava leggermente. Quella testa era stata tagliata come un oggetto qualsiasi, orizzontalmente e verticalmente; la materia cerebrale, morbida e di colore rosso pallido, era stata fatta a pezzi e poi posizionata sul vetrino di un microscopio, come i petali di un fiore.

« "... La ferita nella struttura interna del cranio...". Salterò questa parte: in sostanza si dice che la ferita è stata provocata dall'imputato nel momento in cui ha spinto la signorina Noriko contro il bordo del lavello della cucina. Si presume inoltre che la causa della morte sia una commozione cerebrale e che la presenza di sonniferi nello stomaco, nel sangue e nelle urine non possa essere provata scientificamente. Come è noto, i sonniferi agiscono quando vengono assorbiti nello stomaco e poi confluiscono nei vasi sanguigni. Ecco perché si è provveduto ad analizzare il sangue e le urine ».

L'avvocato riprese fiato. Il fumo della sigaretta di Shiotsuki lo raggiunse di lato.

« Tuttavia, come ho già detto, l'esame autoptico ha evidenziato la presenza di frammenti solidi di pastiglie all'interno dello stomaco. La signorina Noriko aveva preso dei sonniferi ed era in stato comatoso, perciò Ōmura e Hamaguchi, su richiesta di Ishii, hanno chiamato un medico. Il medico ha effettuato una lavanda gastrica e l'ha sottoposta ad altri trattamenti, eppure quel farmaco è rimasto nello stomaco. In ogni caso, il medico legale non ha analizzato quei frammenti. Naturalmente ha capito che si trattava di sonniferi, ma non ha effettuato alcun esame chimico. Sono stati gettati via insieme al contenuto dello stomaco, ai chicchi di riso e ai pezzi di verdura. Questo è davvero strano. Il nome del sonnifero è Valamin: su questo punto non vi sono dubbi perché la polizia ha sequestrato il flacone e la scatola dal capezzale della signorina Noriko, e l'ufficio del procuratore distrettuale ne è entrato in possesso. Secondo medici e farmacisti, il Valamin è causa di frequenti incidenti. Il che significa che comporta numerosi rischi. Pertanto, se assunto in dosi massicce, ha una maggiore probabilità di causare la morte rispetto ad altri sonniferi. Perché non sono stati esaminati i resti non digeriti di questo pericoloso sonnifero? Avevo dei dubbi, così mi sono rivolto a un medico legale e ho chiesto il suo parere ».

Isako ascoltava con attenzione, rapita dal modo di parlare dell'avvocato Saeki. Né Ōmura, né Hamaguchi, né l'uomo massiccio si erano rifatti vivi, e lei ormai si era dimenticata delle sue preoccupazioni nei loro confronti.

« Questo medico legale, un professionista molto conosciuto, mi ha detto che era strano, che di solito in questi casi si esaminano i frammenti separandoli dal resto, e che solo un medico incompetente non l'avrebbe fatto. E allora mi si è accesa una lampadina. Probabilmente il medico legale era già stato informato dell'incidente dalla polizia, quindi sapeva che Ishii aveva aggredito la signorina Noriko: prestò dunque attenzione alla contusione e alle condizioni del cervello, ma non si preoccupò dei sonniferi, gettando via i frammenti quando li rinvenne nello stomaco. In linea di principio, un medico legale non dovrebbe avere preconcetti sulle cause di morte di un cadavere; e anche se ciò è in qualche modo inevitabile, perché succede che si confronti con la polizia, in questo caso è stato davvero eccessivo. Non si tratta semplicemente di un'autopsia grossolana: ci troviamo di fronte a un esame fondato su preconcetti. Tutte queste scoperte mi rendono fiducioso per quanto riguarda la mia difesa. Sono grato che mi abbiate affidato questo caso».

Aveva sul volto un'espressione esaltata, gli occhi gli brillavano. La sua mascella pronunciata sembrava ancora più spigolosa e tesa. L'avvocato ardeva dall'ambizione: pensava di riuscire a ottenere un'assoluzione. Sarebbe stato pronto ad affrontare il caso anche senza un compenso.

Isako scrutò il volto di Shiotsuki. Lui diede un piccolo colpo di tosse. Era chiaramente imbarazzato di trovarsi fra il desiderio di Isako di far rinchiudere Ishii in prigione il più a lungo possibile e le aspettative dell'avvocato.

Se la tesi del procuratore fosse stata accettata durante il processo, la sentenza sarebbe stata di morte o di ergastolo, oppure, nell'ipotesi migliore, di oltre dieci anni di detenzione; così Isako si sarebbe liberata di Ishii per sempre. Ma quel giovane avvocato aveva frainteso le intenzioni della sua cliente.

«Finora ho incontrato l'imputato in carcere già tre volte».

Le parole dell'avvocato Saeki misero Isako in agitazione.

«È proprio un bravo ragazzo, non è vero?» aggiunse, senza rivolgersi a nessuno in particolare. Lei distolse lo sguardo. Si domandò se Ishii gli avesse parlato della loro relazione.

«L'ho trovato in buona salute. Aveva una bella cera, e non mi è sembrato particolarmente abbattuto».

A chi era indirizzata quella frase? La voce sonora di Saeki non pareva diretta alla sola Isako.

«Ishii ha negato con fermezza qualsiasi intenzione di uccidere. Secondo lui, si è trattato di un suicidio per mezzo di sonniferi. Ishii aveva un'altra donna e questo era causa di continue liti fra loro. Quel giorno, lui e la signorina Noriko avevano avuto un'accesa discussione, lei aveva tentato di aggredirlo in cucina e quando lui aveva cercato di allontanarla, lei era caduta all'indietro e aveva battuto la testa sul lavandino. Dopo essere andata dal medico, Noriko aveva inscenato un tentativo di suicidio per fargli dispetto. E alla fine era morta sul serio. I due amici di Ishii che l'avevano accompagnata, Ōmura e Hamaguchi, citati nei verbali della polizia come persone informate sui fatti, hanno detto che, quando era tornata dopo essersi fatta medicare la testa, Noriko non aveva nulla di strano. Naturalmente anche il medico che le aveva curato la ferita ha menzionato una leggera commozione cerebrale, che però non ha giudicato letale, come ha dichiarato alla polizia. Ishii insiste molto su questo punto... Tra l'altro, credo che il motivo per cui il procuratore si è limitato a leggere i verbali della polizia e non ha incluso Ōmura e Hamaguchi nell'elenco dei testimoni dell'accusa sia dovuto al fatto che entrambi hanno dichiarato che Noriko stava bene. In altre parole, ciò che hanno dichiarato è in contrasto con la tesi del procuratore».

Questo spiegava perché Ōmura e Hamaguchi non fossero stati convocati in procura. Tuttavia quello che l'avvocato disse in seguito spaventò Isako.

«Quando si aprirà il processo, chiederò senz'altro a Ōmura e Hamaguchi di comparire come testimoni della difesa. Ho intenzione di contattare entrambi a breve».

Il giorno precedente Shiotsuki le aveva assicurato che sarebbe riuscito a tenere a freno l'avvocato, ma evidentemente non era così. Isako non faceva altro che guardare la mascella pronunciata, scurita dall'ispida ricrescita della barba.

«Non preoccuparti» disse Shiotsuki a Isako dopo che Saeki se ne fu andato. Anche lui sembrava perplesso. «Non ho ancora detto niente a Saeki, è così entusiasta. Mi ha sorpreso trovarlo ancora più entusiasta dell'ultima volta. È come se fosse posseduto dall'ambizione».

«Non voglio che quell'avvocato incontri Ōmura e Hamaguchi e li chiami a testimoniare. Proprio ora che il procuratore li ha esclusi dalla lista dei testimoni».

«Non ho potuto dirglielo perché c'eri tu, ma andrò da lui e gli spiegherò che deve tenerli fuori».

«Bisogna far presto, altrimenti li contatterà».

«Hai ragione. Rivedrò Saeki questa sera stessa. Quanto a Ōmura e Hamaguchi, ho già fatto in modo che tengano la bocca chiusa. Con altri mezzi».

Isako ripensò all'uomo massiccio che rideva fragorosamente e porgeva a entrambi i suoi biglietti da visita.

«Chi era quell'uomo?».

«Quello? È un tipo pericoloso».

«Uno di destra?».

Evitò di fare riferimento a qualche banda criminale.

«Mah, più o meno. Uno abbastanza importante. Sa come trattare gente così, difficilmente si permetteranno di fare il tuo nome. La sua organizzazione è molto conosciuta. Quei due sono dei piccoli delinquenti, e perciò hanno più paura di quanta ne avrebbero dei comuni cittadini».

«Non credi che questo tentativo di intimidazione possa avere l'effetto opposto?».

«Non mi porrei il problema. Non abbiamo nessun motivo per temerli. A quanto ne sappiamo, quel tipo li ha invitati a bere un bicchiere, e quei due capiranno al volo cosa nasconde la sua voce insinuante».

«Sarà come dici tu».

Shiotsuki era tornato a ispirarle fiducia.

«Quando stasera rivedrò il signor Saeki, gli dirò della tua relazione con Ishii. Dal momento che sei tu a pagare, sono certo che avrà già fiutato qualcosa. La scusa dell'atto di generosità verso un conoscente non reggerà a lungo. Inoltre, se voglio chiedergli di tenere il tuo nome lontano dai riflettori, o di non esagerare con la difesa dell'imputato, dovrò rivelare in qualche modo la situazione in cui ti trovi, altrimenti non riusciremo a convincerlo».

«Direi che non ho molta scelta».

Isako ripensò alla mascella di Saeki.

« Non devi vergognarti. Stiamo parlando con un avvocato, un uomo di mondo, che sa comprendere tutto e tutti, dentro e fuori ».

« Stai cercando di consolarmi, eh? Tra l'altro, potrebbe sapere anche di me e di te ».

« Oh, lo sa di certo. Avrà già subodorato che non siamo semplici amici. Meglio così, potremo parlare più liberamente ».

Per la prima volta dopo tanto tempo, Shiotsuki parlava con il suo vecchio tono rilassato.

Lasciato l'Hotel A., mentre guidava verso casa, Isako si rigirava in testa i pensieri più disparati. Shiotsuki la faceva facile, ma restava da capire se quell'avvocato così zelante avrebbe accettato o meno le loro richieste. Bruciava d'ambizione, e voleva ottenere l'assoluzione dell'imputato. Era chiaramente desideroso di farsi un nome. Per Saeki, quel caso poteva essere un trampolino di lancio, e poco importava delle richieste dei suoi clienti.

Non avrebbe mai immaginato che le sue scappatelle con Ishii potessero trasformarsi in una simile seccatura. E adesso non aveva idea di ciò che sarebbe potuto succedere.

Parcheggiò l'auto in garage. Mentre entrava dalla porta d'ingresso, Saki emerse dall'oscurità delle stanze sul retro. Le scarpe della stenografa non c'erano più.

« Il mio papi? ».

Anche se chiamava Shiotsuki e Nobuhiro allo stesso modo, non li confondeva mai: i loro volti restavano per lei sempre ben distinti.

« Sì, è appena andato dal dottore ».

« Dal dottore? Cosa gli è successo? ».

« Sì, be', ha detto che non si sentiva molto bene ».

« E non poteva farlo venire qui? ».

« L'ha chiamato, ma il dottore ha detto che per una visita a domicilio avrebbe dovuto aspettare parecchio. Così il signore è andato da lui ».

VI

Da quando erano diventati una coppia, sei anni prima, non era capitato spesso che Nobuhiro necessitasse di andare dal medico o di farsi visitare a casa. Si limitava a prendere di tanto in tanto delle medicine per certi piccoli fastidi. Se aveva la febbre chiamava il dottor Hirakawa, il cui ambulatorio era nelle vicinanze, ma per il resto si teneva alla larga. Nell'infermeria della S. Optics lavorava un medico a contratto proveniente da un grande ospedale, ma Nobuhiro non si faceva visitare nemmeno lì. Era più spesso Isako a chiedere al dottor Hirakawa di visitarla, e le capitava di costringerlo ad andare da lei anche a tarda notte, quando aveva i crampi allo stomaco.

Isako a volte si seccava che Nobuhiro fosse più sano di lei, nonostante l'età avanzata e la magrezza: sarebbe morto di vecchiaia, ormai ottuagenario. Sul giornale Isako leggeva di personaggi famosi morti di vecchiaia a ottantacinque o novant'anni, e il pensiero che Nobuhiro potesse vivere così a lungo le era insopportabile. Se diceva che sarebbe morto entro tre anni, era perché Nobuhiro allora di anni ne avrebbe compiuti settanta, un'età che a lei pareva un buon punto d'arrivo. Aveva trent'anni meno di lui, per questo la pensava così. Quest'idea vaga a un certo punto era diventata una speranza: suo marito doveva morire fra tre anni. A furia di ripeterlo, a Shiotsuki e ad altri, le sue parole suonavano sempre più convinte. Parlava a Shiotsuki del suo progetto di aprire un ristorante, per il quale si era data tre anni di tempo.

Isako pensava che anche se Nobuhiro non fosse morto davvero entro tre anni, non avrebbe comunque superato i cinque. Non è mai troppo presto per fare progetti e prepararsi. Naturalmente c'è un certo margine di errore nel calcolare l'ora fatale, quindi anche nel fare progetti.

Isako s'incupiva quando sentiva di qualcuno morto a ottant'anni per cause naturali, tuttavia continuava a credere che Nobuhiro sarebbe morto intorno ai settanta o poco più. La infastidiva che quell'uomo pelle e ossa godesse di buona salute e non andasse mai dal medico, ma si fidava ancora dei suoi calcoli. Li riteneva infallibili. Il suo piano era già a buon punto, ed era convinta che la morte vi si sarebbe accordata.

Nell'ultimo anno Nobuhiro era invecchiato visibilmente e sembrava aver perso energie. Le sue spalle si erano incurvate, e il passo era diventato malfermo. Si spostava lentamente, come se temesse sempre di inciampare. Cercava di muoversi il meno possibile, era sempre in cerca di una sedia, oppure si sedeva sul *tatami*.

Non gli era mai piaciuta la carne, ma ultimamente aveva cominciato a evitarla del tutto. Da quando stavano insieme, il caffè era sempre stato un'abitudine irrinunciabile, ma da circa un anno aveva smesso di berlo perché la notte gli impediva di dormire. Probabilmente anche i suoi nervi stavano invecchiando. Di fumare, però, non aveva ancora smesso. Ma a poco a poco cominciava a prendersi sempre più cura di sé.

Tuttavia non andava dal medico, né assumeva integratori alimentari. Sebbene avvertisse il peso dell'età, faceva ancora affidamento sulla propria condizione fisica, visto che non soffriva di malattie particolari.

Isako si chiese per quale motivo Nobuhiro fosse andato da Hirakawa, e come mai non potesse aspettare che venisse lui a visitarlo. Ma se c'era andato sulle sue gambe, evidentemente non si trattava di nulla di grave.

Domandò informazioni a Saki, e lei rispose: «Non so perché, ha detto che non si sentiva bene, era pallido». Isako pensò che soffrisse di anemia. Aveva sempre la pressione piuttosto bassa, forse anche a causa della sua magrezza.

«E così ha detto di non sentirsi bene... ma avvertiva qualcosa in particolare?».

«Sì, ha detto di sentire un dolore al petto».

«Al petto? Strano, non ha mai avuto dolori al petto prima d'ora».

Saki teneva gli occhi bassi.

«Non potevi far venire un'auto? Un taxi?».

«Sì, gliel'ho detto, ma il signore ha risposto che non ne aveva bisogno e che ci sarebbe andato a piedi. Solo che camminava lentamente, molto lentamente».

«Ah, sì? E da quanto tempo è uscito?».

«Più di mezz'ora, ormai».

«Avrebbe potuto aspettare che tornassi» mormorò Isako, ma gli occhi di Saki sembravano dire che era fuori discussione. Nobuhiro non conosceva i programmi della moglie, e non poteva attendere a lungo la visita del medico. Benché a Isako tutto ciò fosse chiaro, aggiunse in tono leggero:

«Pazienza. Se ce l'ha fatta ad avviarsi a piedi, vorrà dire che l'ha presa come una specie di passeggiata».

Stava per andare di là a cambiarsi, quando le venne in mente una cosa.

«Dimmi, a che ora è andata via la signorina Miyahara?».

Chissà, forse era uscito insieme alla stenografa.

«Circa tre ore fa».

Tre ore fa significava due ore dopo di lei. Miyahara aveva finito di lavorare prima di quanto pensasse.

«È stato allora che ha iniziato a sentirsi male?».

«No, in quel momento sembrava ancora tutto normale».

La dettatura sembrava mettere a dura prova Nobuhiro. Ma vi si era dedicato soltanto due ore, non era possibile che gli fosse costata sforzi mentali così eccessivi.

Forse era un segno che Nobuhiro si stava avvicinando alla morte. Episodi del genere non erano mai capitati. Ma non poteva lasciare che morisse così presto. Aveva bisogno di altri tre anni per prepararsi. Era quella la sua previsione, e se non poteva tardare troppo, non doveva nemmeno affrettarsi.

Rinunciò a cambiarsi d'abito e telefonò all'ambulatorio di Hirakawa.

« Sì, è qui e sta riposando » rispose la voce di un'infermiera. Poi le chiese di aspettare e le passò il dottore.

« È lei, signora? Potrebbe raggiungerci il prima possibile? ».

Hirakawa parlava sempre sottovoce, con una voce flautata, ma questa volta si avvertiva una sfumatura grave. Quella richiesta le sembrò un segno della serietà delle condizioni di Nobuhiro.

« Mi hanno detto che non si sentiva bene, che aveva dolore al petto, ma io ero via, quindi non l'ho visto. Che cos'ha? ».

« Per il momento i sintomi si sono attenuati. Tuttavia preferisco che resti qui a riposare. Le dirò di cosa si tratta quando ci vedremo di persona ».

La reticenza sul nome della malattia sembrava suggerire qualcosa di grave. Ma era pur vero che il dottor Hirakawa era avvezzo a formulare quotidianamente delle diagnosi, anche gravi.

« Mi dica, dovrete trasferirlo in ospedale? ».

L'ambulatorio di Hirakawa non disponeva di ambienti adatti al ricovero.

« No, non ce n'è bisogno, per ora... ».

Quindi non era nulla di grave. Isako disse che sarebbe arrivata subito e riagganciò.

L'incontro all'Hotel A. le aveva causato molta tensione, e avrebbe voluto riposarsi, ma non era possibile. Andò a prendere la macchina che aveva appena parcheggiato in garage.

Mentre era al volante, aveva la sensazione di procedere a zigzag tra casa sua e tutto ciò che c'era all'esterno: Shiotsuki, Ishii, Hamaguchi, Ōmura e gli altri. La linea di confine fra dentro e fuori non era affatto netta, e oltre la linea si intravedeva la figura dell'avvocato Saeki – la sua rasatura scura e ispida, la mascella squadrata – e quella dell'uomo piazzato, il tipo di destra che rideva istericamente di Ōmura e Hamaguchi. In meno di cinque minuti raggiunse l'ambulatorio di Hirakawa.

Quella sera era deserto, all'ingresso c'erano solo i *geta* di Nobuhiro. Evidentemente era venuto in kimono, forse non aveva avuto il tempo di cambiarsi o non era riuscito a farlo. Nobuhiro non amava uscire in kimono. Isako salì nella sala d'attesa vuota e si avvicinò alla piccola apertura della reception; la porta della sala visite si aprì leggermente, come se l'avessero sentita arrivare, e un'infermiera si affacciò per poi ritrarsi rapidamente. Poi la porta si spalancò e ne uscì il dottor Hirakawa: aveva i capelli sottili, il viso largo, portava gli occhiali e indossava il camice.

« Dottore, mi dica, che succede? ».

« Buonasera ».

In piedi di fronte a Isako, Hirakawa atteggiò la sua piccola bocca a un sorriso amichevole: « Si tratta di un leggero attacco cardiaco ».

« Un attacco cardiaco? ».

Nobuhiro non aveva mai manifestato sintomi del genere. Isako ebbe l'impressione che stessero parlando di qualcun altro.

« Una malattia cardiaca, dice? ».

« Esatto, un infarto » confermò sottovoce il dottor Hirakawa. La sua bocca era così piccola che non sembrava in grado di parlare ad alta voce.

« Quali sono le sue condizioni? La domestica mi ha riferito che sentiva dei dolori al petto e che quando è uscito era pallido... ».

«È così. Quando è arrivato qui era pallido e si teneva la parte sinistra del torace con la mano. Sudava freddo, non so come abbia fatto a camminare in quelle condizioni. Mi ha detto di essere peggiorato mentre era per strada».

«Oh, cielo».

«Abbiamo provveduto immediatamente con le iniezioni e le altre cure, e adesso la situazione è sotto controllo. La pressione sanguigna è aumentata e sta molto meglio. Anche i dolori al petto sono diminuiti».

«Qual è il nome esatto della malattia?».

«È stato un attacco simile a quelli di angina pectoris».

Il dottor Hirakawa chiuse e riaprì i suoi occhi sottili dietro le lenti.

«Angina pectoris?».

L'aveva sentita nominare, ma non sapeva esattamente cosa fosse. Capì che poteva provocare una morte improvvisa.

«E quindi ha una malattia così terribile?».

«L'angina di per sé non è una malattia, questo tipo di attacco può verificarsi anche in presenza di altre patologie. Può capitare anche a persone che sembrano perfettamente sane. Il dolore è come una fitta al cuore e il paziente ha una sensazione di morte imminente. Suo marito, però, era tranquillo».

«L'attacco può venire anche in presenza di altre malattie, dice? Quali altre malattie ha mio marito?».

«Be', per poterlo dire con certezza dovrò sottoporlo a esami più approfonditi...».

Per qualche motivo, il dottor Hirakawa sembrava voler tergiversare.

«Quindi per il momento è fuori pericolo?».

«Esatto. La crisi si è attenuata dopo circa sette minuti».

«È un lasso di tempo normale per questo tipo di attacchi?».

«Di norma durano tra uno e cinque minuti. In caso di infarto del miocardio possono durare più di un'ora, a volte addirittura giorni».

«Ma se quello di mio marito è durato sette minuti vuol dire che è un tempo più lungo della norma. Si stava trasformando in un infarto?».

«Sì, è così».

Le sopracciglia del dottor Hirakawa, solitamente rilassate, si corrugarono.

«Sebbene non si possa parlare di asintomaticità, nel caso di un attacco di angina, i segnali tendono a essere più leggeri».

Isako non ne sapeva granché. Capiva solo che poteva trattarsi di qualcosa di più grave dell'angina.

«Dov'è mio marito?».

«Le faccio strada. Deve scusarci, la stanza è piccola» disse il medico avviandosi davanti a Isako.

Nobuhiro era sdraiato su un *futon* in una stanza di sei *tatami* adiacente a quella delle visite. Sembrava una sala riservata alle infermiere e al resto del personale, ma vicino alla finestra c'era una scrivania su cui erano ammassati moduli dell'assicurazione sanitaria e altri documenti. C'erano poi delle penne e una calcolatrice, perciò doveva servire anche da ufficio.

Nobuhiro aveva gli occhi chiusi, ma li aprì leggermente quando Isako si sedette accanto a lui. Le tende della finestra erano tirate e la luce non era sufficiente per vederlo bene, ma non sembrava poi così pallido. Guardò Isako e le rivolse un sorriso un po' imbarazzato e un po' impacciato.

«Che ti è successo, papi?» domandò Isako sedendosi proprio accanto al suo viso.

«Mhmm. Non mi sentivo molto bene».

La sua voce era più o meno quella di sempre.

«E adesso stai meglio?».

«Sto bene. Non è niente».

«L'ho saputo quando sono rientrata, ero incredula. È la prima volta che ti capita?».

«La prima volta, sì» disse con voce chiara Nobuhiro.

« Cosa può aver causato un attacco così improvviso? ».
« Chi lo sa. Pare che possa capitare anche a chi è perfettamente sano » rispose Nobuhiro lanciando uno sguardo al dottor Hirakawa, che si trovava accanto a Isako.
« Dottore, forse un attacco del genere è dovuto all'età avanzata? ».
« Non necessariamente, può succedere anche a persone giovani ».
« Gli attacchi di angina non si verificano in chi è già predisposto? Per mio marito è la prima volta, non c'entra l'età? ».
« Be', ecco... ».
Il dottor Hirakawa batté le palpebre un paio di volte. Già di suo era una persona poco loquace, e con i pazienti si mostrava ancora più reticente.
« L'angina pectoris è una condizione causata dall'insufficienza coronarica. Le arterie coronarie contribuiscono principalmente all'apporto di sangue necessario al miocardio. In poche parole, nel caso esse non siano in grado di assicurare un flusso sanguigno sufficiente, il miocardio si trova a corto di ossigeno: da qui i sintomi dell'angina. Per esempio, un attacco dopo un esercizio fisico intenso significa un'insufficienza coronarica temporanea causata da un improvviso aumento del carico di lavoro del miocardio. Quando ciò accade, la soluzione è fermarsi, e recuperare il controllo ».
« Papi, hai fatto qualche esercizio fisico intenso mentre ero via? ».
Nobuhiro scosse il capo in silenzio.
« È possibile che tu ti sia stancato con la dettatura? ».
« Ma no, che dici? Non mi muovo quasi ».
« Oh, è impegnato con una dettatura? » li interruppe il dottore.
« Proprio così. Non so cosa gli sia venuto in mente, fatto sta che vuole scrivere la sua autobiografia, quindi sta venendo a casa nostra una stenografa. Lui parla e lei scrive, e forse si sforza troppo nel pensare alle frasi da

dettarle: non potrebbe averlo affaticato? » domandò Isako guardando il volto largo di Hirakawa.

« Non saprei. Non credo che un'attività del genere influisca granché sul cuore ».

« Ma, dottore, mio marito è un uomo anziano, e il suo cuore non è forte come quello di un giovane. Ha bisogno di sangue alla testa per pensare. Il suo cervello potrebbe richiedere più sangue per funzionare, e l'apporto al miocardio o alle altre arterie risulterebbe ridotto... Non potrebbe essere stato questo sforzo a causare l'attacco? ».

« No, lo escludo ».

Il medico piegò la sua piccola bocca in un sorriso amaro.

« Ma prima ha detto che stava meglio perché la pressione sanguigna era salita... ».

« Nel caso dell'angina, la pressione sanguigna si modifica, quindi cerchiamo di riportarla a valori normali. Poco fa gli abbiamo fatto diverse iniezioni, anche per questo sta recuperando... Come si sente? ».

« Sto bene ».

Il medico guardò il volto di Nobuhiro dall'alto, poi infilò una mano sotto la coperta e gli controllò il polso.

« Prima sentiva una stretta al torace. Ha ancora male? ».

« Il dolore si è attenuato. Ora non sento più niente. Vorrei alzarmi e andare a casa. Le dispiace? ».

« Ah, sì ». Hirakawa stava ancora guardando il suo orologio. « È passata poco più di un'ora. Avrei preferito che restasse qui un'altra ora, ma abita qui vicino: può tornare a casa con calma, ma deve stare a riposo questa sera e l'intera giornata di domani. Le chiedo solo di restare qui ancora una quindicina di minuti ».

Nobuhiro annuì.

« Dottore, pensa che succederà di nuovo? ».

« È possibile ».

« Sarebbe un problema se accadesse mentre siamo fuori casa ».

«Esatto. Per qualche tempo, le consiglio di evitare di viaggiare, se possibile».
«Non c'è il rischio che il prossimo attacco sia letale, vero?».
«Suo marito ha avuto una crisi molto lieve, quindi non c'è troppo da preoccuparsi».
«Ma lei ha detto che l'attacco è durato circa sette minuti, un tempo più lungo del normale, e che se fosse durato di più sarebbe potuto degenerare in un infarto del miocardio».
«Non ho detto questo. Le ho spiegato che per poter determinare se l'angina indichi o meno la probabilità di un infarto devo eseguire esami più approfonditi».
Isako non era convinta. Si domandò se le cose stessero davvero così. Le parole del medico, già di per sé poco comprensibili, sfumavano ulteriormente nel timbro ovattato della sua voce.
«Nei pazienti di una certa età l'angina pectoris potrebbe indicare una condizione di aterosclerosi coronarica, ma suo marito mi ha detto di non aver avuto problemi respiratori. Perciò non c'è da preoccuparsi».
Hirakawa aveva nominato un'altra malattia. Nobuhiro teneva gli occhi chiusi.
Il dottore uscì dalla stanza e Isako si alzò e lo seguì in silenzio. Lo raggiunse nel corridoio e lo trascinò in sala d'attesa.
«Dottore, quello che ha detto è vero?».
Hirakawa cercò di eludere il suo sguardo.
«Sì, al momento posso dire che è così...».
«Ho la sensazione che lei mi stia nascondendo qualcosa. Anche riguardo all'infarto, mi pare che abbia detto cose diverse rispetto a prima». Isako si mise a ridere. «Dottore, così non va bene. Le malattie cardiache possono risultare fatali, o sbaglio? Non deve preoccuparsi per me, la prego di dirmi la verità».
Hirakawa sembrava agitato, e con le dita si toccava la montatura degli occhiali.
«Così mi mette in difficoltà».

«Quindi ho ragione?».

«No, non le sto nascondendo nulla di grave. Se si trattasse di qualcosa di serio, non potrei non parlarne alla famiglia... La verità è che suo marito mi ha chiesto di non dirglielo per non farla preoccupare».

«Mio marito...?».

«Gliel'ho promesso, ma in cuor mio ritengo più opportuno che lei sappia. Per questo mi sono sfuggite delle parole ambigue, che lei giustamente ha notato».

«Per favore, mi dica la verità».

«La verità è che suo marito ha avuto un lieve infarto del miocardio».

«Oh, cielo».

«E a quanto mi ha riferito, è già la seconda volta».

«La seconda volta? Della prima non mi ha detto nulla. Quando è successo?».

«Circa un anno fa».

«Un anno fa...».

«Non ne sono certo perché non è venuto da me, ma è andato all'ospedale B., con cui la S. Optics è convenzionata. Quella volta la crisi è durata circa due minuti ed è stata molto lieve. Gli avevano caldamente consigliato di rimanere in ospedale, ma l'azienda in quel momento era in difficoltà, e lui si è rifiutato di restare. Li ha pregati di chiudere un occhio».

In effetti, circa un anno prima era stato a casa dal lavoro per due o tre giorni, ed era rimasto tutto il tempo a letto. Doveva essere accaduto allora.

Sempre un anno prima aveva cominciato a ingobbirsi e a camminare piano, a piccoli passi. Isako l'aveva considerato un segnale di indebolimento dovuto all'età, una forma di attenzione per il corpo sempre più debilitato, ma ora si rese conto che si trattava di prudenza, perché Nobuhiro sapeva di essere malato. Le tornarono in mente tanti altri particolari di quel periodo.

«Dottore, un infarto del miocardio può risolversi in una crisi così lieve?».

«Alcune sono più gravi di altre. Quella di suo marito fortunatamente era di lieve entità».

«Ma la seconda, la terza... tendono a essere più gravi, non è così?».

«Be'... di certo non sono più leggere». Hirakawa sembrava in difficoltà. «Vede, è stata una sorpresa anche per me scoprire cosa gli fosse successo un anno fa. All'ospedale B. hanno sicuramente eseguito accurati controlli, e sono certo che conservino la sua cartella clinica insieme all'esito degli esami. Io però non dispongo di una struttura adatta per un ricovero, né posso farmi consegnare i documenti che lo riguardano conservati dall'ospedale».

«Intende dire che le condizioni in cui versa renderebbero necessario il ricovero?».

«È la seconda volta che ha un attacco, e in questi casi gli ospedali attivano un protocollo di sicurezza. Suo marito ha detto che per lui attualmente sarebbe un problema. Mi ha chiesto di non dirle niente perché l'attacco era stato lieve; forse temeva che lei gli consigliasse di farsi ricoverare».

Come mai Nobuhiro era così riluttante rispetto alla possibilità di un ricovero in ospedale? Stando a quanto sosteneva Shiotsuki, l'azienda intendeva revocargli l'incarico da dirigente, ma a lei Nobuhiro non aveva detto nulla. La situazione era in evoluzione: se Nobuhiro fosse stato in salute e si fosse presentato regolarmente in ufficio sarebbe rimasto al suo posto, mentre il ricovero in ospedale sarebbe stato decisivo per il suo licenziamento.

«Quale può essere la causa dell'infarto, dottore?».

«Fra le possibili cause c'è il diabete, oltre naturalmente ad altre infezioni».

«Ma che io sappia lui non soffre di diabete».

«No, infatti. L'ho esaminato poco fa. Caffè e sigarette possono essere un problema, ma quando gliel'ho chiesto mi ha risposto di amare il caffè ma di avere smesso di berlo, e che spegne le sigarette dopo averle fumate solo a metà».

Aveva ragione, ed era stato proprio dopo quel primo avvertimento, un anno prima, che Nobuhiro aveva cominciato a fumare in quel modo. Aveva smesso di bere il suo amato caffè, e non perché non riusciva a prendere sonno.

« Un altro elemento è il sovraccarico mentale ».

La riorganizzazione amministrativa della S. Optics poteva aver avuto il suo peso. Forse Nobuhiro non lo dava a vedere, ma non era da escludere che si sentisse frustrato perché voleva rimanere in azienda da dirigente.

« Forse in età avanzata il sovraffaticamento mentale si fa più oneroso da sopportare, non è così? ».

« È possibile. Ciò che per una persona nel pieno delle sue forze risulta tutto sommato sopportabile, per un anziano può diventare una fatica insostenibile. E bisogna anche tenere conto della stanchezza accumulata nel tempo ».

« E questa stanchezza può tradursi in un infarto improvviso? ».

« No. Fra i fattori scatenanti ci possono essere una grande preoccupazione, una sorpresa, uno shock. Signora, di recente suo marito ha subìto degli sconvolgimenti emotivi? ».

« Non saprei... ».

Isako si mise a riflettere su cosa avrebbe potuto destabilizzare Nobuhiro.

Il pomeriggio seguente, Isako chiese a Shiotsuki di raggiungerla nella hall dell'Hotel A. Quella mattina gli aveva già telefonato una volta, raccontandogli ciò che era successo a Nobuhiro.

« Dimmi, come sta il signor Sawada? » chiese Shiotsuki aggrottando le sopracciglia, con la pipa in bocca.

« È a casa che riposa, ma sembra stare bene ».

« Certo, sembrerebbe aver superato la crisi. Ma un infarto del miocardio è una cosa seria ».

« Pensi che morirà presto? ».

« Dipende. Ma c'è questo rischio, sì ».
« Non mi piace questa storia. Non può morire adesso ».
« Come ti fa parlare bene il tuo amore di moglie ».
« Prova a metterti nei miei panni. Il mio piano andrebbe all'aria. E tu, caro il mio papi, tu chiacchieri tanto, ma non mi prenderesti certo con te... ».
Isako fissò il volto infastidito di Shiotsuki.
« Questo "papi" potrebbe vedersi togliere il titolo di vicepresidente da un momento all'altro, lo sai? E a quel punto anche tu ti ritroveresti in mezzo a una strada ».
« Questo papi non ha nulla di cui preoccuparsi. È sostenuto da un solido pilastro. Con il solo titolo di vicepresidente porta enormi profitti all'azienda, anche senza muovere un dito. Devono solo ringraziarti ».
« Non esagerare con le lusinghe. Le cose non stanno esattamente così ».
« E allora, papi, dovresti cominciare a mettere insieme un tuo gruzzoletto ».
« Grazie del suggerimento. Mi piacerebbe. Ma non sono molto bravo in queste cose ».
« Già, sei negato. Forse sarebbe meglio che alla tua natura si mescolasse un po' di quella di tuo zio ».
« E io che ero convinto che avendo a che fare con te mi sarebbe andata meglio ».
« Ma non ti sei voluto confondere con me abbastanza » rispose Isako ridendo.
« Invece mi basta così, è giusto. Soprattutto per il mio benessere fisico ».
« Hai visto? Ti tiri sempre indietro ».
« Considerata la malattia del signor Sawada, hai avuto davvero poco a che fare con lui... ».
« Sì, non mi credevi? ».
« Un anno fa è stato visitato all'ospedale B., dove ha saputo della malattia. E da allora ha cercato di non sottoporre il cuore a sforzi eccessivi, giusto? ».
« Sì. Adesso mi tornano in mente certi dettagli. Era molto prudente già allora, ma io pensavo fosse dovuto

all'età. Mi ha sorpreso sapere che era la sua seconda crisi. Ha chiesto al medico di non dirmelo».

«Un pensiero premuroso. Quindi ieri lo hai riportato a casa e gli hai detto che sapevi?».

«Ero così seccata che me ne stavo in silenzio. No, non gli ho detto niente».

«Hai fatto bene. Devi comprenderlo, capire che cosa prova lui all'idea di metterti al corrente della malattia».

«Cosa intendi?».

«Lui vorrebbe farsi vedere da te sempre in salute. È un uomo anziano con una moglie giovane, lo capisco. Sto invecchiando anch'io. Il signor Sawada sta facendo il possibile per nasconderti le sue debolezze».

«Nonostante gli sforzi, non può fare nulla contro la malattia».

«È una caratteristica degli uomini anziani quella di volersi mostrare forti davanti alle loro giovani mogli».

«Ma no, che c'entrano le giovani mogli...».

«È la verità, non puoi farci niente. E devi comprendere la sua reticenza».

«Non posso essere sempre io quella comprensiva. A me non pensi? Se muore adesso, tutti i miei piani falliranno. Non ha neppure fatto testamento. Non mi resterà nemmeno la terra, vero?».

«In assenza di testamento, l'eredità viene divisa a norma di legge: un terzo va alla moglie, e gli altri due terzi vengono divisi in parti uguali tra i figli. Lui ha avuto due figli dalla prima moglie, no?».

«Due figlie. Da quando l'ho sposato non si sono più fatte vedere a casa nostra. Sawada me lo tiene nascosto, ma io so che vanno a trovarlo al lavoro e che si vedono fuori... Non voglio che si prendano i due terzi. I miei progetti andrebbero a rotoli».

«L'imposta di successione è pari all'incirca al sessanta percento».

«Così tanto?».

«In origine, l'imposta di successione era stata concepita per pareggiare le ricchezze, perché colpiva le eredità provenienti da redditi non guadagnati. L'hanno voluta gli americani quando sono venuti qui dopo la guerra».

«Di quello che fanno gli americani non m'importa, io non sono d'accordo. Voglio tutta la terra di Sawada. Ne va del mio futuro sostentamento. Non cederò alle figlie nemmeno un metro quadrato».

Isako si morse il labbro inferiore.

«Sei molto caparbia».

«La colpa è anche tua, papi. Devi aiutarmi. Sei stato tu a buttarmi nelle braccia di Sawada».

«Sempre lo stesso discorso, non appena apri bocca. Ma, vedi, l'unica che può convincere il signor Sawada a fare testamento sei tu. È una cosa al di fuori delle mie possibilità».

«E che cosa dovrei fare?».

«Sei sicura che non l'abbia ancora scritto?».

«È da un po' che glielo chiedo, ma non si decide. Si capisce che è indeciso tra me e le figlie. Dice che sta ancora bene e che lo farà a tempo debito».

«Adesso però ha avuto un infarto miocardico. Leggiti questo. Dopo che mi hai telefonato, ho ricopiato in fretta e furia le caratteristiche principali di questa malattia da un libro che si trova nella nostra infermeria».

Shiotsuki tirò fuori dalla tasca un foglio di carta ripiegato. Doveva averglielo scritto qualcuno della segreteria.

«"L'infarto miocardico è un'improvvisa riduzione del flusso sanguigno dovuta a trombosi o a embolia, facilitata da atrofia delle arterie coronarie o dei loro rami. Se la riduzione è significativa, la morte può sopraggiungere rapidamente, altrimenti il miocardio comincia a soffrire repentinamente a partire dal sito del trombo o dell'embolo fino alla necrosi, e il tessuto connettivo prolifera, formando infine il tessuto fibroso. Cause: infezioni focali, tabacco, caffè, sovraffaticamento mentale o diabete sono spesso associati a questa condizione. Tuttavia, lo sforzo fisico e gli sconvolgimenti emotivi come l'afflizione e la sorpresa sono più strettamente indicati come fattori scatenanti diretti degli attacchi... Prognosi:

oltre il venti percento dei pazienti muore in seguito a un primo attacco. Alcuni muoiono a causa di un secondo attacco e altri invece, durante le fasi postinfartuali, possono incorrere in un altro infarto, nella rottura del ventricolo o in un'insufficienza cardiaca; pochi sopravvivono più di qualche anno" ».

Isako sentì che le sue guance impallidivano. Non era granché diverso da quello che le aveva detto il dottor Hirakawa, ma suonava molto peggio.

« Ma è terribile, papi ».

« Mi dispiace ».

Shiotsuki espirò una boccata di fumo della pipa.

« Sono nei guai. Non so cosa fare... Dimmi, che cosa devo fare...? ».

« Calmati. Anch'io mi sono spaventato quando l'ho letto, così ho chiesto al medico della nostra infermeria. Il dottore mi ha detto che questa è la peggiore delle ipotesi e che non è così per tutti. Per alcune persone i sintomi sono molto più lievi. Bisogna essere prudenti, ma secondo lui non c'è da avere paura ».

« Davvero? ».

« Oggi il signor Sawada sta meglio, no? ».

« Sì. Quando sono uscita stava dormendo ».

« Lo immaginavo. Però, secondo il medico, è preoccupante che si tratti di un secondo attacco. E quindi bisogna stare in guardia. Mi ha detto che sarebbe meglio farlo ricoverare ».

« Penso che Sawada non voglia essere ricoverato. La sua situazione all'interno dell'azienda è molto delicata in questo momento, no? Credo che sia caduto in uno stato di "afflizione", se di questo si è trattato, a causa delle precedenti difficoltà dell'azienda, difficoltà che avrebbero potuto causare il suo licenziamento: da cui la sua "sorpresa". Se finisse in ospedale adesso, perderebbe di sicuro il lavoro: per questo, secondo me, si è rifiutato di restarci dopo il primo attacco ».

« Credo che tu abbia ragione. Per fortuna è stata una crisi leggera ».

« Dimmi, papi. Pensi che Sawada verrà licenziato, alla fine? ».

« Uhm. Non saprei. È una possibilità piuttosto concreta, ma a quanto pare la situazione dei dirigenti è ancora incerta ».

« Se è così, a maggior ragione cercherà di non farsi ricoverare. E potrebbe anche morire improvvisamente. Non voglio che muoia senza aver fatto prima testamento. Dovrebbe farlo e poi magari, come sta scritto nei tuoi appunti, sopravvivere solo qualche anno: per me sarebbe l'ideale ».

« Uh-uh ».

Shiotsuki diede un colpetto di tosse misto a una risatina, come se stesse soffocando per il fumo.

« Se è così, sarà meglio che tu lo faccia ricoverare. Forse si convincerà a fare testamento ».

« Hai ragione... Ma preferisco evitare l'ospedale B. È convenzionato con la S. Optics, quindi i suoi colleghi potrebbero venire a sapere quello che sta succedendo. E lui di certo non vorrebbe ».

« Capisco... ». Shiotsuki rifletté per qualche istante, poi guardò Isako e disse: « L'avvocato Saeki, che hai conosciuto ieri, ha un fratello che gestisce un ospedale a Hongō. Perché non lo fai ricoverare lì? ».

VII

« *In data ...*

« Nella hall dell'Hotel A. ho discusso con Shiotsuki del ricovero di mio marito. Mi ha consigliato di portarlo in un ospedale di Hongō perché lo dirige il fratello dell'avvocato Saeki Yoshio. Mi è parsa una proposta interessante, dal momento che mio marito teme che l'ospedale B., poiché è in rapporti con la sua azienda, possa esporlo a dei fastidi. È una fortuna che Shiotsuki mi abbia presentato proprio adesso l'avvocato Saeki.

« Non so ancora quali siano le intenzioni di mio marito, ma ho deciso di informarmi e di andare in visita all'ospedale Shudai. Sarebbe bello se potessi incontrare anche il direttore. Shiotsuki mi ha detto che avrebbe contattato l'avvocato Saeki, e infatti gentilmente ha telefonato subito al suo studio legale.

« Il signor Saeki ha detto che avrebbe sentito subito suo fratello e ci ha chiesto se ci era possibile raggiungerlo di lì a un'ora. Purtroppo Shiotsuki doveva presenziare a una riunione in ufficio e non poteva accompagnarmi; me lo ha comunicato con aria dispiaciuta. Ho accettato di andarci da sola perché non volevo procurargli altri fastidi. Gli ho dato un passaggio e l'ho lasciato vicino alla sua azienda.

«Lo Shudai è un grande polo ospedaliero nelle vicinanze di Hongō-sanchōme. L'ho trovato subito: un edificio di cinque piani, amministrato da una fondazione. L'atrio era pieno di gente, molti stavano in piedi perché non c'era posto dove sedersi. Gli affari qui sembrano andare bene, il che è rassicurante. Mi aggiravo nei pressi dell'accettazione, chiedendomi come potevo fare per avere un colloquio con il direttore, quando senza che me l'aspettassi l'avvocato Saeki mi è venuto incontro. Ha detto che immaginava che potessi sentirmi confusa, quindi era venuto apposta per fare le presentazioni. L'ho ringraziato. Ha aggiunto che pensava di trovarmi in compagnia di Shiotsuki.

«Mi ha accompagnato subito nell'ufficio della direzione. Suo fratello è un uomo oltre la cinquantina, leggermente sovrappeso, con i capelli brizzolati e la carnagione chiara. Si assomigliano molto, ma il fratello minore ha un fisico più atletico e virile.

«Dopo che l'ho messo al corrente delle condizioni di mio marito, il direttore ha detto che sembrava proprio trattarsi di un infarto del miocardio, come diagnosticato dal dottor Hirakawa (il medico di base del nostro quartiere), e che voleva vedere il paziente al più presto: bisognava ricoverarlo immediatamente. Secondo lui avrebbero dovuto ricoverarlo già dopo il primo attacco, come avviene di norma.

«L'ospedale è stato ristrutturato cinque anni fa, è pulito e ben attrezzato, con apparecchiature moderne e un'assistenza infermieristica completa. Mi hanno mostrato una stanza di fascia superiore in un reparto al secondo piano. Proprio in fondo a un corridoio. Un divisorio separava uno spazio di otto *tatami* da un altro di quattro *tatami* e mezzo, con un tavolo, cuscini e altri oggetti per l'accoglienza sistemati nella parte più piccola della stanza. Molto bella. Dotata di televisore. Nello stretto corridoio che porta all'ingresso del reparto c'è una cucina. Con anche un frigorifero. Vista sulla zona di Ochanomizu e Kanda. Mi piace. Le camere di fascia superiore costano ottomila yen al giorno. Ma è il minimo, se voglio assicurare un soggiorno confortevole a mio marito, e per riguardo verso chi verrà a trovarlo. L'ufficio informazioni mi ha detto di decidere al più presto, perché le stanze di quel tipo non restano libere a lungo.

«Ho detto che ne avrei parlato con mio marito e ho lasciato l'ospedale, promettendo una risposta entro domani mattina. Lo avrebbero visitato e poi ricoverato. Al momento dei saluti, l'avvocato Saeki con parole delicate mi ha raccomandato l'ospedale: ha detto che ha una buona reputazione proprio riguardo alla cura delle patologie del sistema circolatorio (tra cui quelle cardiache)».

Proprio quel giorno Isako aveva deciso di iniziare a tenere un diario. Se l'indomani Sawada fosse stato ricoverato in ospedale, era opportuno mettere qualcosa per iscritto. Se doveva prendere appunti, tanto valeva farlo in forma di diario: sarebbe stato più divertente. E se le fosse venuto a noia, avrebbe sempre potuto omettere qualcosa.

Un diario le avrebbe consentito di travisare la realtà. I semplici appunti avrebbero rivelato troppo a un eventuale lettore. Nel caso di un diario non avrebbe dovuto occuparsi di occultarlo, come si fa invece con i documenti segreti. Era sufficiente tenerlo in un cassetto della scrivania.

Un diario si può riempire di frasi comprensibili unicamente a chi le scrive. Una semplice annotazione con data, ora e nomi delle persone coinvolte sarebbe bastata a riportarle alla mente fatti più complessi. In altre parole, i caratteri vergati in un diario erano indizi e parole chiave che rimandavano a ciò che era stato omesso. I caratteri visibili erano orpelli di facciata che alludevano a significati nascosti.

Isako aveva avuto quest'idea dopo aver letto, mesi prima, un articolo su una rivista, intitolato «La vanità del *Diario di una lotta contro la malattia*».

L'autore dell'articolo era un filosofo, così come l'autore del « Diario » di cui si parlava. Tuttavia, mentre quest'ultimo sembrava avere il profilo di un eminente studioso, il critico pareva un filosofo di medio livello. Isako non conosceva nessuno dei due.

Sulla rivista, il critico-filosofo scriveva più o meno così.

« ... Questo diario, scritto dal professor R. in seguito al ricovero in ospedale per una malattia incurabile, è artificioso fin da principio, poiché è stato concepito già con la prospettiva di una pubblicazione postuma. Il professore elenca le visite che riceve, come ci si aspetta per ragioni di cortesia, ma ciò che sconcerta è l'acribia con cui registra tutti i regali ricevuti, e chi li ha fatti: frutta, fiori e piante ornamentali, dolci, minestre, zuppe di tartaruga. Alcuni provengono da lontane regioni come Hokkaidō, Kyoto e Osaka.

« Probabilmente non tutti i doni erano di prima categoria. Quelli che non lo erano, in ogni caso, non vengono menzionati. L'intento è quello di ricordare al lettore del diario il prestigio del suo autore.

« Nel diario compaiono anche i nomi dei visitatori, o di chi ha inviato lettere di cortesia; dei personaggi più altolocati e famosi è riportato il contenuto delle conversazioni e dei messaggi. Elenchi di persone compaiono in quasi tutte le pagine del diario, con lo scopo evidente di impressionare il lettore su quanto il professore fosse rispettato e conosciuto, nel mondo accademico e non solo, mentre le conversazioni con persone comuni sono per lo più tralasciate. A dispetto di quanto sinceri e sentiti possano essere stati questi omaggi, ciò che viene registrato sono parole vuote.

« Non solo le teorie del pretenzioso professore sono prive di originalità, ma egli non ha prodotto nemmeno studi particolarmente degni di nota. Ma allora perché è diventato un professore acclamato? Perché ha saputo seguire bene la corrente, ha manovrato ingegnosamente le fila del mondo accademico e si è fatto molti amici, fino a diventare il capo di una fazione. Ha ottenuto più notorietà di quanta ne meritasse semplicemente facendosi amiche le persone più abili.

«A ciò si è aggiunta la simpatia che si è guadagnato con la sua battaglia contro una malattia incurabile. Questo ha reso la valutazione dei suoi lavori molto più indulgente. Anche se non esiste una relazione fra disperazione e sostanza, il sentimento giapponese ha sopravvalutato la sostanza del professore.

«Il diario del professore contiene una gran quantità di sciocchezze filosofiche, ma chi lo conosceva sa quanto esse stonino con la realtà. Durante il ricovero in ospedale, sua moglie gli è rimasta sempre accanto, ma in assenza di celebri visitatori lei e il professore erano sempre di cattivo umore e litigavano senza sosta. Corre anche voce che lui intrattenesse un'altra relazione. Il diario racconta di un uomo illuminato, consapevole dell'imminenza della morte e immerso in una forma di solenne meditazione, ma non menziona il fatto che più d'una volta, a causa di una relazione adultera, egli avesse tentato di fuggire da quella stanza d'ospedale per sottrarsi allo sguardo della moglie. Un'omissione funzionale alla pubblicazione dopo la morte.

«Il professore è stato una persona estremamente affabile, che è riuscita a prosperare grazie alle sue amicizie. Tuttavia la sua doppia personalità era nota nel mondo accademico. Molte persone sono state tradite da lui o ostracizzate a causa sua. Il mondo accademico non è un ambiente innocente, ma il professore era particolarmente perfido. Se i suoi superiori o i pari grado non gli tornavano utili, li abbandonava subito. E poi ne parlava male. Elogiava e adulava amici e colleghi più giovani, ma prima ancora che potessero voltargli le spalle mostrava la lingua a chiunque gli capitasse a tiro raccontando quanto fossero idioti, talmente stupidi da non riuscire nemmeno a cogliere il sarcasmo delle suc parole.

«E faceva lo stesso con i visitatori menzionati nel diario. L'editore di molti dei suoi libri gli andava a genio, a lui era concesso persino di entrare nella cucina di casa, e la loro intimità era portata a esempio nei circoli accademici. Nel diario, l'editore si reca al capezzale del professore ogni tre giorni e la moglie lo ringrazia per la sua gentilezza, ma stando ai bene informati esiste un secondo diario nel quale il professore ne dice peste e corna: un uomo che non capisce nulla, un leccapiedi, un impostore, che sembra integro ma cede facilmente davanti ai potenti, e via dicendo. In altre parole, i diari del professore assomigliano ai registri di una società commerciale che evade le tasse e tiene una doppia contabilità, una pubblica e una privata.

« Il professore è morto da poco. Si considera immorale parlare male di un defunto, ma se ho osato farlo è per amore della verità, ben sapendo che alcuni mi biasimeranno per questo: non voglio che le generazioni future valutino erroneamente la reputazione del professore. Del resto, anche senza questo mio breve scritto, la considerazione di cui godono le sue pubblicazioni è destinata a scemare entro pochi anni... ».

Questo fu ciò che lesse Isako.

Non sapeva nulla di filosofia o del mondo universitario, ma aveva capito che un noto studioso aveva tenuto un diario pubblico e uno privato, e questo le aveva dato l'idea.

A lei non servivano due diari. Le bastava quello pubblico, fra le cui righe si poteva risalire a quello privato. Ogni carattere messo per iscritto sarebbe stato un semplice indizio per un'altra lettura.

All'uscita dall'ospedale Shudai, l'avvocato Saeki non si era limitato a vantare discretamente la buona reputazione della struttura diretta da suo fratello:

« Signora, vorrei discutere con lei il caso di Ishii ».

Nel diario di Isako questo passaggio era stato omesso.

« Sì, certo ».

« O crede sia sconveniente, in assenza del signor Shiotsuki? ».

« No, posso occuparmene anche da sola ».

« Bene, allora non sprechiamo quest'occasione. Ci vor-

«Avvocato difensore: "Invece sì, e da molto tempo. Possono essere acquistati solo dietro prescrizione medica, ma vengono prescritti molto raramente. Come se lo spiega?".

«Testimone: "Che cosa intende?".

«Avvocato difensore: "Questi sonniferi hanno provocato un numero molto elevato di incidenti. Inoltre, stando a quanto mi è stato detto, manca un'indicazione chiara di quale sia la dose letale. Per alcuni individui possono essere letali anche dosi molto basse, in altri casi si sopravvive anche dopo l'assunzione di grandi quantità. Proprio perché è difficile stabilirne la dose letale, il farmaco viene prescritto di rado".

«Testimone: "Mi sembra strano che non ci sia un'indicazione. La dose da non superare è sempre indicata, anche se molto bassa".

«Avvocato difensore: "Ma, appunto, in questo caso è difficile da stabilire".

«Testimone: "Ciò non vale solo in questo caso, ma anche per farmaci come il Brovarin o l'Adorm. Tuttavia, dal punto di vista medico, è stata tracciata una linea oltre la quale un dosaggio può essere considerato letale"».

Quel caso riguardava Ishii, ma per Isako sia il caso che Ishii facevano già parte del passato. Lesse comunque, tra il sonno e la veglia, la copia degli atti lasciatale da Saeki, trovandola piuttosto noiosa. In parte però era incuriosita. Cominciava a trovare interessante quel cadavere capace di suscitare una diatriba scientifica tanto accesa. Il corpo di Noriko, seppur tagliuzzato e inciso in varie sue parti, si era trasformato in un reperto straordinario, oggetto di dibattito fra scienziati forensi e avvocati. Nelle pagine di quegli atti processuali, Noriko le appariva superba e ammaliante come non era mai stata.

Isako non aveva più voglia di rileggere quei documenti, e li ripose in un cassetto. La copertina del fascicolo, priva di scritte, era in una sottile carta pergamena. Il cameriere dell'albergo di norma non apriva i cassetti durante le pulizie quotidiane, ma se pure l'avesse fatto di certo non gli sarebbe venuta voglia di sbirciare.

Saeki le faceva visita ogni due o tre giorni. All'inizio cercava di non passare dalla reception, ma alla fine ci si era abituato, e si sentiva a proprio agio anche con il personale che si aggirava per i corridoi. Naturalmente aveva moglie e figli, ma attribuiva quelle uscite a impegni di lavoro: per un caso importante era normale passare le notti fuori casa fermandosi da qualche parte a discutere con i colleghi; secondo lui questa giustificazione era sufficiente.

Saeki era certo di riuscire a ottenere l'assoluzione di Ishii, ma se questi fosse uscito troppo presto avrebbe potuto scoprire la loro relazione – un'eventualità che era preferibile evitare. Quando Isako glielo disse, Saeki le assicurò che avrebbe fatto in modo di mandare Ishii nel Kyūshū o in Hokkaidō, con la scusa di un possibile impiego da quelle parti, allontanandolo così da Tokyo. Ishii lo avrebbe visto come un benefattore e non si sarebbe opposto. L'avvocato le elencò alcuni precedenti simili.

Isako aveva il sentore che Nobuhiro l'avrebbe chiamata dall'ospedale nel cuore della notte, mentre era a letto con Saeki. Le parole del marito non le sembravano legate alla paura di morire per una nuova crisi, quando non c'era nessuno in giro e nessuna infermiera pronta ad accorrere; secondo lei Nobuhiro nutriva dei dubbi sulle sue attività notturne, e queste fantasie lo impaurivano.

«Ma da quando vengo qui non ha chiamato nemmeno una volta, o sbaglio?» disse Saeki. Si rivolgeva a Isako, che aveva due anni più di lui, con un linguaggio rispettoso.

«Vedrai che lo farà presto. Per ora sta cercando di trattenersi. Da qualche giorno è finalmente in grado di stare seduto sul letto. Il telefono non è così lontano, potrebbe anche riuscire a camminare fino a lì».

«Ma anche se chiamasse, a me non importa. Davanti a me puoi dirgli qualsiasi cosa».

« Hai una bella faccia tosta ».

« Mi hai frainteso. Quello che intendo dire è che sarebbe una buona cosa se parlandoti riuscisse a tranquillizzarsi. Provo compassione per il signor Sawada, non ne sono affatto geloso ».

« Ti senti in colpa, non è vero? ».

« Non sarai tu, a sentirti in colpa? » ribatté Saeki sorridendo con gli occhi.

« È una cosa che ho già superato. Altrimenti come potrei andare avanti, dopo quello che c'è stato con te? ».

« Come vanno le cose tra te e il signor Shiotsuki? ».

« Non c'è niente tra me e lui. Che sciocchezze dici? ».

« Non ci credo ».

« Perché? ».

« Lo capisco dal vostro atteggiamento. Lo vedo dal modo in cui vi guardate a dispetto dei vostri sforzi per nasconderlo. Scommetto che siete stati insieme per molto tempo ».

« Non hai mai nominato il signor Shiotsuki prima d'ora ».

« Per una forma di riguardo. È stato lui a presentarci, ed è lui il vero committente di questo incarico ».

« E adesso non gli usi più riguardo? ».

« Le cose tra noi hanno preso una piega diversa ».

« Se fosse come credi, il signor Shiotsuki si farebbe vivo di tanto in tanto. Invece, è mai venuto, qui, mentre c'eri tu? ».

La verità era che Shiotsuki lo incontrava altrove. Gli aveva detto di non raggiungerla lì perché l'albergo era collegato con l'ospedale.

« Mai. Però basta calcolare bene gli orari per far sì che due persone non si incontrino ».

« È ridicolo ».

« Io lo so che per soddisfare un corpo come il tuo un uomo solo non basta ».

« Non mi sembra una cosa carina da dire ».

« Non è esattamente quello che è successo con Ishii? ».

« Non era mia intenzione. Avevo abbassato la guardia. Proprio come con te... ».

«Però tu e Ishii avevate una relazione da molto tempo, ormai».

«Mi ha minacciato. Diceva che avrebbe rivelato tutto a Sawada. È un farabutto».

«Non credo si trattasse solo di questo. Ma per il momento non posso ancora fargli domande su di te».

«Dimmi un po', ti sembro una sgualdrina?».

«Non farmi dire cose del genere. È una questione di costituzione. Le donne floride, di carnagione chiara, con la pelle liscia e i fianchi sodi sono così. Trovano difficile dormire da sole la notte».

Una volta Shiotsuki le aveva detto qualcosa di simile. Ma anche se non poteva ammetterlo a voce alta, lo sapeva anche lei. Soprattutto quando si trovava in situazioni come quella, tutta sola in una stanza d'albergo, le capitava spesso di sentirsi eccitata. Il sangue le fluiva in corpo con un impeto tale da impedirle di addormentarsi, e le sue mani, come d'abitudine, seguivano quell'impulso.

«Lo dici per esperienza?».

«Non guardarmi così, non parlo per esperienza diretta. Sono un avvocato, e anche se sono un penalista mi capita di fornire consulenze in casi di divorzio. Si tratta di conoscenze acquisite attraverso l'osservazione».

«Possono esserci delle eccezioni».

«Diciamo che in linea di principio è come penso io».

Proprio come faceva supporre la sua mascella squadrata, Saeki era un uomo instancabile: nel cuore della notte si alzava dal letto e sedeva alla scrivania, dove consultava carte processuali o scriveva articoli per riviste specializzate, e di tanto in tanto tornava da Isako per stringerla a sé.

«Ho l'impressione che il signor Shiotsuki si sia un po' allontanato da te».

«Di che parli?».

«Su, non fare la finta tonta. È per via della malattia di suo zio, l'onorevole».

«Una volta il signor Shiotsuki mi ha chiamato per dirmi che lo zio era stato ricoverato per cirrosi epatica».

«Ti ha telefonato, dici?» ribatté Saeki con un ghigno. «Sarà... La cirrosi comunque è solo una spiegazione di facciata, in realtà si tratta di cancro al fegato. Ed è già troppo tardi».

«Dici davvero?».

«È una notizia così esplosiva che solo in pochi ne sono a conoscenza. Si tratta di una figura politica influente, come sai. Per il signor Shiotsuki è una questione di importanza vitale, e al momento non può permettersi di venirti a trovare. Contrariamente alle apparenze, è un uomo pavido».

Davanti agli occhi di Isako fluttuava l'immagine del terreno di Shibuya, che lei doveva vendere al doppio del prezzo di mercato.

X

Quando Isako entrò nella stanza, la stenografa Miyahara Motoko era seduta su una sedia accanto al letto e stava trascrivendo quello che le dettava Nobuhiro. Il sole batteva sui vetri della finestra, e la luce sembrava più quella di mezzogiorno che del mattino.

Nobuhiro era coricato a letto, e quando Isako entrò nella stanza smise di parlare e alzò lo sguardo verso di lei. Dagli angoli bianchi degli occhi, le sue pupille la fissavano immobili. Lo sguardo di Nobuhiro era segnato dai pensieri e dal dolore, ma Isako lo ignorò.

Motoko si alzò dalla sedia, fece un rapido inchino a Isako e le rivolse i saluti di rito. Era da un po' che Isako non vedeva quel viso magro e anemico, quel corpo androgino.

« Sono venuta a far visita al signore. Mi ha tranquillizzata trovarlo molto meglio di quanto pensassi » disse Motoko. Le sue parole erano rapide, prive di quell'affettazione tipicamente femminile.

« Grazie per essere venuta... Quando è arrivata? ».

« Circa un paio d'ore fa. Sono venuta solo a salutarlo, ma il signore ha insistito per riprendere la dettatura. Non volevo affaticarlo, ma sembrava in buone condizioni, così ho chiesto alla caposala e lei ha detto che andava bene, ma solo per poco tempo» si giustificò Motoko.

«È che mi annoio, sai. Sono stato io a chiederglielo».

A Isako le parole di Nobuhiro suonarono sarcastiche. Fra le righe sembrava dirle: «Cosa fai fuori di qui mentre io sono costretto a letto tutto il giorno? Perché ti presenti solo alle undici?». Lo sguardo che le aveva rivolto appena entrata esprimeva la stessa cosa.

«Non c'è problema, basta che tu sia dell'umore giusto. Signorina Miyahara, lei aveva con sé tutto l'occorrente per scrivere?».

«Sono gli strumenti del mestiere, quindi me li porto sempre dietro».

Isako lo sapeva già, perché entrando aveva visto la valigetta nera di Motoko aperta su una poltrona del salottino. Sul tavolo c'era un cesto di frutta incartato e legato con un nastro rosso. Motoko si avvicinò, ci appoggiò sopra delicatamente la mano e disse: «Spero vi piaccia».

Isako la ringraziò e aggiunse: «L'ammalato sembra stare meglio, quindi per favore continuate pure con la dettatura». La sua voce aveva un tono di velato rimprovero nei confronti di Nobuhiro. Se lui si permetteva di rivolgerle sguardi o parole sarcastiche alludendo alle sue attività notturne, allora lei lo avrebbe ripagato con la stessa moneta. Non si tirava certo indietro.

«Sì».

Miyahara Motoko se ne stava lì, in piedi, con un'espressione preoccupata sul volto. Forse era turbata per l'improvviso cambio di umore, segnalato dal movimento delle sopracciglia di Isako; o magari stava pensando che marito e moglie avessero qualcosa di cui discutere in privato. Accennò un sorriso che rivelò un incisivo leggermente sporgente.

«Avete fatto qualche progresso prima del mio arrivo?».

«Sì, qualche progresso».

«Allora perché non proseguite?».

«Sì, d'accordo».

«Non faccia caso a me. Al momento non ho nulla da

dire a mio marito. Se non vi dà fastidio, resterò qui seduta ad ascoltare».

Nobuhiro guardava il soffitto. Il suo profilo smunto, con le guance ricoperte da un velo bianco di barba incolta, non mostrava alcuna espressione; solo le labbra sembravano più serrate del solito.

«Sei d'accordo, papi?» domandò Isako, alzando la voce di proposito. Lui si limitò a emettere degli sbuffi e dei mugugni senza aprire bocca. Faceva sempre così: metteva su una specie di broncio, che però non durava mai a lungo, e alla fine cedeva. L'espressione del suo viso, il suo sforzo di sembrare indignato le davano il voltastomaco. Era nella natura di Nobuhiro: se lei insisteva lui si ritirava, ma se lei si mostrava debole, lui si permetteva di fare lo spaccone.

Motoko si rimise a sedere e sistemò alcuni fogli da stenografia sul retro di un vassoio quadrato che teneva sulle ginocchia.

«Bene, allora riprendiamo».

Nobuhiro pareva non sapere a chi doveva rivolgersi fra le due donne. Si schiarì la voce.

«Dunque, dove eravamo...?».

«Al secondo anno delle scuole medie. Suo zio era un giornalista e lei voleva seguire le sue orme...» disse Motoko per aiutarlo a riprendere il filo del discorso.

«Oh, sì, è vero...».

Diede un altro colpetto di tosse, poi si rimise a parlare: «Ecco... Oggi, alle elementari, i bambini fanno il giornalino della scuola, ma a quei tempi non c'era. Volevo imitare mio zio, raccogliere le informazioni come faceva lui. È stato il mio sogno finché non ho cominciato il liceo... Sa, c'è un vecchio santuario due chilometri a nord di Chōfu. È menzionato anche nell'*Engishiki*, l'antico libro delle leggi... Insomma, feci visita al sacerdote responsabile del santuario. Temevo che a Chōfu sarei stato presto scoperto, perciò andai un po' più lontano, e finsi di essere un giornalista in erba. Pensavo che un sacerdote non avrebbe dato retta a un ragazzino, così usai la mia paghetta per comprare il più bel regalo possibile in un negozio. Non ricordo cosa fosse, di sicuro qualcosa di appariscente... Mi recai nell'ufficio del santuario, dove trovai un solo religioso, gli consegnai il regalo, mi inventai il titolo di un giornale per ragazzi e gli chiesi di aiutarmi a scrivere un articolo sul santuario. Non ricordo le parole precise che usai, fatto sta che quando gli porsi l'omaggio... Insomma, il regalo era di grande valore, forse non se la sentì di rifiutare, così mi condusse in una sala spaziosa attigua all'ufficio e mi parlò dell'origine del santuario e delle storie delle divinità a cui era dedicato. Alle sue spalle c'era una grande alcova in cui era appeso un rotolo con un soggetto sacro, mentre accanto vi era un paravento dorato. Ero intimidito da quell'ambiente così solenne, tremavo per l'emozione, ma ero felice di poter stare lì a prendere appunti con la mia matita e il quaderno... Non so se il discorso fila. Correggerò le frasi venute male più tardi, direttamente nel testo. Come dicevo, scribacchiavo nel mio quaderno in modo che il sacerdote non potesse vederlo, ma in realtà erano solo scarabocchi e non stavo scrivendo niente. Del resto, non sapevo scrivere... ».

Nobuhiro proseguiva con la dettatura, fra continue pause e correzioni. Isako lo trovava ridicolo. L'intera autobiografia sarebbe stata una reminiscenza insensata e autoindulgente, e ascoltandolo comprese che i ragionamenti surreali e visionari di Nobuhiro, l'ingenuità che gli era costata il posto di lavoro nonostante il suo contributo al successo dell'azienda gli appartenevano fin da quand'era solo un ragazzo.

« Non è stanco? Preferisce fare una pausa? » chiese Motoko sollevando la matita dal foglio.

« No, andiamo avanti ancora un po' ».

Mosse leggermente la testa sul cuscino verso di lei, e per un attimo il suo sguardo incontrò il viso di Isako.

Ma lei non stette al gioco e si diresse verso la cucina, che si trovava in un punto non visibile dalla stanza. Voleva una tazza di tè: accese il fornello con l'intenzione di prepararlo e offrirlo anche alla stenografa. Vederla alzarsi così di scatto e allontanarsi per Nobuhiro equivaleva a un movimento intimidatorio. Gesti insignificanti come quello avevano un effetto inaspettato su di lui.

Non le aveva ancora parlato esplicitamente della sua estromissione dal gruppo dirigenziale della S. Optics. Lei lo aveva saputo dall'ex presidente Kawase, ma era stato durante un colloquio informale. Isako si chiese per quanto tempo avesse intenzione di tacerglielo, ma era certa che stesse ritardando la propria confessione per paura delle sue reazioni. Probabilmente Nobuhiro immaginava che Kawase gliel'avesse detto al posto suo, e ne era effettivamente sollevato. Forse voleva confidarle la situazione poco per volta, e non solo a causa della sua timidezza: Isako si domandò se non pensava piuttosto di dividere tra le due figlie il denaro della liquidazione, o per meglio dire la buonuscita che gli spettava, e non ne avrebbe fatto parola finché non aveva un'idea chiara dell'importo e di come suddividerlo...

Nobuhiro aveva ancora intenzione di vivere a lungo, di dettare la sua autobiografia e via dicendo – ma avrebbe potuto avere un infarto e morire, in qualsiasi momento. Aveva già avuto due attacchi e il prossimo non gli avrebbe lasciato scampo. Per quanti controlli si facciano negli ospedali, per quante misure preventive si adottino, in questi casi gli anziani rischiano moltissimo. Se si fosse trattato di una malattia come il cancro avrebbe potuto prevedere la morte con più anticipo, ma un infarto miocardico è come una bomba a orologeria pronta a esplodere in qualunque momento.

Nobuhiro continuava a dettare. Isako non riusciva a sentire quello che diceva, ma era sicura che fossero delle sciocchezze.

Le orecchie di Isako continuavano a udire quanto le aveva raccontato Saeki. Lo zio di Shiotsuki aveva un cancro al fegato, e non sapevano quanto tempo gli restasse, forse sei mesi, forse meno. Quindi non poteva più contare sulla sua influenza politica per vendere il terreno di

Shibuya a due o tre volte il valore di mercato. Secondo Saeki, il cancro dell'onorevole era una questione della massima riservatezza, ma nel mondo della politica, dove le informazioni viaggiano su circuiti segreti, la notizia in parte doveva essere già trapelata. Si era fatto molti nemici per via dei suoi modi sfrontati, e adesso che si era indebolito i suoi avversari ne avrebbero approfittato per annientarlo. Finché aveva goduto di buona salute poteva credere di essere anche più potente di quanto non fosse, ma adesso che era prossimo alla morte, la vendetta dei suoi nemici non lo avrebbe risparmiato. La sua fazione era già in subbuglio e molti stavano sicuramente meditando di schierarsi con altri. I suoi scagnozzi, i deputati, non avrebbero più potuto fare carriera al seguito di un capo moribondo. Non sarebbero diventati ministri né avrebbero ottenuto alcunché.

Isako era impaziente di farsi intestare il terreno di Shibuya. Se una parte fosse andata in eredità alle figlie, lei avrebbe avuto una porzione ridotta, con un valore inferiore, cosa che avrebbe complicato la vendita. Doveva assicurarsi il terreno nella sua interezza finché Nobuhiro era in vita. Dopo aver saputo che lo zio di Shiotsuki era malato, le sembrò vano chiedere aiuto ad altri: doveva contare soltanto sulle proprie forze.

Già da tempo aveva chiesto al marito di redigere un testamento; lui non si rifiutava esplicitamente, ma nemmeno l'assecondava. Doveva costringerlo: non aveva senso aspettare all'infinito. E poi Nobuhiro cominciava a sembrarle sempre più malmesso, adesso che aveva saputo del cancro al fegato dell'onorevole.

Quando tornò con il tè, Nobuhiro aveva smesso di dettare. Si passava la mano fra i sottili capelli grigi, con gli occhi chiusi e una smorfia sul viso. Motoko stava a testa bassa, con la matita appoggiata sul foglio. Isako guardò il volto di Nobuhiro, pensando che stesse avendo una crisi, poi capì che l'espressione sofferente sul suo viso era dovuta alla difficoltà di recuperare i ricordi perduti.

«Mhmm, non ricordo come si chiamavano, quei due miei amici...».

A Isako tutti quegli sforzi sembravano stupidi, così posò una tazza di tè davanti a Motoko e gli lanciò un'occhiata di sbieco.

«Niente, non mi ricordo. Eppure è un particolare importante» disse Nobuhiro battendosi la fronte con il palmo della mano.

Motoko continuava a impugnare la matita, pronta per ricominciare a scrivere. Il sottile foglio di carta era per metà ricoperto di simboli stenografici, parevano scie lasciate da vermi. I capelli corti della stenografa facevano intravedere una lieve peluria sulla sua nuca, che non aveva nulla di sensuale.

«Dovrebbe esserci un quaderno nella libreria dello studio» mormorò Nobuhiro, sollevando il mento per guardare in faccia Isako. Sul cuscino rimasero due capelli bianchi intrecciati fra loro.

«Ho preso degli appunti. Se potessi avere il quaderno troverei subito quei nomi e anche ciò che volevo dire su di loro... Potresti andare a casa in macchina e prendermelo, per favore?».

Diversamente dal solito, Nobuhiro le fece questa richiesta in un tono altezzoso, sembrava quasi un ordine. Isako ne fu infastidita. Capiva il motivo per cui lui osava parlarle in quella maniera. Ma se aveva dei sospetti sul suo comportamento, avrebbe dovuto dirlo apertamente quando erano soli. Ma Nobuhiro non l'avrebbe mai fatto: voleva salvare le apparenze, o forse aveva paura di dirlo, o entrambe le cose. Com'era sua abitudine, all'inizio pareva sul punto di formulare un'accusa, e poi si fermava a metà frase, tenendosi le parole dentro e ripetendosele mentalmente all'infinito. Sembrava quasi crogiolarsi in queste ruminazioni amare. Isako era rimasta in albergo con Saeki fino alla mattina, e Nobuhiro aveva lavorato d'immaginazione fino a diventare prepotente: Isako provava per lui un senso di repulsione.

« Non pensavo di passare da casa, ho altro da fare » rispose in tono perentorio.

« Capisco. Però mi piacerebbe proprio avere qui con me quel quaderno ».

« Smettila, l'autobiografia non è certo un affare urgente. C'è tutto il tempo. Te lo porterò quando mi capiterà di passare da casa ».

Le vene sulle tempie di Nobuhiro si gonfiarono. Gli succedeva sempre così quando non poteva ribattere ed era costretto a reprimere la propria irritazione. Isako in cuor suo lo derise, ma siccome era presente la stenografa disse: « Se hai così tanta fretta, perché non chiami Saki e te lo fai portare da lei? ».

Nonostante lei gli avesse detto di avere altro da fare, Nobuhiro non aveva osato domandarle né cosa né dove.

« Saki non capirebbe. È talmente ignorante in fatto di libri, non lo troverebbe » rispose Nobuhiro.

« Se le dici dov'è, può arrivarci anche Saki ».

« Sì, ma dovrei spiegarle in quale scaffale cercare, solo che non lo ricordo bene nemmeno io. Lo rammento solo vagamente ».

« Allora pazienza ».

Il suo sguardo si fermò con finta indifferenza sulla nuca magra di Motoko.

« E se ci mandassi la signorina Miyahara? ».

Nobuhiro guardò Motoko. Sembrava perplesso.

« Certo, se per voi va bene, posso andarci io » disse la donna sollevando la matita e i fogli dal vassoio.

Nobuhiro le domandò esitante: « Non ha altri impegni? ».

« No, niente di particolare ».

« Ma sì, dai, lascia che ci vada lei. Se non vuoi Saki, non c'è altra scelta ».

A Isako non dispiaceva mandare Motoko in giro per commissioni. Non voleva muoversi da lì ed era decisa a tenere il punto.

«Posso chiederle questo favore, signorina Miyahara?» domandò in tono umile Nobuhiro. Al pensiero che presto avrebbe avuto il suo materiale per continuare la dettatura gli brillarono gli occhi.

«Certamente. Se mi indica anche solo in modo approssimativo in quale punto della libreria potrebbe trovarsi il quaderno, lo cercherò».

Il primario entrò con un'infermiera. Durante il giro delle visite sembravano sempre molto indaffarati. Motoko si allontanò dalla sponda del letto. Il medico passò lo stetoscopio intorno al cuore di Nobuhiro. L'infermiera sollevò il lenzuolo scoprendogli il petto, che era ancora più magro di prima. Sotto la pelle raggrinzita e spenta era seppellito un cuore malato, pronto a scoppiare in qualsiasi momento. Non avevano più portato la tenda a ossigeno, e le iniezioni andavano diradandosi.

«Dottore, come sta?» chiese Isako al medico dalle spalle squadrate.

«Molto meglio» rispose il medico avvolgendosi attorno alla mano il tubo dello stetoscopio. «A questo punto direi che domani potremo provare a camminare. A poco a poco dovrà rimettere in movimento le gambe».

«Ne è sicuro?» domandò lei come una brava moglie.

«Certo. Resterà qui ancora per un paio di settimane, e poi potrà tornare a casa».

«Quindi esclude che possa avere una nuova crisi a breve?».

«Dovete cercare di mantenere la calma. Bisogna evitare le preoccupazioni».

Alle parole del medico, Isako sentì su di sé lo sguardo del marito.

«Se lo farete, posso garantirvi che rimarrà in salute fino a ottant'anni».

Il primario lasciò rapidamente la stanza d'ospedale seguito dall'infermiera.

«Ha sentito, signora? Il dottore le ha assicurato che vivrà una vita lunga, fino a ottant'anni. Sono felice per voi» esclamò contenta Motoko avvicinandosi a Isako.

« Grazie ».

Ottant'anni dovevano sembrare una vita incredibilmente lunga alla stenografa, ma Nobuhiro di anni ne aveva già sessantasette. Motoko era così giovane. Mentre lei era più vecchia della stenografa di almeno dieci anni, e trenta la separavano da Nobuhiro. Ma quando una donna ha un marito molto più maturo, la gente finisce per attribuire anche a lei un'età più avanzata.

Se Nobuhiro fosse vissuto fino a ottant'anni per lei sarebbe stata una tragedia. Isako si disse che forse le parole del medico erano solo un'osservazione gentile fatta per confortare un ammalato. Uscì in corridoio per chiedere al medico cosa pensasse veramente, ma doveva essere già entrato in un'altra stanza, perché non si vedeva da nessuna parte.

Non aveva voglia di tornare nella stanza di Nobuhiro e restò in corridoio in attesa che il dottore tornasse, quando sentì un colpetto sulla spalla. Fu sorpresa di trovarsi davanti la figura massiccia di Shiotsuki Yoshihiko.

« Oh! » sussultò. « Che cosa ci fai qui? ».

« Sono venuto a fargli visita ».

« Ma che dici? ».

« Dico la verità. È qui? » domandò indicando la piccola targa in legno sulla porta, su cui c'era scritto « Signor Sawada Nobuhiro », e cercando di sbirciare all'interno della stanza.

« Davvero vuoi andare da lui? » disse Isako, incredula.

« Ma no, vengo da un altro reparto. Ho pensato che foste nei paraggi e sono venuto a dare un'occhiata prima di andarmene ».

« Lo immaginavo ».

« Sei sollevata? ».

« Ha avuto un infarto, ricordi? La cosa peggiore che si possa fare è agitarlo. Il medico ci ha avvisati. Ma in fondo non credo proprio che avresti il coraggio di entrare, caro il mio papi ».

« Andiamo a parlare da un'altra parte ».

Isako si stava avviando, quando Motoko uscì dalla stanza con il cappotto sul braccio. E incontrò gli occhi di Isako:

« Bene, signora, vado a casa sua » disse facendo un piccolo inchino.

« Ah, sì? La ringrazio. Le ha spiegato dov'è il quaderno? ».

« Sì, credo di aver capito ».

« D'accordo. Chiamerò la cameriera per avvisarla della sua visita ».

« Sì, per favore ».

« A presto ».

Shiotsuki rimase per tutto il tempo in piedi davanti alla finestra. Motoko lo guardò di sfuggita, e senza badare a lui si diresse a piccoli passi verso l'ascensore.

« Chi era quella donna? » chiese Shiotsuki a bassa voce allontanandosi dalla stanza, mentre la figura di Motoko entrava in ascensore scomparendo alla vista.

« È la stenografa a cui Sawada sta dettando la sua autobiografia ».

« Uhm ».

Shiotsuki annuì pensieroso. Il medico e l'infermiera uscirono dalla stanza accanto.

« La conosci? ».

« Quando mi hai detto che fa la stenografa mi sono ricordato una cosa. Una volta è venuta nella nostra azienda per assisterci durante un'intervista. Mi sembrava di averla vista da qualche parte ».

« Pensi che ti abbia riconosciuto? ».

« Non credo. È successo circa un anno e mezzo fa, l'intervistato era il presidente e io sono rimasto seduto tutto il tempo in disparte, senza aprire bocca. Non penso che si ricordi di me ».

Isako annuì.

Motoko non aveva badato a Shiotsuki. Lei non poteva escludere che avesse finto, avendo trovato Isako in compagnia di un altro uomo, ma, a giudicare dalla sua espressione, avrebbe giurato che non si ricordava di lui.

« Gli stenografi vanno in giro, incontrano molte persone e non penso proprio che si ricordino le facce di tutti... Comunque sia, usciamo da qui il prima possibile ».

Shiotsuki sembrava allarmato e si avviò, invitando Isako a seguirlo. Sulla porta dell'ascensore non c'era traccia di Motoko, e la lancetta indicava che la cabina stava risalendo dai piani bassi.

In ascensore Shiotsuki non disse nulla, ma quando raggiunsero uno dei divani nell'atrio affollato dell'accettazione si informò sullo stato di salute di Nobuhiro. Tuttavia non sembrava molto interessato, evidentemente aveva altro per la testa. Isako intuì che si trattava di suo zio.

Però a lei bastava sedersi accanto a lui per tranquillizzarsi. Quella sensazione di sollievo era qualcosa che Saeki e gli altri non erano in grado di darle. Una stabilità che derivava dalla lunga relazione avuta con lui, e anche dai suoi modi rassicuranti. Il suo essere « inoffensivo » a volte la lasciava insoddisfatta, ma quando lo rivedeva dopo aver attraversato momenti difficili si rendeva conto di quanto fosse preziosa quella tranquillità.

« Come sta tuo zio? » domandò Isako a Shiotsuki. Si trovavano in ospedale, quindi non era strano chiedere sue notizie.

« Sempre meglio, direi » rispose Shiotsuki senza esitare. « Dall'altro ieri il suo appetito è migliorato. Si sente meglio e chiacchiera parecchio con chi lo va a trovare ».

Il pallore del suo volto contrastava con il tono allegro della voce.

« Quindi è tutto a posto? ».

« Tutto a posto. Secondo il medico che lo ha in cura, potrebbe vivere tranquillamente fino a novant'anni ».

Forse era abitudine dei medici rassicurare i pazienti dicendo loro che avrebbero avuto una vita lunga? Eppure sembrava plausibile che, come le aveva confidato Saeki, lo zio avesse un cancro al fegato. Se il medico che glielo'aveva diagnosticato gli aveva anche detto che sarebbe vissuto fino a novant'anni era solo per non scioccare lui e la sua famiglia; ma, come tutti i medici, per non essere accusato di aver «sbagliato la diagnosi», dopo la morte si sarebbe affrettato a dichiarare pubblicamente che un tumore era stato individuato da tempo, e si sarebbe vantato di aver saputo fin da principio quanto gli restava da vivere. Davanti alla famiglia in lutto avrebbe chinato il capo, dicendo che aveva solo cercato di incoraggiare il paziente. Palesi menzogne, che puntualmente venivano perdonate, di cui anzi le famiglie erano grate. Con lo zio di Shiotsuki doveva essere andata proprio così.

Per questo motivo dubitava fortemente della previsione del primario riguardo a Nobuhiro. Al contrario, se la paragonava con quella dello zio di Shiotsuki, le veniva il sospetto che Nobuhiro sarebbe vissuto ancora meno.

«Ascoltami, papi. Gli farò fare testamento» disse sottovoce.

Shiotsuki tese l'orecchio, poi capì di cosa stava parlando e guardandola in viso le domandò: «Il signor Sawada si è convinto?».

«Quando gliel'ho detto l'altro giorno, ha risposto che l'avrebbe fatto. Sono riuscita a parlargliene perché le sue condizioni stanno migliorando».

«Be', hai fatto bene, hai bisogno anche tu di assicurarti la tua parte di eredità. Sarai più tranquilla quando l'avrà fatto».

«Non pretendo certo l'intero patrimonio. Solo quel terreno a Shibuya».

«Sei molto perseverante».

«Non dire sciocchezze. Che ne sarà di me quando Sawada morirà? Non ho figli e sto invecchiando. È una responsabilità di mio marito garantirmi un tenore di vita accettabile per il tempo che mi resta senza di lui. Non piaceva anche a te il mio progetto di aprire un ristorante entro tre anni?».

«È vero, ma il presupposto era che durante i tre anni

capitasse qualcosa al signor Sawada. Ma questo forse vale lo stesso, anche nel caso faccia testamento».

«Certo che sì».

«Uhm. Se Sawada è disposto a farlo, per te è senz'altro meglio così».

«Come si scrive un testamento? C'è un formato predefinito?».

«Non credo. Dovrebbe essere scritto interamente di suo pugno, firma e sigillo compresi».

«È davvero così semplice? Non esiste un formato predefinito che lo rende valido legalmente?».

«Forse lo si potrebbe redigere in presenza di un avvocato, e lasciarlo in sua custodia».

«Non ne so nulla».

«Non ho mai ricevuto un'eredità e non sono tipo da scrivere un testamento, quindi non conosco i dettagli. Non è roba per me».

«Farlo in presenza di un avvocato mi sembra la via migliore. Potresti aiutarmi, papi? Conosci un avvocato pratico di queste cose?».

«Un avvocato, dici? Perché non lo chiedi a Saeki?».

Isako sentì il cuore batterle in petto all'impazzata. Gli domandò di getto: «Ma il signor Saeki non è specializzato in casi penali?». Poi scrutò la sua espressione fingendo noncuranza.

«In casi del genere non fa alcuna differenza se un avvocato è penalista o civilista».

Il tono della sua voce e la sua espressione erano quelli di sempre. Le emozioni di Shiotsuki erano piuttosto facili da indovinare. Sembrava all'oscuro di tutto. Era stato lui a presentarle Saeki, ma solo attraverso le conoscenze politiche dello zio; il che voleva dire che i due non si conoscevano personalmente. Dopo l'incontro all'Hotel A., si erano frequentati di tanto in tanto solo per aggiornamenti relativi al caso di Ishii, quindi per motivi esclusivamente professionali. E forse Shiotsuki pensava che anche Isako lo vedesse soltanto per parlare di lavoro. Saeki aveva un'aria decisamente professionale, e sapeva recitare bene.

« Con il signor Saeki avrei qualche problema ».

« E perché mai? ».

« Gli abbiamo chiesto di occuparsi del caso di Ishii, non ricordi? Non posso permettere che Sawada lo incontri ».

« Già, hai ragione » ammise Shiotsuki con un sorriso amaro. Aveva dimenticato che Nobuhiro era all'oscuro della questione riguardante Ishii. « Però devi considerare che la stesura e la custodia di un testamento sono una faccenda molto privata, che eviterei di affidare a un perfetto sconosciuto. Soprattutto nel tuo caso, con le due figlie di mezzo ».

« Anche questo è vero... ».

« Sai, dopotutto credo che Saeki sia la persona giusta. Gli avvocati sono abituati a non rivelare mai i segreti professionali. Se pure incontrasse Sawada, non gli direbbe nulla di Ishii. Saeki è bravo a dissimulare, e sa il fatto suo ».

Shiotsuki aveva effettivamente inquadrato bene Saeki. E proprio perché Saeki era fatto così, Shiotsuki non avrebbe saputo cosa succedeva fra loro.

« Forse il signor Saeki non dirà nulla a mio marito, è vero; ma mi imbarazza farli conoscere dopo averlo incaricato del caso di Ishii ».

« Ma no, non devi pensarci. Gli avvocati sono a conoscenza di situazioni familiari ben più insolite della tua, ci sono abituati. Non ti devi fare problemi ».

« Chissà ».

« Ti dico che è così... Senza contare che il direttore dell'ospedale è suo fratello. Affidare il proprio testamento al fratello avvocato del direttore dell'ospedale non potrà che tranquillizzare il signor Sawada ».

« Va bene, se si decide a farlo in tempi brevi mi rivolgerò al signor Saeki ».

« Fallo, è la soluzione migliore ».

Durante questa conversazione Shiotsuki aveva ritrovato il suo tono allegro, ma in seguito tornò all'espressione cupa di poco prima. Era calmo, e i suoi gesti misurati.

«Cambiando argomento, papi...».

«Sì?».

«Si tratta del terreno a Shibuya di cui parlavamo giorni fa. E del fatto che con l'aiuto di tuo zio potrei riuscire a venderlo al doppio o al triplo del prezzo. Ma forse non sarà possibile...?».

Isako scrutò la reazione di Shiotsuki.

«Sì, è impossibile» disse lui senza mezzi termini. In condizioni normali avrebbe fatto sfoggio della propria influenza alimentata dal potere politico dello zio, e non avrebbe detto subito di no. Il cancro dell'onorevole era ormai un fatto assodato.

«Prima di tutto, la terra non sarà tua così presto».

«È vero. Ci ho ripensato: siccome le tasse di successione sono molto elevate, vorrei poter pagare un po' di meno. Potresti chiedergli di parlare con un alto funzionario del Ministero delle Finanze?».

«Uhm...». Shiotsuki emise un gemito e curvò le spalle.

«Con l'aiuto di tuo zio non sarà difficile convincere il Ministero delle Finanze, no?».

«In parte sì, forse...» rispose Shiotsuki con un filo di voce.

«Oh, come sarebbe a dire "in parte"? Non basta una sua parola per far tremare certi funzionari e far ripartire in quattro e quattr'otto cantieri fermi da tempo? Chiedo solo che mi si garantisca un'imposta di successione quasi gratuita».

«Non può succedere».

«Perché no?».

«Mio zio non ha mai fatto il ministro delle Finanze. Ha dei tirapiedi al Ministero dell'Agricoltura e delle Foreste e al Ministero delle Costruzioni, ma in quello delle Finanze non gode di grande considerazione».

«Ma anche gli alti funzionari del Ministero delle Finanze hanno paura di lui, non è così? Alcuni di loro confidano nella sua influenza per la loro carriera a fine mandato, a quanto ne so».

«Certo, questo sì... In ogni caso, mio zio al momento è ricoverato in ospedale, quindi gliene parlerò quando starà meglio».

«Ti ringrazio».

L'aria incerta di Shiotsuki, le sue risposte evasive confermarono a Isako la gravità della situazione.

«Dimmi, hai da fare oggi?».

«Oggi? Sì» rispose distrattamente Shiotsuki.

«È un po' che non ci vediamo, papi».

«Già. Troverò il tempo. Adesso devo raggiungere lo zio».

«È un periodo complicato per te, vero?».

«Da quando è in ospedale, devo occuparmi io di tutte le sue piccole faccende... Ti chiedo ancora un po' di pazienza» disse serio Shiotsuki.

«Va bene... Del resto non ho scelta».

Shiotsuki fissò per un attimo il volto di Isako, poi si alzò dal divano con aria rassegnata.

«Ci vediamo, allora. Sono spesso in giro in questi giorni, ma chiamami pure in ufficio».

Shiotsuki le rivolse un sorriso di commiato e uscì, facendosi strada con il suo corpo robusto in mezzo alla folla di persone. Fuori venne investito dai raggi del sole, e la sua figura, vista di spalle, sembrava piccola.

Isako tornò verso l'ascensore. Mentre era davanti alla porta, due infermiere le si fermarono accanto spingendo una barella. Il paziente era un uomo sulla sessantina, con il colorito pallido e gli occhi chiusi. Aveva la bocca aperta e un'aria sofferente, le labbra esangui. Un'infermiera lo guardava in viso e gli disse che erano quasi arrivati. Quando le porte si aprirono, le due infermiere entrarono per prime, seguite da Isako e altre tre o quattro persone. In ascensore le infermiere continuavano a parlare con il paziente. Isako decise che quel giorno stesso avrebbe convinto Nobuhiro a fare testamento, a ogni costo.

Nella stanza trovò Nobuhiro a letto, con gli occhi aperti. La guardò mentre si avvicinava, e i suoi occhi tradivano la consapevolezza delle intenzioni della moglie.

XI

« *In data ...*

« Mio marito vuole fare testamento. È dall'altro giorno che insiste e non mi dà retta. Ho cercato di convincerlo ad aspettare fintanto che è in ospedale, perché mi sembrava di cattivo auspicio: gli ho detto che avrebbe avuto tempo per farlo dopo le dimissioni e la completa guarigione, ma lui si ostina a scriverlo per stare più tranquillo, perché con le malattie al cuore non si sa mai quando e cosa succederà.

« Quindi ho deciso di accontentarlo. Non me la sentivo di contraddire un uomo divenuto così irascibile per via del lungo confinamento in una stanza d'ospedale. Ho comprato carta da lettere e buste allo spaccio dell'ospedale e sono tornata nella stanza, dove mio marito era già seduto tutto soddisfatto su una poltrona davanti al tavolo del salottino.

« Siccome il testamento è meglio darlo in custodia a un legale, tre o quattro giorni prima mi aveva chiesto consiglio su un avvocato, e io gli avevo fatto il nome del signor Saeki. Mi aveva domandato se lo conoscessi già. Gli avevo detto che il signor Saeki è il fratello minore del direttore dell'ospedale, il quale sarebbe stato sicuramente felice se ci fossimo rivolti a lui, visto che Nobuhiro è in cura lì. Mio marito aveva accettato, e questa circostanza aveva rafforzato ulteriormente il suo proposito di fare testamento.

« Ha preso la penna stilografica e ha iniziato a scrivere sulla carta intestata, ma sembrava a disagio per la mia presenza, così mi ha detto di uscire per circa un'ora. Mi ha chiesto di far venire l'avvocato Saeki il giorno stesso e così io sono scesa nell'atrio e l'ho chiamato dal telefono pubblico. Il signor Saeki mi ha risposto di avere un impegno in tribunale nel pomeriggio, ma che prima sarebbe passato da noi.

« Ho passeggiato per un'oretta nel giardino e nei dintorni dell'ospedale, poi sono tornata nella stanza. Mio marito era sdraiato nel letto e diceva di essere stanco. "Ma guardati, ti sei sforzato troppo" gli ho detto, ma lui, senza dire niente, mi ha allungato una busta che aveva appoggiato al capezzale. Non era chiusa, e lui con lo sguardo mi ha fatto capire che dovevo leggerla.

« Il testamento è una cosa che fa sentire a disagio, anche se scritto da una persona in salute. Tuttavia ho fatto una faccia allegra per compiacerlo, e ho cominciato a leggere:

« "Cara Isako,

« "ti ho amata con tutto il cuore. Anche tu mi hai amato. Hai reso l'ultima parte della mia vita più felice di quanto potessi mai sperare. Se avessi sposato te fin dall'inizio, la mia felicità sarebbe durata ancora più a lungo. Ma così è la vita. Ti ho incontrata troppo tardi, ma nei pochi anni che ci sono stati concessi sono stato più che felice, con un'intensità che ha compensato il vuoto degli anni precedenti al nostro matrimonio. Di questo ti ringrazio.

« "È un peccato che me ne andrò prima di poter ricambiare tutto il tuo amore. Sarò felice di morire tra le tue braccia, ma tu rimarrai sola. Mi dispiace per te e non sopporto l'idea di andarmene, ma la mia età non mi lascia scampo. Sono nato troppo presto per te.

« “Ciò che scrivo ti darà l’impressione che io abbia già accettato questo destino, invece sono geloso della giovinezza e della bellezza che ti resteranno quando sarai senza di me. Una volta tornata sola, sarai senza dubbio circondata da molte tentazioni. Il pensiero mi fa maledire la mia infermità e la mia vecchiaia. Se ti immagino tra le braccia di uno sconosciuto dopo la mia morte mi sembra di impazzire. Naturalmente so che tu non sei una donna incline al vizio. Quello che temo è che tu ti risposi. Non sopporto il pensiero che tu abbia un nuovo marito e che lo ami quanto hai amato me. Ti prego, non risposarti. Giurami che non ti risposerai mai.

« “Per questo ti lascerò una solida base su cui ricostruire la tua esistenza. Fortunatamente, sei una donna piena di vita. Sei molto più sicura di me. Ho sempre pensato che, se fossi nata uomo, saresti stata un’eccellente imprenditrice. Ma anche come donna non sarai da meno. Ti darò una piccola somma di denaro per finanziare un’attività. Il mio perenne rimpianto è che non abbiamo potuto avere figli. Per te sarebbero stati una gioia e per me un sollievo, perché non mi sarei dovuto preoccupare di un tuo secondo matrimonio. Ma non ha senso continuare a scrivere queste cose. E inizio a sentirmi un po’ stanco.

« “Elenco di seguito ogni singolo bene che intendo lasciarti. Non so quali siano le regole formali nella stesura di un testamento; li trascrivo così come mi vengono in mente:

« “terreno dell’estensione di 521 *tsubo* a nome di Sawada Nobuhiro al numero XX-X, quartiere Shōtō, distretto di Shibuya, Tokyo;

« “unità abitativa intestata al suddetto Sawada Nobuhiro, 72 *tsubo*;

« “titoli azionari della S. Optics in numero di 3000;

« “titoli azionari delle Acciaierie R. in numero di 10.000;

« “titoli azionari della F. Electronics in numero di 20.000;

« “titoli azionari delle Ferrovie Z. in numero di 12.000;
« “tutti i depositi a termine e in conto corrente presso la Banca V.;
« “tutti i depositi a termine presso l'Istituto Bancario R.;
« “un sigillo personale necessario per le procedure relative ai beni sopra descritti;
« “tutti i beni mobili, inclusi i dipinti, le calligrafie e gli oggetti d'antiquariato conservati nella casa di cui sopra.
« “È mia volontà che mia moglie Sawada Isako erediti ogni diritto sui beni di cui sopra.

27 marzo 19XX

Sigillo di Sawada Nobuhiro.

« “Sebbene questo stile di scrittura si discosti in qualche modo dalla forma consueta, nessuno dubiti mai che si tratta del mio testamento.

« “Potresti trovare strano che Toyoko e Taeko non vengano indicate come eredi, ma Toyoko è già sposata e pertanto fa parte di un'altra famiglia. Taeko è nubile, ma è anche una pittrice di talento e non avrà difficoltà a mantenersi. Ha sempre detto di non voler fare affidamento sulla ricchezza dei suoi genitori. Se si sposa, anche lei entrerà a far parte di un'altra famiglia, quindi non vi è nulla di cui preoccuparsi. Lo stesso non si può dire della tua vita solitaria da vedova. Quindi lo ripeto: non sposarti più finché vivrai. Ti ho dato, mia cara, tutti i miei beni, per quanto esigui. Anche se il nostro matrimonio non è stato lungo, hai reso felice l'ultima parte della mia vita e per questo ti sono sinceramente grato. Grazie.

27 marzo 19XX,
nella mia stanza dell'ospedale Shudai di Hongō,
Nobuhiro

« “N.B. A quanto ne so, la data di stesura di un testamento è molto importante, quindi per sicurezza l'ho ripetuta”.

« Una volta terminata la lettura ho iniziato a piangere a dirotto. Cercavo di comportarmi nel modo più allegro possibile, nel tentativo di dissimulare la mia emozione, ma non riuscivo a fingere.

«Allora ho detto due cose a mio marito. La prima era che non mi sarei mai risposata. L'ho giurato. Dal punto di vista di mio marito sarò anche giovane, ma non ho più l'età per un nuovo matrimonio. Non troverò mai un uomo migliore di lui in questo mondo. Non andrò incontro all'infelicità risposandomi. Pareva preoccupato che incorressi in certe tentazioni, perciò l'ho tranquillizzato. Inoltre, negli ultimi due o tre anni ho vissuto un amore coniugale di tipo spirituale, per cui il mio corpo si è abituato a uno stile monacale. In me il desiderio è scomparso da tempo. So che non può esserci uomo migliore di mio marito, quindi conserverò la mia purezza in attesa di raggiungerlo. L'ho pregato di non angustiarsi per simili sciocchezze.

«Apprezzavo la sua premura per l'eredità che mi spettava, ma preferirei dividerla con Toyoko e Taeko in modo equo. Aveva scritto un'assurdità, che solo il grande amore che provava per me poteva giustificare, ma rimaneva un oltraggio. Sarei felice di dare metà del denaro a Taeko, che è ancora sola, e dividere il resto con Toyoko. Studiare pittura costa molto, inoltre bisogna pensare alle spese per un possibile matrimonio. Se succedesse qualcosa a mio marito, ovviamente non potrei stare da sola nella grande casa di Shōtō, quindi chiederei a Taeko di tornare a vivere con me, ma se non si sentisse a proprio agio potremmo vendere la casa e dividere i soldi: Taeko ne potrebbe prendere la metà, e Toyoko e io l'altra metà. Gli ho chiesto di riscrivere il testamento in modo che tutto il denaro venisse distribuito in questo modo. Gli ho detto che prima non ci avevo pensato, ma che adesso, una volta letto il testamento, lo pregavo di farlo.

«Mi ha risposto che apprezzava il mio interessamento verso le sue figlie e che secondo il codice civile, in assenza di testamento, i figli hanno diritto a due terzi dell'eredità e la moglie a un terzo. Ma era per gratitudine che mi aveva voluto riconoscere tutta l'eredità. Ha aggiunto che, sapendolo in anticipo, avrei potuto organizzarmi per tempo: ecco perché me l'aveva mostrato, e non avrebbe mai accettato di modificarlo. Anche quando l'ho pregato di riscriverlo, mi ha chiesto di accontentarlo. Con una certa irritazione, mi ha accusato di non capire come si sentisse.

«E invece capisco perfettamente come si sente mio marito. Non so quanto io sia riuscita a renderlo felice, ma non è un motivo sufficiente per accettare la sua decisione. Gli ho chiesto di rifletterci e ho rimesso il documento nella busta. Le sue condizioni non sono gravi, quindi non c'è alcun motivo di affrettarsi a fare testamento. Mio marito è in ospedale da molto tempo ormai, e questa condizione lo rende più emotivo del solito. Mi sono detta che con il passare dei giorni avrebbe ritrovato una stabilità. Mio marito ha un carattere razionale, da ingegnere.

«In quel momento è arrivato l'avvocato Saeki.

«Con grande rispetto ci ha rivolto i saluti di rito. Poiché è il fratello del direttore dell'ospedale, mio marito lo ha ringraziato. Con i suoi modi affabili, l'avvocato ha estratto il testamento dalla busta che mio marito gli porgeva e, dopo averlo letto con attenzione, ha detto che andava bene. Mio marito si è scusato perché non conosce le procedure formali, ma probabilmente a imbarazzarlo erano le frasi eccessivamente intime. Il signor Saeki ha sorriso e ha risposto che non c'è un formato stabilito per i testamenti, che al contrario possono essere redatti in qualsiasi modo, e che un atto scritto di proprio pugno andava bene purché vi comparissero la firma, la data e il nome per esteso, e vi venisse apposto il sigillo. Mio marito gli ha detto di aver usato un sigillo non autenticato e gli ha chiesto se fosse valido. Io ho aggiunto che quello registrato era rimasto a casa, ma l'avvocato ha risposto che non era necessario usare il sigillo registrato e che quello apposto da mio marito andava bene.

«Quando ho fatto presente, davanti al signor Saeki,

che la divisione dell'eredità mi sembrava ingiusta e che le due figlie avute dalla prima moglie avrebbero dovuto ricevere i due terzi dell'eredità, mio marito, con aria seccata, mi ha intimato di tacere. Il signor Saeki mi ha consigliato con tono prudente di accettare il testamento di mio marito così com'era perché l'aveva fatto per il mio bene, promettendomi che, qualora ritenessimo necessario riscriverlo dopo averne discusso approfonditamente, avremmo potuto sostituirlo con uno nuovo, di cui si sarebbe occupato lui stesso. Ha aggiunto che la malattia di mio marito non è grave e che avremmo avuto occasione di rifletterci.

«Mio marito era sordo alle mie proteste e aveva i nervi a fior di pelle, così alla fine ho accolto il suggerimento dell'avvocato. Mio marito ha chiesto formalmente al signor Saeki di prendere il testamento in custodia. L'avvocato ha estratto dalla valigetta una carta copiativa su cui ha redatto il certificato di custodia.

«A questo punto mio marito ha chiesto al signor Saeki se poteva indicare il suo nome come testimone del testamento. L'avvocato ha detto che non era necessario, ma che, se era per maggior prudenza, lui non aveva nulla in contrario; al che mio marito ha confermato di volerlo fare, soprattutto per rassicurare me. In calce al testamento, il signor Saeki ha aggiunto: "Il presente testamento è stato redatto in presenza dell'avvocato Saeki Yoshio".

«In seguito, lui e mio marito hanno parlato per qualche minuto. Quando Nobuhiro gli ha rivelato che per me era stato uno shock venire a sapere del testamento, il signor Saeki mi ha spiegato che è come stipulare un'assicurazione sulla vita, si tratta di una garanzia, di una semplice formalità: la parola "testamento" può mettere a disagio, ma dovevo cercare di considerarla come una sorta di donazione di proprietà. Ha aggiunto sorridendo di aver saputo dal fratello che le condizioni di salute di mio marito erano buone, e forse quel testamento gli avrebbe anche allungato la vita.

«Ho ripreso coraggio, perché in effetti capita spesso che un evento infausto si trasformi in un'occasione propizia. Dopo che il signor Saeki se n'è andato con il testamento nella valigetta, mio marito mi ha detto: "Sembra un avvocato giovane ma molto affidabile". Aveva un'aria soddisfatta».

Quella notte Saeki si fermò a dormire nella stanza di Isako. A volte rientrava a casa per le undici, ma quando era particolarmente stanco rimaneva fino al mattino.

All'inizio, pensando al personale dell'hotel, lasciavano libero uno dei due letti e dormivano insieme nell'altro, che però era troppo piccolo; così alla fine si convinsero a usare anche l'altro. Più si frequentavano, più l'atteggiamento di Isako diventava audace. All'inizio la disturbava che al mattino i camerieri trovassero entrambi i letti sfatti, ma ci stava facendo l'abitudine. Diceva loro che il fratello era rimasto a dormire perché non voleva lasciarla sola, però non sapeva fino a che punto le credessero. Ma anche se non le credevano per lei non era un problema, l'importante era dare loro una spiegazione. Il personale dell'hotel si prendeva la briga di rifare i letti e di lasciare gli *yukata* per entrambi.

«Vuole lasciarti tutto l'appezzamento di Shōtō. Sarai soddisfatta, no?» domandò Saeki.

«Già. Chissà se andrà tutto bene» rispose Isako guardando la valigetta sul tavolino. Il testamento era lì dentro.

«Dal punto di vista legale, alle due figlie spetta una quota di un sesto ciascuna. Sarà difficile convincerle a rinunciarvi, ma vedremo cosa si può fare».

«Già. Conto su di te».

«Ha un numero sorprendente di titoli azionari. Sei stata tu a chiedergli di averli tutti?».

«Speravo che me ne desse la metà, invece me li ha dati tutti. Ma in realtà non li avrò».

«Perché?».

«Se ne andranno con l'imposta di successione. Non

so nemmeno se da soli basteranno ad assicurarmi l'intera proprietà di Shōtō».

«Dobbiamo capire qual è il valore stimato per i terreni in quell'area. Immagino che sia piuttosto alto».

«Già adesso è così, no? In futuro il valore di mercato sarà ancora più alto, e le stime andranno riviste al rialzo. Anche se i titoli azionari acquistassero un po' di valore, non riusciremo mai a restare al passo con l'impennata del valore dei terreni. Senza contare le aziende i cui titoli si apprestano a perdere valore».

«Capisco. Anche se riesci a ottenere tutti i titoli, non è detto che basteranno a garantirti il terreno. Più aspettiamo e più il futuro si fa incerto, non è così?».

«Esatto. Se Sawada si decidesse a morire subito, potrei trovare un equilibrio».

«Uhm».

Saeki guardò il volto di Isako per capire se fosse seria o se scherzasse. Non colse alcuna ironia nel suo sguardo. I suoi occhi sembravano immersi in profonde riflessioni. L'avvocato distolse immediatamente lo sguardo, forse perché si sentiva a disagio; o forse perché, per deformazione professionale, aveva colto nella sua espressione una sfumatura maniacale, qualcosa che solitamente si osserva nei criminali.

«Tornando alle imposte di successione,» disse cambiando argomento «come ti dicevo tempo fa, dovresti chiedere allo zio del signor Shiotsuki di sollecitare l'intervento dei funzionari del Ministero delle Finanze. Forse potranno fare qualcosa».

«Ma l'onorevole è moribondo».

«Anche se è gravemente malato, finché respira conserverà la sua influenza. I burocrati sono vigliacchi, fanno quello che gli viene detto finché chi li intimorisce non va a finire sottoterra».

«Ma non durerà così a lungo, ha il cancro. Se Sawada vive più di lui, anche un suo eventuale ordine impartito adesso ai funzionari rischia di non valere più niente. Senza contare che l'onorevole ha molti nemici, quindi se muore i funzionari lo rinnegheranno in men che non si dica. Gente come quella tende sempre a prendere le parti del più forte. Anzi, in futuro potrebbero voltarci le spalle».

«Chi ti ha detto queste cose?».

«Nessuno. Non ci vuole molto a capirlo».

«Non è stato il signor Shiotsuki? Mi avevi detto che ci avresti parlato».

«Ma poi non l'ho più visto. Dato il peggioramento delle condizioni dello zio, non mi sembrava proprio il caso».

«Per il signor Shiotsuki ne va della sua stessa vita. Be', se dici di non averlo incontrato ti credo. Ormai sono anch'io come Sawada».

«Ma che sciocchezze dici?».

«Le cose stanno proprio come dice il testamento, vero?» disse Saeki, indicando con il mento la valigetta. «Negli ultimi due o tre anni fra voi non c'è stato niente, la tua condotta è monacale. Quando l'ho letto, ho provato compassione per Sawada. È un bravo marito».

«Appunto perché è un brav'uomo, sarebbe crudele se scoprisse ora la verità. Sawada è felice perché sua moglie, che apprezza e ama, è diventata una specie di monaca. Sarebbe una pena se qualcuno turbasse il suo vecchio cuore».

«Mi sono commosso anch'io quando ho letto quelle frasi nel suo testamento».

«Quanto più ti commuove la sua situazione, tanto peggio mi vedrai come moglie».

«Adesso non tirare le tue conclusioni. So benissimo quanto sei brava a non rivelarti... Devo confessare però che ho sudato freddo. Era la prima volta che incontravo il signor Sawada, temevo che potesse accorgersi di ciò che c'è tra noi. In casi come questo le mogli tendono ad agitarsi e diventare sospette, invece tu eri calma e composta. Sono rimasto davvero impressionato».

«Se non faccio tutto il possibile, cosa succederà? Non vorrai mica che Sawada intuisca qualcosa?».

«Già, sarebbe un problema».
«Ragioni in modo incoerente. Entrambi cerchiamo di proteggerci».
«Hai ragione, scusa. Comunque, alla fine sei riuscita a farti intestare tutta l'eredità. Sei stata brava a chiedermi di dividerla con le due figlie, ti ha fatto sembrare più umana».
«Va bene, ora basta».
«Scusa, scusa. A questo punto non tirerà più in ballo le figlie».
«Intendi dire che non riscriverà il testamento?».
«Esatto. La data di stesura è riportata più volte nel documento. È difficile capire se si tratti di un testamento o di una lettera d'amore».
«Senti, a proposito di questo...».
Il volto di Isako cambiò espressione.
«È prassi comune che i testamenti vengano riscritti?».
«Di tanto in tanto succede. Gli occidentali lo fanno spesso, ma i giapponesi sono più sentimentali e raramente riscrivono i loro testamenti. Tranne quando le circostanze si modificano in maniera sostanziale. I giapponesi considerano il momento della stesura del testamento come un punto d'arrivo, e sono fermamente convinti che le proprie volontà non debbano cambiare... Credo che c'entri qualcosa la morale confuciana».
«Chissà se lo riscriverà».
«L'ho visto determinato, io non mi preoccuperei. Il signor Sawada è un uomo all'antica... E se pure lo riscrivesse, dovrebbe comunque scambiarlo con quello che è sotto la mia custodia. Uno come lui, un ingegnere, è di certo una persona meticolosa, che non trova pace se non si seguono alla lettera tutte le procedure».
«Lo penso anch'io. È possibile riscriverlo in un secondo momento, anche senza seguire una procedura formale?».
«Sì, è possibile. È valido purché sia scritto di proprio pugno e venga registrata la data di stesura».
«E in tal caso è necessario che ci sia un testimone?».

«Non direi. È preferibile, ma non è necessario... Cos'è che ti preoccupa così tanto?».

«Le figlie avute dalla prima moglie. Soprattutto la minore, Taeko: va tenuta d'occhio. Potrebbe muovere delle accuse al padre e indurlo a scrivere un nuovo testamento. È una donna di quel tipo».

«Ma non conosce i contenuti di questo testamento» disse l'avvocato, lanciando un'altra occhiata alla valigetta.

«Non li conosce ma è in grado di immaginarli. Era furiosa che Sawada avesse perso la testa per me. In mia assenza sarebbe capace di sgattaiolare nella sua stanza come una ladra e costringerlo a riscrivere il testamento».

Isako ora respirava con affanno.

«Se hai questo timore, allora non dovresti allontanarti nemmeno un istante da quella stanza, o sbaglio?».

«Proprio così. Non posso permettermelo».

«Devi restare notte e giorno accanto a tuo marito».

Isako non disse nulla.

«Ma non è possibile. O sbaglio?».

Isako taceva.

«Ci vorrebbe qualcuno che vegli su di lui al tuo posto. Qualcuno che allontani le figlie se dovessero presentarsi».

«Nessuno potrebbe».

«E la stenografa che lavora con Sawada? Potrebbe tenere le figlie alla larga dicendo loro che esegue i tuoi ordini. Certo, funzionerebbe solo fino alle sette o alle otto di sera».

«È vero, sembra avere un carattere forte... ma no, no. Non ci si può fidare degli estranei».

«Allora cosa farai?».

«Riporterò il malato a casa il prima possibile. Le figlie lì non verranno».

«Certo che non verranno. Ma i medici non hanno detto che è necessario aspettare almeno un'altra settimana?».

«È quello che dicono, ma il periodo di riposo assoluto a letto è quasi finito, quindi penso che possa anche tornare a casa. Dovresti chiedere a tuo fratello, il direttore».

«Io? Preferirei di no. Se mi domandasse a che titolo gliene parlo non saprei cosa rispondergli».

«Va bene, ho capito. Gli parlerò io stessa».

«Sì, meglio così... Ma mio fratello è uno testardo, e non gli permetterà di lasciare l'ospedale finché non lo dirà lui. Non sente ragioni quando è in gioco la sua etica professionale. Una volta ha persino litigato con la famiglia di un paziente. Se ti metti contro l'ospedale, quando meno te l'aspetti potresti ritrovarti in una posizione scomoda».

«Che cosa intendi?».

«Sai cosa c'è scritto nel testamento, no? Potresti farti una cattiva reputazione se si sapesse in giro che lo hai costretto a lasciare l'ospedale, magari accorciandogli la vita. Soprattutto se la figlia minore è una persona così attenta, potrebbe sporgere un reclamo».

«Non puoi chiedere aiuto a tuo fratello?».

«Non posso prevedere cosa dirà, ma è un uomo prudente, e temo proprio che non acconsentirebbe a farlo dimettere una settimana prima... È solo una settimana, non puoi resistere?».

«Sono sempre più preoccupata per quello che potrebbero dirgli le figlie».

«È solo una tua fissazione. Va tutto bene, non preoccuparti. Non è successo nulla finora... Il signor Sawada ha fatto testamento, e lo ha affidato alla mia custodia, soltanto oggi. Per quanto le figlie possano pregarlo, non riuscirebbero a farglielo riscrivere in una sola settimana, anche perché lui è un uomo rigoroso, ed è convinto che i testamenti vadano affidati a un legale. L'hai visto, no? Mi ha fatto scrivere il mio nome come testimone, cosa che non ha alcun senso dal punto di vista legale, ma è una persona malata, sembrerà che sia servito a rassicurarlo. Per lavoro frequento tante persone, e non mi sbaglio sul carattere di qualcuno, specie in casi come questo».

Isako ascoltava in silenzio le efficaci argomentazioni di Saeki.

«Senza contare che se lo riporti a casa, tu non potrai più vivere qui in albergo. E io non potrò passare la notte con te. Godiamoci ancora un po' di libertà».

«Se Sawada morisse ora sarebbe perfetto» sibilò Isako fra i denti. Saeki la guardò e vide che le sue labbra erano diventate bianche.

«Be', ha una certa età ormai...».

Dalla voce sembrava scosso. Cercò qualcosa da dirle, poi lasciò perdere, forse perché in cuor suo sapeva che era meglio non intromettersi. Cambiò posizione e indirizzò verso un altro argomento le parole che era stato sul punto di pronunciare.

«Volevo parlarti di Ishii».

Isako batté le palpebre, ma la sua espressione non tradiva il benché minimo interesse.

«Ho già interrogato due testimoni in merito ai sonniferi, ricordi? Uno era il dottor Miyata, il medico legale incaricato dell'autopsia, e l'altro era il professor Yamamura, al quale avevo chiesto di esaminare il referto dell'autopsia per poi esporre la sua perizia in tribunale. La diatriba fra i due esperti si è rivelata piuttosto interessante. Provengono da università rivali, circostanza che ha contribuito ad alzare i toni della discussione. Grazie alle lezioni del professor Yamamura anch'io sono quasi diventato un esperto di tossicologia; ma il nuovo testimone voluto dalla corte è veramente in gamba. Si tratta di un professore di medicina legale di nome Harunaga».

Isako lo ascoltava ma dalla sua espressione si sarebbe detto che pensava ad altro.

«Insomma, serviva una perizia in qualche modo imparziale, e il professor Harunaga è stato selezionato fra il corpo docente di un'università neutrale. Ha consegnato la sua perizia, e ieri in tribunale ho potuto leggerla. Dice che i risultati dell'autopsia di Noriko evidenziano una commozione cerebrale, tuttavia non si può affermare che si tratti di una ferita mortale. Allo stesso tempo, la mancata rimozione dei frammenti di sonnifero rinvenuti nello stomaco da parte del medico incaricato dell'autopsia porta a dubitare del rigore con cui è stato condotto l'esame, anche se non è detto che questa omissione impedisca di determinare con assoluta certezza le cause della morte. A quanto pare, simili esempi di negligenza rientrano nella norma».

«E quindi, lui da che parte sta?».

Isako sembrava finalmente partecipe.

«È un esperto neutrale, quindi non infierisce su nessuna delle parti. Più che cauto, è riluttante a prendere una posizione netta, il che mi innervosisce. Ma se consideriamo la sua relazione, la causa di morte rimane sconosciuta: vale a dire che non ci sono prove sufficienti».

«Quindi l'imputato sarà assolto?».

«Probabilmente. Harunaga sembra propendere per l'ipotesi di una morte per avvelenamento da sonniferi. Il mio parere personale è che Miyata abbia calunniato Yamamura davanti alla corte. Tempo fa ti ho consegnato una copia del verbale, ricordi?».

«L'ho letto, ma non ricordo bene, sono questioni mediche complicate».

«Nel verbale si legge che Miyata ha asserito: "Il professor Yamamura mi chiamò e mi chiese cosa intendessi per pseudocalcificazione cerebrale, e che tipo di letteratura avessi letto al riguardo. Ciò indica che la perizia di Yamamura prende in considerazione il punto relativo alla pseudocalcificazione che si trova nel mio referto, ma alla luce delle suddette richieste telefoniche posso affermare che il professore non sa nulla dell'argomento". In altre parole, con sarcasmo avrebbe dato a intendere che non ci si può fidare delle opinioni di una persona così ignorante. Questo deve avere fatto una cattiva impressione sul nuovo perito incaricato dal tribunale. Il professor Harunaga è una persona perbene, e ritiene che un accademico non dovrebbe sferrare attacchi personali in tale sede. Inoltre, anche se provengono da università diverse, il dottor Miyata è più giovane del professor Yamamura, motivo per cui avrebbe dovuto portargli rispetto. A indebolire ulteriormente il suo giudizio su Miyata è anche l'uso del termine "pseudocalcificazione", che al professor Harunaga non sembra essere particolarmente familiare. Il professor Harunaga è un uomo mite, quindi si è mantenuto sul vago; ma da quanto ha fatto intendere, per lui questo termine è una sorta di diversivo, un bluff di Miyata... Alla luce di tutto ciò, direi che la prospettiva di un'assoluzione per insufficienza di prove diventa sempre più realistica ».

Saeki aveva introdotto l'argomento del processo a Ishii per allontanare la mente di Isako da certi pensieri ossessivi, ma una possibile assoluzione significava per lei l'arrivo imminente di una seccatura non da poco.

Il mattino seguente, Isako fu svegliata dallo squillo del telefono. Saeki la guardò con aria spaventata.

« È da parte di un certo signor Shiotsuki ».

Il centralino collegò immediatamente la chiamata senza darle il tempo di replicare.

« Pronto? ».

« Buongiorno. Eri già sveglia, vero? ».

« Sì ».

Non poteva certo dirgli: « Oh, sei tu, papi », ma tenne il ricevitore ben attaccato all'orecchio e con un'occhiata intimò a Saeki di non emettere alcun suono. Lui rimase immobile con gli occhi sgranati.

« Sei mattiniero ».

« Già. Volevo informarti: le condizioni di mio zio sono improvvisamente peggiorate. Non so se arriverà a sera ».

XII

«La notizia della morte dell'onorevole A. è finita in prima pagina» scrisse Isako nel suo diario. «Avevo saputo delle sue condizioni dal signor Shiotsuki, ma non pensavo che sarebbe morto così presto. Sul giornale si dice che abbia influito parecchio sulle divisioni interne al partito. Vengono citati episodi accaduti e discorsi di politici di spicco. Era un uomo molto discusso, ma i giornali dopotutto non hanno scritto nulla di particolarmente critico su di lui. Hanno riportato il sentire della gente comune, che gli avrebbe affidato volentieri il governo del paese. Dicono che fino alla fine ha creduto di avere una cirrosi epatica, e l'ultimo giorno, dal letto di morte, ha gridato alla moglie che non poteva morire di una malattia così banale. Dei suoi ottanta chili non ne pesava che la metà. Il cancro è una vera tragedia.

«È un momento difficile quando una persona ricoverata in ospedale scopre della morte di qualcun altro, ma a mio marito piace leggere il giornale ogni mattina, e non potevo evitarlo. Di solito lo raggiungo nella sua stanza dopo le otto, quando le infermiere gli hanno già consegnato il giornale.

«Ieri sera il signor Shiotsuki mi ha chiamato in albergo per comunicarmi che suo zio non ce l'ha fatta. Parlava con voce sommessa, e mi è dispiaciuto per lui, che di solito è una persona tanto gioviale. Se mi metto nei suoi panni, comprendo perfettamente il suo scoramento.

«Mio marito domani sarà dimesso dall'ospedale, e forse per questo venire a sapere della morte dell'onorevole non lo ha turbato più di tanto. Ne sono rincuorata. Abbiamo parlato dell'eredità del signor A., ci siamo chiesti a quanto ammonti il suo patrimonio. In quel momento il mio pensiero è andato al signor Shiotsuki. L'onorevole aveva quattro figli e una situazione familiare piuttosto complicata, motivo per cui a suo nipote forse non spetterà nulla.

«Oggi è l'ultimo giorno di controlli prima delle dimissioni, e mio marito ha molto da fare: deve fare i raggi, sottoporsi a un elettrocardiogramma, alle analisi del sangue e delle urine. Il suo peso è diminuito di cinque chili rispetto a prima del ricovero. Il medico dice che sarebbe meglio se non aumentasse di nuovo. La priorità assoluta è non affaticare troppo il cuore. Per qualche tempo dovrà rinunciare ai cibi grassi. Deve continuare con la dieta che ha seguito durante il ricovero.

«All'inizio della degenza in ospedale, per lo shock e la preoccupazione mangiava pochissimo e non aveva mai appetito, ma quando le sue condizioni fisiche sono migliorate e ha iniziato a camminare per il reparto e i corridoi aveva sempre voglia di mangiare, forse come conseguenza dell'esercizio fisico. Ma non possiamo fare come vuole lui. Anche se mi fa pena, mi accerterò che segua le indicazioni del dottore. Il cibo dell'ospedale è sciapo, senza sale. Naturalmente non servono carne o altri cibi grassi, e il pesce è bianco e magro. Perfino mio marito, che di solito preferisce mangiare leggero, sta facendo fatica. Sopporta perché è in ospedale, e spero che si dimostrerà ragionevole anche una volta tornato a casa. Il medico curante dice che dovrebbe riuscire ad abituarsi a questo regime alimentare, ma che tutto dipende dalla sua determinazione e dalle cure di chi lo assiste. Devo essere preparata, affinché mio marito viva a lungo.

«Verso le tre del pomeriggio mi sono recata nell'ufficio del medico curante perché questi mi aveva convocata. Mi ha chiesto se poteva tenerlo in ospedale sotto osservazione ancora per qualche giorno: il tracciato dell'elettrocardiogramma non lo convinceva del tutto. Sono rimasta sorpresa, perché pensavo che stesse bene. Tuttavia, gli ho risposto che se possibile avrei preferito che fosse dimesso. Il paziente contava di tornare a casa, e sarebbe rimasto molto deluso se gli fosse stato negato il permesso. Ma il vero motivo è un altro. Le spese ospedaliere sono insostenibili. L'ultimo pagamento è stato di 126.000 yen per dieci giorni. Cioè 12.600 yen al giorno. Probabilmente i costi sono lievitati subito dopo il ricovero, quando c'erano più terapie e controlli, oltre all'impiego della tenda a ossigeno: lo hanno curato come un paziente grave. Ma a parte questo, avendo scelto una stanza di fascia superiore, ci sarebbero voluti all'incirca 10.000 yen al giorno anche se non avesse ricevuto alcun trattamento. È rimasto in ospedale per diciassette giorni, quindi dobbiamo pagare per altri sette giorni. È finanziariamente difficile per lui rimanere in ospedale ancora a lungo. A ciò si aggiungono le spese della mia permanenza in albergo.

«Se fosse gravemente malato, ovviamente chiederemmo un prestito per consentirgli di rimanere in ospedale, ma da quello che ho visto le sue condizioni sono stabili, il colorito è buono e, sebbene abbia perso peso, i muscoli del suo corpo sembrano tornati tonici. Cammina più sicuro. Di recente ha fatto meno iniezioni e assume farmaci principalmente per via orale. Stando così le cose, può benissimo riposare a casa. Andrò a ritirare le medicine in ospedale. Il medico curante si è limitato ad annuire e non ha insistito. Però mi ha domandato se mio marito fosse in ansia per qualcosa, e quando gli ho chiesto il perché è rimasto in silenzio. Forse in qualche modo ha capito.

«In cuor suo anche mio marito si preoccupa per i costi del ricovero. Dopo aver lasciato la S. Optics non ha modo di guadagnare, quindi le spese impreviste gli pesano. Quando siamo noi due soli, mio marito me ne parla. Io ci scherzo su, gli dico che le persone malate non dovrebbero preoccuparsi di queste cose e che se saremo a corto di soldi li troverò io da qualche parte; ma mi dispiace per lui, è un uomo pieno di timori. Ma non potevo certo dirlo al primario, quindi gli ho risposto che probabilmente era il lavoro a farlo stare in pensiero.

«Il medico mi ha consigliato di evitargli ogni preoccupazione, soprattutto di fare attenzione a non turbarlo. Mi ha ricordato che la stabilità mentale è la cosa più importante, e mi ha consigliato di portarlo in uno stabilimento termale di montagna per aiutarlo a rilassarsi e a rimettersi. Sempre facendo molta attenzione alla dieta, evitando cibi troppo grassi, indipendentemente dalle richieste di mio marito, e contenendo le porzioni per non sovraccaricare lo stomaco. Se avessi notato qualcosa di insolito, avrei dovuto chiamare un medico del quartiere per eventuali cure d'emergenza, e poi avrei dovuto contattare l'ospedale.

«Poiché avevamo insistito così tanto per lasciare l'ospedale, ho chiamato l'avvocato Saeki per aiutarci a trovare un accordo. È stato lui a presentarci al direttore, suo fratello, quindi gli ho chiesto di intercedere. Mi sono sentita sollevata quando il signor Saeki mi ha assicurato che non dovevo preoccuparmi».

«*In data ...*

«In mattinata mio marito è stato sottoposto a una breve visita. Il direttore è venuto con il primario e l'abbiamo ringraziato. Mio marito si sentiva bene. Nel pomeriggio è tornato a casa dopo tanto tempo. Sembra felice.

«Dopo quasi venti giorni di assenza, la casa mi è sembrata sporca. Saki lavora bene, ma ho l'impressione che in assenza di mio marito abbia trascurato le pulizie. Evidentemente quando il padrone non è in casa le cose non funzionano.

«Ho messo mio marito a letto e ho iniziato subito a pulire. Non potevo fare finta di niente, così ho preso scopa e straccio; Saki aveva l'aria di chi ha subìto un affronto.

«La sera, Saki mi ha detto che doveva chiedermi un favore. Mi sono preoccupata, pensavo che volesse licenziarsi, invece mi ha detto che la notte vorrebbe tornare a dormire nel suo appartamento. Quando le ho chiesto spiegazioni, mi ha detto di aver già firmato un contratto di affitto: stava aspettando che mio marito tornasse dall'ospedale per trasferirsi. Si tratta di una decisione che ha preso da sola.

«Al giorno d'oggi, le giovani donne vogliono avere anche del tempo libero. Saki forse vuole provare il senso di libertà che le ispirano le sue coetanee quando le vede negli uffici o nei negozi, ma mi è sembrato un po' egoista da parte sua passare dal vivere in casa con noi a fare avanti e indietro da casa sua. Saki però ha ventitré anni: potrebbe anche essersi innamorata. Le ho chiesto quanto le costa l'affitto e lei mi ha risposto senza girarci intorno che pagherà 20.000 yen per una stanza di sei *tatami*. Ha aggiunto di aver già pagato una caparra e una cauzione di 100.000 yen tramite un agente immobiliare. Mi ha chiesto di aumentarle la paga di 10.000 yen perché attualmente gliene diamo 30.000 più i pasti, ma una volta che si sarà trasferita i pasti non saranno più necessari.

«Dovendo pagare 20.000 yen per la stanza, gliene rimarrebbero altrettanti per tutto il resto. Le ho chiesto, con una punta di sarcasmo, se fosse davvero convinta e lei mi ha risposto che in un modo o nell'altro se la sarebbe cavata. Qui a casa non abbiamo bambini e oltre alle pulizie non ha nulla da fare, ma se insiste per andarsene significa che vuole stare davvero da sola.

«Ne ho parlato con mio marito: lui dice che per quanto il lavoro a casa nostra sia leggero, ciò non compensa il fatto che lei sia costretta a stare da noi per tutta la giornata, e quindi dovremmo lasciarle fare quello che vuole. Alla fine ho acconsentito, perché non volevo che Saki si licenziasse. L'appartamento si trova a quindici minuti a piedi da casa nostra, e ci siamo accordate in modo che lei sia al lavoro entro le otto del mattino e fino alle sei di pomeriggio.

« Saki non ha perso tempo, se n'è andata oggi stesso alle sei con tutte le sue cose. Mi ha fatto uno strano effetto... ».

La sera prima che Nobuhiro venisse dimesso, Isako ospitò Saeki in albergo da lei.

« È l'ultima notte che passiamo qui insieme, non è vero? » disse Saeki, con la testa appoggiata sul suo stesso cuscino. Isako guardava il soffitto. I suoi capelli, rimosse tutte le forcine, le ricadevano scompigliati sugli occhi e sulle orecchie; la fronte e i lati del naso erano sudati e lucidi. La sottoveste era buttata alla rinfusa da qualche parte sotto le coperte.

« Vuoi che finisca tutto dopo questa notte? » domandò Isako schiudendo appena le labbra.

« D'ora in avanti dovremo vederci da un'altra parte ».

« Da un'altra parte? Non voglio andare in uno di quegli alberghi da quattro soldi, dove le cameriere ti guardano male ».

« Non c'è altra soluzione. In fondo non sanno chi siamo ».

« Ma a furia di andare sempre nello stesso posto si ricorderanno di noi, e non possiamo certo metterci a girare per tutti gli alberghi di Tokyo. Non voglio dormire in letti usati da chissà chi prima di me, è disgustoso ».

« Se la metti su questo piano, l'unica soluzione è continuare a pagare questa stanza ».

« Costerebbe moltissimo. Paghi tu? ».

« Non dire sciocchezze ».

« Ma gli avvocati guadagnano bene, no? ».

« Non così tanto come sembra. Sono ancora giovane. A

volte accetto dei casi per i quali spendo più di quanto guadagno, e non posso sottrarmi se voglio farmi un nome».

«Per esempio quello di Ishii?».

«Le cose difficili da dire tu le dici come se niente fosse».

Isako si girò verso di lui e sorrise. Poi gli baciò una guancia e la fronte.

«Ma non significa niente per me. Non me ne importa nulla di lui. Non ho occhi che per te. Hai voluto approfittare di me servendoti di Ishii».

«E adesso arriverà il mio turno».

«Non ci sarà nessuno dopo di te. Sei l'ultimo, non potrei mai lasciarti».

«Che mi dici del signor Shiotsuki?».

«Lui non conta niente. Ma quanto insisti, tu».

«Non mi fido di te. Il signor Shiotsuki si dà delle arie, e sul tuo conto svicola».

«Non credo che continuerà a darsi delle arie».

«Per via della morte dello zio?».

«Non se la passa bene».

«Vi siete incontrati?».

«Mi ha chiamato. Un paio di giorni fa, proprio qui in albergo. La sua voce era roca e triste. Credo che per lui la festa sia finita».

«Già... È il vicepresidente di un'azienda alimentare, un ruolo che deve alle pressioni dello zio. Probabilmente verrà licenziato. Le aziende sono spietate con quelli come lui, quando non servono più».

«Specie se non sanno fare il loro lavoro».

Saeki sollevò il torace possente e si allungò verso il comodino per raggiungere le sigarette. Isako, mettendosi supina, con il seno scoperto, ne prese una e gliela passò. Poi accese un fiammifero.

«Non mi interessa quello che fanno gli altri» disse Isako.

Osservò la bocca dell'uomo che esalava il fumo, poi gettò il fiammifero nel posacenere e, terminando il movimento, appoggiò la testa sul suo braccio.

«Ma noi, dove ci incontreremo d'ora in avanti? Devi deciderti in fretta, domani torno a casa».

Saeki strizzò gli occhi e guardò il filo di fumo avvolgere il paralume del lampadario spento.

«Dove? Se non vuoi andare in un albergo o in una locanda non possiamo vederci da nessuna parte».

«Non mi piace questo tuo atteggiamento».

Il tono della sua voce gli sembrò perentorio: Saeki scrutò il profilo di Isako appoggiato sul suo braccio. Una ciocca di capelli gli impediva di vedere la punta del naso.

«Perché non vieni a casa mia?».

Isako strofinò la nuca sul braccio di Saeki.

«A casa tua?» ribatté Saeki, spalancando gli occhi.

«Casa mia è molto tranquilla».

«Ma...».

«Il mio papi si addormenta verso le nove. Tutte le sere. Mentre dorme è come se non ci fosse. In compenso, la mattina alle sei è già sveglio».

Saeki la ascoltava senza fiatare.

«La casa è su due piani. Sul retro del primo piano ci sono due stanze di sei *tatami*. Le usavano le figlie quando abitavano a casa, ma adesso sono inutilizzate. Prima di andarsene, Taeko aveva preso per sé quella della sorella maggiore, l'aveva ricoperta con assi di legno per utilizzarla come studio, e l'altra stanza di sei *tatami* fungeva da soggiorno. Da allora non è più stata usata. Puoi venirci a dormire. La ripulirò e preparerò un *futon* per te».

Saeki non rispose.

«Arriveresti comunque verso le dieci di sera. Perfetto, no?».

«Ma...».

«Puoi restare fino alle due circa. Sulla strada davanti casa i taxi passano per tutta la notte. Shibuya è in un'ottima posizione. Vanno e vengono fino al mattino. Mio marito non se ne accorgerà mai. A quell'ora dorme, inoltre pensa che nessuno usi le stanze al piano di sopra. Lo studio di Taeko adesso è un ripostiglio. Nelle notti in cui vieni a casa mia, lascerò la porta sul retro aperta. E poi salirò anch'io».

«Ma...» ripeté Saeki, ora con una certa curiosità «... non avete una domestica che vive con voi?».

«Ti riferisci a Saki? L'ho mandata via».

«L'hai mandata via?».

«Sì, in previsione di tutto ciò, gliel'ho comunicato tre giorni fa. Tempo fa avevo contattato un'agenzia immobiliare per un appartamento in affitto, senza comunicare loro i dettagli. Ho versato per lei la caparra e la cauzione. E pagherò io i 20.000 yen per l'affitto. È una bella spesa. Ma non potevo licenziarla, avrei avuto problemi a tenere la casa in ordine».

«Non avrà preso bene questo cambiamento improvviso».

«Saki è contenta. Viene alle otto del mattino e se ne va alle sei del pomeriggio. È felice di avere del tempo a sua disposizione».

«Capisco, ma tuo marito non pensa che sia strano?».

«Gli ho detto che è stata lei a proporlo. E lui è stato comprensivo, mi ha risposto che tutto sommato è una richiesta naturale per una giovane donna di oggi».

«Ne sai una più del diavolo» disse l'avvocato con un tono di approvazione. Trovava piuttosto intrigante quell'avventura.

«Ti sembrerà davvero di rubarmi a mio marito, mentre lui dorme al piano di sotto».

Isako incrociò le mani sul torace di Saeki e premette il petto contro il suo.

«Prendilo come un premio alla tua virilità».

«Però è una situazione un po' troppo audace. E ingiusta nei confronti di tuo marito».

«Ma che cosa dici? Arrivati a questo punto ti preoccupi di cosa è giusto nei confronti di mio marito?».

«Parli così perché ci sei abituata».

«Non dire sciocchezze. Non mi sono mai trovata in una situazione del genere prima d'ora».

«E che mi dici di Ishii?».

«In quel caso è stata colpa sua. Ci sono finita in mezzo senza volerlo... Ho già ammesso quello che dovevo ammettere, quindi smettila di darmi il tormento».

«E con il signor Shiotsuki?».

«Ecco che lo tiri fuori un'altra volta. Ti ho già detto che tra me e lui non c'è niente. Perché non vuoi capirlo?».

D'un tratto le sembrò di vedere il volto di Shiotsuki: ... *Posso passare a trovarti qualche volta. Non dire sciocchezze. Ricordati che ho una domestica. Nessuno può venire a casa mia. Sto scherzando. È escluso che io possa passare a trovarti...*

«Ormai non riesco più a starti lontana».

Isako strinse le gambe di Saeki fra le sue.

«Non riesco fare a meno di te. Sei fantastico. Ogni parte di me si è totalmente abituata a stare con te. Non voglio più dormire sola».

«Ma non potrò venire da te tutte le sere, come facciamo adesso».

«Va bene, vorrà dire che faremo una volta ogni tre giorni».

«È un po' troppo. Dopotutto è casa tua».

«Hai paura?».

«A essere sinceri, sì, ho paura».

«È un bene che tu ne abbia. Renderà più seria la nostra storia. Sotto sotto per te sono ancora soltanto un divertimento».

«E invece faccio sul serio. Ma con l'abitudine si tende a diventare più audaci. Come è successo qui, in albergo. All'inizio ci preoccupavamo del personale e cercavamo di salvare le apparenze, adesso facciamo tutto alla luce del sole».

«Ma a casa mia saremo molto più al sicuro. Qui non possiamo sapere che cosa dicono alle nostre spalle. Anzi, è un miracolo se le voci non hanno ancora iniziato a circolare. Stiamo camminando sul filo del rasoio».

«Ma a casa tua ci sarà anche tuo marito. Se dovesse coglierci sul fatto, per noi sarebbe la fine. Non sarà come in albergo».

«Il mio papi che ci coglie sul fatto? Quel vecchio?» Isako emise una risata dal fondo della gola. « Puoi stare tranquillo, non ne ha la forza ».

« Non ha la forza? ».

« Proprio così. È molto debole. Dopo intere giornate a riposare in ospedale è riuscito a stento a rimettersi in piedi. Sta seguendo una dieta ferrea, solo cibi leggeri, e in quantità moderate. Con lo stomaco pieno, non soltanto non riesce a digerire, ma il suo cuore non reggerebbe. Non ha né l'energia né la forza per correre su per le scale ».

« Mangerà così poco anche dopo essere tornato a casa? ».

« Sì. È quello che gli hanno consigliato i medici dell'ospedale di tuo fratello ».

« Avrà una fame da lupi ».

« Farò in modo che la sopporti. Ne va della sua salute, non ha altra scelta se non quella di correggere la dieta ».

« Uhm. Morirà di fame » borbottò Saeki, e Isako gli lanciò uno sguardo tagliente.

« Tuttavia potrebbe trovare sospetti gli strani movimenti della moglie al piano di sopra, e potrebbe salire a dare un'occhiata ».

« Ma starà dormendo ».

« E se si svegliasse nel cuore della notte e scoprisse che non sei lì accanto a lui? Anche Sawaichi notò le uscite notturne della moglie e si ingelosì, ricordi? ».

« Bravo, ti riferisci alla storia di *jōruri*. A dispetto della tua età, sei sorprendentemente ferrato in questo genere di arcaismi ».

« Non divagare, è una questione di buon senso... Cosa faresti se all'improvviso tuo marito si presentasse? ».

« Non lo farebbe mai. Il mio papi è un gentiluomo, non è impulsivo, bensì ragionevole e controllato ».

« Una specie di gentiluomo all'inglese con un forte senso delle apparenze? ».

« Non so se sia una qualità inglese, ma di sicuro lui è molto paziente ».

« Paziente... certo ».

« Non essere sciocco, sembra che qualsiasi cosa io ti dica di lui ti impressioni ».

« Ma anche la pazienza ha un limite. Dipende dalle situazioni. Quello che succederebbe al piano di sopra è qualcosa di diverso dalla vita di tutti i giorni ».

« Secondo te si arrabbierà e mi urlerà contro? Se lo facesse, gli verrebbe all'istante un attacco di cuore. Gli eccessi di rabbia o di eccitazione sono quanto di peggiore possa capitargli: gliel'ha detto il medico, e il mio papi ne è più che consapevole ».

Il volto di Saeki adesso era teso. Isako lo guardò di sottecchi. Senza muoversi di un centimetro, l'avvocato scandì: « Sigaretta ».

Isako si voltò di nuovo sotto le coperte, prese le sigarette sul comodino, ne accese una e diede una boccata prima di porgerla a Saeki. Il fumo, che fluttuava nella luce fioca della lampada, si levò anche nello specchio sulla parete opposta. Dal letto riuscivano a vederne il riflesso.

« Verrò a casa tua » disse Saeki togliendosi la sigaretta dalla bocca. « E così finirò per aiutarti ».

Isako capì subito a quale tipo di aiuto si riferisse, e i suoi occhi, nascosti sotto una ciocca di capelli, si illuminarono.

« Ah, sì? Mi fa piacere » disse senza stringergli il braccio. « Mi fa piacere che tu l'abbia capito. Non posso vivere senza di te. Non è mia intenzione insistere. Ma cerca di venire due volte a settimana. Se vorrai tornare a casa, ti lascerò andare prima. Non te ne farò una colpa. Anche tu hai una famiglia e non ti sto chiedendo di sacrificarla. Siamo persone adulte. L'importante è che non si sappia in giro, nemmeno io voglio dare fastidi a mio marito. Non è né attraente né affettuoso, ma devo riconoscere che mi ha sempre trattata bene ».

Con queste parole Isako sviò il discorso sul terreno dell'amore. Non pensava certo che la disponibilità di Saeki avesse a che fare con i sentimenti: le sue parole non si riferivano a una sua partecipazione amorosa o voluttuosa, ma si offriva di collaborare affinché si verificasse ciò che lei auspicava. Così i suoi auspici non si sarebbero realizzati per mezzo di un crimine. L'« aiuto » che le forniva Saeki sarebbe rimasto in una sorta di zona grigia, non si poteva nemmeno definirlo un « favoreggiamento ». Isako comprese le sottili implicazioni sottese al consenso di Saeki e, con quella sua replica che parlava d'altro, gli espresse il proprio apprezzamento.

« *In data* ...

« A quattro giorni dalle dimissioni fortunatamente mio marito sta bene.

« Ha perso un po' di peso, il che ha alleggerito il carico sul cuore. Segue scrupolosamente un regime alimentare rigoroso, non ne è entusiasta, ma lo sopporta. In compenso deve prendere tutti i giorni degli integratori alimentari: oltre a quello ricevuto dall'ospedale, ne prende altri due da banco.

« Da quando Saki ha iniziato ad andare a casa sua per la notte, le nostre giornate sono state pienissime. Non appena la lancetta arriva sulle sei, lei alza i tacchi e se ne va. Deve piacerle questa sua "libertà". Prima rimaneva fino a tardi a pulire e a preparare per l'indomani, mentre adesso sembra avere fretta di tornare a casa, e nel pomeriggio è spesso svogliata. Come dice mio marito, i tempi sono cambiati.

« Ho portato un piccolo presente di ringraziamento al personale dell'ospedale. Il medico si è di nuovo raccomandato di non far mangiare troppo mio marito, dicendo che il gonfiore di stomaco inevitabilmente pesa sul cuore.

« Ma quando sono rientrata a casa, ho avuto una sorpresa: Saki mi ha detto che mio marito aveva fatto una scorpacciata di riso al pollo, e poi si era fatto preparare anche una cotoletta di maiale. L'ho trovato sdraiato sul letto che respirava pesantemente. La cosa mi ha sorpreso, ma soprattutto mi ha rattristato. Ho chiesto spiegazioni a Saki e lei si è giustificata dicendo che lui si lamentava per la fame e che le faceva troppa pena. La sua ignoranza mi ha lasciata senza parole, e con pazienza ho cercato di ammonirla. È inconsapevole, c'è poco da fare, ma i suoi atti in buona fede rischiano di sortire l'effetto contrario, quindi ho cercato di aprirle gli occhi. Le ho raccontato il caso di un paziente in via di guarigione da un'appendicectomia che, dopo un digiuno prolungato, era così affamato che chi gli stava accanto si è dispiaciuto per lui, e gli ha dato un pezzetto di banana da mangiare. Ma le sue condizioni si sono aggravate ed è morto. È una storia vera che mi è stata raccontata. Adesso Saki ha capito.

«Anche mio marito, pur sapendo che deve osservare un severo regime alimentare, fa richieste sconsiderate alla domestica. Mi dispiace, ma la salute viene prima di tutto. Parlandogli a quattr'occhi, gli ho detto che forse a lui non importa, ma io vorrei che vivesse ancora a lungo, che senza di lui non potrei stare; allora si è scusato. Insieme a lui cerco anch'io di mangiare meno, evitando la carne e i pesci più grassi. Porto in tavola il pane, e quando lui si stufa del pane gli preparo i fiocchi d'avena con la farina di segale. È molto più impegnativo che cucinare carne o pesce. Però, quando devo uscire per qualche commissione, ho paura che Saki prenda qualche sua strana iniziativa».

«*In data ...*

«Ho ricevuto una telefonata dal signor Shiotsuki. Era da molto che non lo sentivo. Mi ha detto che l'altro ieri si è tenuta la cerimonia del settimo giorno per suo zio. Gli ho spiegato che ero impegnata con le dimissioni di mio marito, per questo non sono potuta andare al funerale, e mi sono scusata. Ho letto sui giornali della grandiosa cerimonia in suo onore.

«Mi ha chiamato per riferirmi di aver lasciato l'azienda alimentare di cui era vicepresidente, e per parlarmi della sua intenzione di avviare una piccola attività in proprio. Voleva chiedermi dei consigli. Con mio grande stupore, l'azienda lo ha licenziato subito dopo la morte di suo zio. Non hanno alcun senso dell'onore né umanità, nonostante per anni abbiano approfittato dei favori dell'onorevole. Il signor Shiotsuki non serve più, e quindi viene licenziato prima ancora che passino i sette giorni. Spietati e crudeli. Del resto si sa che le imprese più redditizie difettano di umanità, e i vertici della S. Optics non fanno eccezione. Dopo tutto quello che mio marito ha fatto per l'azienda.

« Sono dispiaciuta per la situazione del signor Shiotsuki, ma riguardo alla sua richiesta di consigli per avviare un'attività commerciale non so che dire, non è il mio campo. Stando a quanto mi ha riferito, non avrebbe ricevuto una liquidazione particolarmente generosa. Queste aziende sono davvero spudorate. Il signor Shiotsuki mi ha detto che naturalmente si aspettava di ricevere più soldi. Dato che potrà contare solo sui pochi fondi di cui dispone, la sua attività dovrà essere per forza di cose modesta. Il signor Shiotsuki ha riagganciato chiedendomi di ricontattarlo, se mi fosse venuta qualche buona idea. Ma a me non viene in mente nulla. Il signor Shiotsuki mi ha detto con voce grave che deve guadagnarsi da vivere per la moglie e i loro tre figli, tutti studenti di liceo. Per uno come lui, che finora è stato dirigente e che non ha mai dovuto faticare perché viene da una buona famiglia, dev'essere doppiamente difficile. Ha perso anche l'uso dell'auto aziendale e non può più divertirsi come un tempo. E purtroppo per lui ha quasi sessant'anni. Devo ammettere che mi ha sorpreso scoprire che dispone di un patrimonio così limitato.

« La signorina Miyahara Motoko, la stenografa, è arrivata verso l'una.

« Anche in ospedale di tanto in tanto veniva a lavorare un po' con mio marito, ma oggi è venuta solo a congratularsi per le dimissioni. È rimasta sorpresa nel vederlo così dimagrito. Quando le ho spiegato le ragioni, ha risposto che comprendeva benissimo, dal momento che l'infarto del miocardio è una malattia grave, ed è naturale voler essere cauti. La signorina Miyahara è una persona istruita e capisce tutto al volo.

«Voleva informarsi sul prosieguo del lavoro, ma poiché mio marito è appena uscito dall'ospedale ed è ancora provato, le ho chiesto di aspettare e vedere come procederà la convalescenza. Non ho dubbi che per mio marito la dettatura sia un piacere, ma può stancarlo mentalmente, quindi preferisco che riposi un po' di più. La signorina Miyahara si è detta d'accordo, tanto più che ha già molto lavoro; poi mi ha chiesto di poter passare qualche volta e io le ho risposto di sì, che anche mio marito ne sarebbe stato felice. Hanno chiacchierato per una decina di minuti e poi lei è andata via, lasciandolo di buon umore per il resto della giornata».

«*In data ...*

«Sono uscita per una commissione e al mio ritorno, poco dopo mezzogiorno, mio marito non era in casa. Saki mi ha informata che stava facendo una passeggiata nei dintorni. Alla fine è rientrato con il suo bastone da passeggio. Il suo viso mi è sembrato più pieno. Cammina lentamente e i suoi movimenti sono meno agili di prima. Temo che a seguito di un eccessivo aumento di peso il suo cuore possa cedere di nuovo. Sarebbe il terzo attacco, e non è una cosa da poco.

«Mi sono affrettata a preparare dei toast per pranzo, ma lui non aveva appetito. Non ha voluto neanche toccarli. Mi è parso strano, così ho appoggiato una mano sul suo stomaco e l'ho sentito teso. Sono sicura che ha camminato fino alla strada dove ci sono le attività commerciali e si è infilato in qualche ristorante. Aveva un'aria imbarazzata, e anche Saki teneva gli occhi bassi.

«Quanto a me, sono più triste che arrabbiata. Mi preoccupo per la salute di mio marito e lui non capisce affatto come mi sento. Se ho seguito alla lettera le raccomandazioni dell'ospedale sulla dieta da seguire è perché temo una ricaduta. Altrimenti gli permetterei di mangiare quanto vuole. Perché dovrei volergli imporre un simile regime alimentare? Ma lui è come un bambino, e se ne va in giro per ristoranti. Non so cosa abbia mangiato, probabilmente un bel po' di *tempura*, che gli piace tanto. Aveva la pancia gonfia, segno che ha trangugiato anche parecchio riso. Per evitare che gli venga voglia di riso, mangio anch'io piccole porzioni di pane e farina d'avena, ma lui non sembra curarsi dei miei sentimenti. Anch'io vorrei mangiare riso a volontà, e non negarmi il piacere della carne e del pesce. Chi vorrebbe mai seguire una dieta? Mi sto abituando anch'io a porzioni più piccole.

«Mio marito è giù di morale perché sono arrabbiata e mi rifiuto di parlargli. Mi dispiace per lui, ma se non mi mostro abbastanza decisa non capirà mai. Lui stesso sa meglio di chiunque altro quanto sia pericoloso un infarto, quale dolore infernale, quanta preoccupazione possa causare. Se dovesse ripetersi, ci rimetterebbe la pelle. Non posso cedere alla dolcezza dei sentimenti. Quando si sarà completamente ristabilito, potrà mangiare tutto quello che vuole. Fino ad allora non devo lasciare che la compassione si faccia strada in me.

«Mio marito deve avere smesso di farsi preparare pasti speciali da Saki per paura che io lo scopra rincasando all'improvviso, si sente più sicuro ad andare a mangiare fuori. E Saki sembra esserne al corrente. Non posso abbassare la guardia. Ho aspettato che lui si mettesse a letto e ho dato una bella strigliata a Saki».

«*In data ...*

«Mio marito oggi non ha messo il naso fuori di casa, forse la mia predica di ieri ha fatto effetto. Abbiamo mangiato insieme. Con molta dolcezza gli ho detto che deve pazientare ancora un po', che potrà avere tutto quel che vuole se solo pazienterà ancora un anno o poco più, e lui ha risposto che capisce benissimo le mie buone intenzioni. Mentre parlavamo mi sono commossa. Sembra che il suo volto smunto si stia riprendendo. Le sue guance sono più piene ».

« *In data* ...

« Mi ha telefonato l'avvocato Saeki. È per via di quel caso ».

Il caso era quello di Ishii Kanji. E Saeki era venuto a parlargliene di persona, non per telefono.

Il piano superiore della casa sembrava un altro appartamento, completamente indipendente da quello inferiore. La stanza con il pavimento di legno, che era stata lo studio di Taeko e ora serviva da ripostiglio, era il primo ambiente che si incontrava salendo le scale, e schermava la stanza con i *tatami*. Per raggiungerla, bisognava farsi spazio attraverso pile di cassette di legno, vecchi contenitori per abiti e una credenza ormai in disuso. Nemmeno una persona in buona salute avrebbe potuto raggiungere in fretta la stanza.

« Nelle sue condizioni, il mio papi non riuscirebbe certo ad arrivarci velocemente » disse Isako la prima sera in cui Saeki le fece visita.

« E mentre sta arrivando che facciamo, come scappiamo? » domandò Saeki guardandosi intorno. I segni della permanenza di Taeko erano ancora ben visibili. La calligrafia appesa nell'alcova era stata rimossa, mentre le vecchie tende alla finestra erano state lasciate com'erano per dare l'impressione che nessuno avesse più messo piede in quella stanza. La carta della porta scorrevole dell'armadio era ormai diventata marroncina. Invece, il *futon* e i cuscini erano nuovi: avevano dei disegni a motivi vivaci, che normalmente si usavano per gli ospiti.

« Possiamo stare tranquilli. Qui non verrà mai ».

Saeki ne ebbe la conferma le prime volte che si fermò

lì. Restò sempre con l'orecchio teso, ma non sentì nessun rumore di passi sulle scale.

Le scale si trovavano vicino all'ingresso, lontane dalla camera da letto di Nobuhiro. La porta della camera da letto era piuttosto spessa, e una volta chiusa non lasciava penetrare alcun suono dall'esterno. A isolarla ulteriormente c'erano poi altre due stanze prima delle scale. Saeki arrivava verso le dieci e se ne andava intorno alle due. Isako lo accoglieva e poi lo riaccompagnava vestita solo con una sottoveste e la vestaglia, e quando gli appoggiava la mano sulla schiena avvertiva con stupore che lui tremava.

La terza volta, Saeki cominciò a farsi più audace. Come gli aveva detto Isako, il padrone di casa dormiva profondamente già dal tramonto. A Saeki sembrava di vederlo, con la bocca aperta e la pelle flaccida del collo solcata dalle rughe. I volti dei vecchi addormentati possono essere disgustosi.

« Ishii uscirà » disse Saeki. Sussurravano sempre, come se si raccontassero una qualche storia della buonanotte.

« È arrivata la sentenza? ».

« Dopodomani. Credo che la nostra strategia si sia rivelata vincente. Probabilmente sarà prosciolto, e nella peggiore delle ipotesi l'accusa sarà di aggressione, non di omicidio colposo. Ha colpito Noriko prima che si suicidasse, provocandole una commozione cerebrale ».

« Quindi è certo che si è trattato di un suicidio? ».

« Penso che le nostre argomentazioni siano state accolte. La testimonianza del medico forense è stata molto efficace. Ha avuto la meglio su quella del perito che ha eseguito l'esame autoptico. C'erano delle piccole lacune. E noi siamo stati bravi a sfruttarle ».

Saeki spostò la testa sul braccio di Isako. Il *futon* era troppo piccolo.

« Cosa pensi che sia successo in realtà? Secondo te Noriko è morta a causa del colpo subìto da Ishii? ».

« ... Io penso di sì ».

«E il sonnifero?».

«Credo che volesse solo tentare il suicidio. La dose di sonnifero potrebbe essersi rivelata insufficiente. A quanto pare è difficile determinare la dose letale, perché varia da persona a persona».

«Quindi l'intera strategia di difesa si è basata sul fatto che il medico dell'autopsia non ha esaminato i frammenti di sonnifero rinvenuti nello stomaco?».

«Non solo, ma credo che questa circostanza abbia giocato a nostro favore».

«Sei stato abile. Sarai soddisfatto, tutto questo gioverà alla tua reputazione» disse Isako, scura in volto. «E che cosa gli succederà se verrà condannato per aggressione?».

«Il fatto che la vittima fosse la fidanzata convivente costituisce un'attenuante rispetto a un'aggressione verso sconosciuti. Inoltre le ferite non erano gravi, quindi direi che al massimo avrà un anno di carcere e due con sospensione condizionale della pena. Se la donna non fosse morta, sarebbe risultato completamente innocente...».

«E quindi Ishii uscirà subito dopo la sentenza?».

«Proprio così».

Isako era visibilmente inquieta.

«Questo è un problema».

«Sei preoccupata?».

«Be'... Verrà a cercarmi».

«Sono stato chiaro con lui, non hai nulla da temere. Ha giurato in mia presenza. Mi è grato per ciò che ho fatto per lui, è in debito con me».

«Ma rimane un teppista».

«Anche i teppisti possono essere tenuti a bada. Talvolta si attengono al proprio dovere con più rigore delle persone normali».

«Io però non riesco a stare tranquilla. Vorrei non averti mai chiesto di rappresentarlo. Così quello là sarebbe rimasto a marcire in carcere per chissà quanto tempo».

«Ti ho sentito dirlo molte volte, ma ho anch'io le mie ambizioni professionali. Non preoccuparti, puoi stare tranquilla. Quell'uomo rinuncerà a te una volta per tutte. E se per qualche motivo non dovesse farlo, lo minaccerò. Altrimenti, mi troverei a disagio anch'io... ».

Isako pizzicò la mano di Saeki, che improvvisamente chiuse la bocca e sgranò gli occhi.

« Che c'è? » le domandò a bassa voce.

« Niente ».

« Hai sentito un rumore? ».

« È stata solo una mia impressione. È impossibile, no? ».

« Che ore sono? ».

« Le undici e mezzo ».

« Se si è addormentato intorno alle otto, a quest'ora potrebbe anche svegliarsi brevemente, non credi? ».

« Ma no. Dormirà come un sasso fino all'alba. Non temere ».

« Che ansia... ».

« Mi piace questo brivido di paura. Non lo trovi eccitante? ».

« Be', a modo suo lo è ».

« Una volta si faceva così, per gli adulteri sotto lo stesso tetto. Com'era quel detto popolare, oggi ormai incomprensibile? "La prima cosa più eccitante è rubare la donna d'altri; la seconda, dormire con la propria serva...". Ma sono cose che si possono fare soltanto in case come questa, costruite come si usava nel periodo Edo ».

« Secondo te è meno eccitante incontrarsi in uno dei tanti posti disponibili fuori da casa? ».

« Sì, è più eccitante se il marito si trova sotto lo stesso tetto... Andrà a finire che quasi spereremo di essere scoperti ».

« Tu non sei normale ».

« Io? Non mi farei certo cogliere impreparata ».

« Io preferirei evitarlo. Scapperei il più velocemente possibile ».

« Non preoccuparti. Il mio papi è un gentiluomo. Senza contare che non ha nemmeno la forza per acciuffarti ».

« È così debole? ».

«Forse è perché mangia poco. Sto seguendo alla lettera i consigli del medico».
«Ma questo regime alimentare non lo debilita?».
«Sì, ma non c'è niente di cui preoccuparsi. Prende tutti gli integratori alimentari di cui ha bisogno. Forse è anche per questo che le sue guance stanno tornando piene».
Saeki guardò Isako. Erano vicinissimi.
«È strano però. Vuoi dire che si sta gonfiando?».
«Se si sta gonfiando significa che sta mettendo su peso».
«E la pancia?».
«Come posso saperlo?» disse Isako quasi canticchiando. «Non dormiamo insieme, né facciamo il bagno insieme».
«Ma...».
«Basta così» lo zittì lei. «Non devi preoccuparti di queste cose».
Saeki restò in silenzio.
«Piuttosto dimmi, quali sono le tue intenzioni con Ishii? Lo prenderai come tuttofare nel tuo studio legale?».
Saeki era ancora immerso nei propri pensieri quando Isako lo interruppe con la sua domanda. Rispose quasi distrattamente.
«Ci avevo pensato, ma in fondo non mi sembra una buona idea...».
«Già».
«Allo stesso tempo, mi preoccupo per te e preferirei tenerlo d'occhio per qualche tempo».
«Hai ragione. Non va lasciato a sé stesso».
«Insomma, sono un po' in difficoltà al momento. Potrei chiedere a qualche conoscente che abbia un'attività mercantile di assumerlo. Di questi tempi sono tutti a corto di personale e me ne sarebbero grati...».
Isako gli strinse la mano e Saeki smise di parlare e tese l'orecchio.
«Hai sentito?» domandò Isako a bassa voce.
Saeki non rispose.
«Era un suono, come un rimbombo. Per le scale. Non l'hai sentito?».

Saeki rimase in silenzio.

« Ehi. Non ti agitare adesso. Resta immobile ».

Nel buio, Saeki riusciva a sentire il battito del proprio cuore.

« *In data ...*

« Il signor Shiotsuki mi ha telefonato per dirmi che vuole ristrutturare la facciata di casa sua con l'idea di aprire un ristorantino. Uno di quelli che servono piatti ricercati, alla carta. Gli ho detto che approvavo la sua idea. Il signor Shiotsuki è un frequentatore abituale di questo tipo di attività, quindi ha una certa esperienza in fatto di cucina. Arrivato a questo punto, ha intenzione di mettere il suo gusto al servizio di un'attività commerciale.

« Certo, qualche dubbio in merito alla riuscita dell'impresa rimane. È vero che può cominciare con un investimento contenuto, però la casa di Shiotsuki è in periferia e mi chiedo come sarà accolta lì una cucina un po' sofisticata. Forse ci vorranno mesi, se non addirittura anni, perché riesca a costruirsi una reputazione. E chissà se resisterà fino ad allora. Un altro problema è che il signor Shiotsuki è ricco di famiglia e non credo che sia portato per il commercio. Quando ha annunciato l'apertura del locale alle donne che lo accompagnano nelle sue serate, quelle gli hanno fatto mille cerimonie, ma Shiotsuki ormai non è più una persona influente, e mi chiedo quanti si sentiranno in dovere di andare nel suo ristorante. Al contrario, magari alla gente la sua situazione farebbe pena, e il poveretto potrebbe ritrovarsi da solo.

« Mi ha contattata per via della mia passata esperienza nel settore, ma alla sua richiesta di un mio possibile coinvolgimento, ho declinato con un cordiale rifiuto ».

XIII

«*In data ...*

«Sui tetti si cominciano a vedere le carpe di stoffa che annunciano la festa dei bambini. Siccome non conosciamo bene i nostri vicini, mi ha sorpreso scoprire che qui attorno vivono dei bambini. Anche se mio marito ha rinunciato all'idea di avere altri figli, mi dispiacerebbe se dovesse assistere a certe scene. Per fortuna rimane spesso in casa.

«Negli ultimi tempi non si sente molto bene. Quando è tornato a casa dall'ospedale era in forma, ma da qualche giorno sembra giù di morale. Dice di essere stanco dopo quasi venti giorni di ospedale, una situazione a cui non era abituato, ma io lo vedo un po' scoraggiato. È diventato molto pigro e sembra avere difficoltà nei movimenti.

«In parte questo abbattimento potrebbe essere dovuto all'abbandono del lavoro. Anzi, credo che sia la causa principale. Ho sentito spesso dire che gli uomini si scoraggiano e si indeboliscono rapidamente, se in età avanzata non hanno un lavoro, e posso confermare che è così. Soprattutto nel caso di mio marito, che con le sue competenze tecniche ha contribuito al successo della S.

Optics e che aveva intenzione di dedicare il resto della sua vita all'azienda. A causa di un cambio di gestione ha dovuto dimettersi prima del previsto, e questo lo ha deluso. Se il vecchio presidente fosse rimasto al suo posto le cose non sarebbero andate così. Gli aveva assicurato un incarico dirigenziale a vita come riconoscimento per il suo contributo. È vergognoso che un'azienda leader del settore menta in questo modo. Mio marito non mi ha nemmeno detto quando è stato costretto a dimettersi, e ovviamente non si è lamentato. Persino a me la cosa ha dato fastidio, quindi posso immaginare quanto ne sia amareggiato lui, che però è così paziente. È una persona introversa, che tiene i suoi sentimenti per sé. Il che per il fisico costituisce un ulteriore peso. Ma lui non è uno di quegli uomini che si sentono meglio se possono sfogare il proprio risentimento.

«A ogni modo, la perdita del lavoro, che dal punto di vista emotivo lo aveva sempre sostenuto, e il trauma di due infarti lo hanno prostrato. Gli ho proposto di tornare in ospedale ma lui ha rifiutato. È stufo di ospedali. Ho provato a dirgli che lì si sarebbe potuto riposare, ma lui si è messo a fare i capricci rifiutandosi categoricamente di sottoporsi ai controlli. Allora gli ho proposto di chiamare il medico di quartiere perché lo visitasse a casa, ma lui ha risposto che quello lì non capisce niente, che lui non sente dolore e non ha niente che non vada, e che io devo lasciarlo in pace. Ha aggiunto di non avere alcuna intenzione di tornare in società, e che quindi non vede motivo di allenare il corpo. Non saprei dire se stesse facendo dell'autoironia o se parlasse con semplice rassegnazione. Ha detto che gli sarebbe bastato qualche medicinale a base di erbe.

«Non ha appetito perché non si muove. Siccome mangia poco, gli faccio preparare pasti nutrienti, ma lui posa subito le bacchette. Saki, la domestica, si preoccupa per il calo di peso e teme che a lungo andare possa soffrire di malnutrizione. Ma anche se gli preparo cibi nutrienti lui si ostina a non mangiare, non c'è modo di invogliarlo. Saki è convinta che “nutriente” significhi “grasso”, e su questo punto mi tocca essere molto severa con lei. Se non presto la dovuta attenzione, chissà cosa potrebbe servirgli in mia assenza. Saki non si rende conto di cosa sia un infarto del miocardio».

«*In data* ...

«Per la prima volta dopo tanto tempo ho ricevuto una telefonata dal signor Shiotsuki.

«Mi ha detto che il piccolo ristorante che ha aperto un mese fa non sembra attirare clienti e mi ha chiesto di portarci qualcuno che conosco. Gli ho spiegato che mio marito non è in condizioni tali per cui io possa uscire di casa e gli ho chiesto di aspettare un po’. Ho un debito di riconoscenza nei confronti del signor Shiotsuki, dovrò fargli visita almeno una volta, ma al momento non mi è possibile.

«Grazie anche all’influenza politica dello zio, ai tempi in cui era vicepresidente il signor Shiotsuki aveva un’ampia cerchia di amici e conoscenti, e mi chiedo perché queste persone adesso non gli facciano visita. Quando c’era lo zio lo trattavano bene, e conoscendo il signor Shiotsuki immagino che anche lui le aiutasse e rivolgesse loro molte attenzioni, ma dopo la morte dell’onorevole l’azienda alimentare lo ha estromesso dall’oggi al domani. E adesso anche le persone che gli bazzicavano intorno, quelle che avevano cercato di farsi amico lo zio attraverso il nipote, si sono dileguate. E così anche le proprietarie dei caffè e le geishe, che il signor Shiotsuki ha aiutato quando le cose gli andavano bene, adesso si tengono alla larga dal suo ristorante: c’era da aspettarselo da donne di quel tipo, ma resta il fatto che non hanno dato prova di grande affetto. O magari ci sono andate una volta, e per loro è finita lì, mentre il signor Shiotsuki si aspetta che gli portino i loro clienti migliori, o almeno che glieli presentino.

«Ma al di là di tutto, per quanto raffinato possa essere

il gusto del signor Shiotsuki, per i clienti un ristorante rimane uno sfizio. I cuochi ne lodavano le competenze quando era un frequentatore abituale delle loro cucine, ma forse fra sé lo deridevano. È un peccato che il signor Shiotsuki li abbia presi sul serio, finendo per aprire, fiducioso, quel suo ristorantino. Il locale si trova in mezzo al nulla, quindi ovviamente non potrà avere successo.

« Cosa strana, il signor Shiotsuki dispone di poco denaro. Pensava che lo zio sarebbe vissuto per sempre e sperperava tutti i soldi che gli arrivavano. Abusava anche delle spese di rappresentanza dell'azienda, cosa che poteva indisporre gli altri vertici. Il suo licenziamento è arrivato subito dopo la morte dell'onorevole, quasi non aspettassero altro.

« Al telefono mi è sembrato triste. Una persona così dinamica con una voce così flebile... Mi dispiace per lui, ma non posso farci nulla.

« Nel pomeriggio, Saki mi ha detto che la stenografa Miyahara Motoko è venuta a trovare mio marito mentre ero via. Si è trattenuta per circa mezz'ora. Mio marito ha rinunciato alla sua autobiografia e quindi non ha più bisogno di lei. Saki mi ha riferito che la signorina Miyahara è passata perché aveva un impegno nei paraggi, e che ha trovato Nobuhiro molto dimagrito. Immagino che sarebbe rimasta meno sorpresa se avesse frequentato casa nostra quotidianamente. Mio marito deve riprendersi, e nel minor tempo possibile ».

« *In data ...*

« Ultimamente esco di casa un pomeriggio su tre. Mi dispiace per mio marito, ma serve anche a organizzare la nostra vita futura. Lui ormai non lavora più, e per vivere non possiamo certo metterci a vendere i nostri averi. Mio marito, come al solito, non lo dice a voce alta, ma io so che è preoccupato per il nostro tenore di vita. Mi sento molto in pena per lui.

« L'avvocato Saeki mi ha fatto una proposta interessante. Ha esordito parlandomi di una locanda in stile tradizionale che è stata messa in vendita ad Atami. Pare che il proprietario abbia costruito anche un hotel in riva al mare, ma gli affari vanno male e quindi vorrebbe vendere la locanda. Chiede una cifra ridicola, e solo pochissime persone ne sono a conoscenza, perché se questa notizia si diffondesse fra i suoi soci ad Atami la sua reputazione e credibilità ne risulterebbero compromesse. Secondo l'avvocato, io non potrei certo gestire un hotel, mentre una piccola locanda tradizionale è proprio ciò che fa al caso mio.

«Gli ho chiesto il prezzo, e lui mi ha risposto che il proprietario vuole duecentoventi milioni di yen, al che gli ho detto che è oltre le mie possibilità. Il signor Saeki allora si è offerto di pagare la metà, dal momento che sarebbe piaciuto anche a lui comprare la locanda, ma non aveva tutti quei soldi. Dice che è un peccato lasciarla a qualcun altro. Ne ha parlato al fratello medico, che si è detto disposto a contribuire, così mi ha proposto un investimento congiunto: metà lui insieme al fratello e l'altra metà io. Date le circostanze della vendita, è certo che la controparte abbasserà il prezzo, così il signor Saeki mi ha prospettato un investimento di cento milioni. Non ho dieci milioni, figurarsi cento. Fin dall'inizio ho pensato che fosse una proposta fantasiosa e non ho dato retta alle parole del signor Saeki, anche se lui insisteva nel dire che si tratta di un'opportunità perfetta per me. Avrei potuto aprire una locanda di cucina tradizionale giapponese con un carattere nuovo, riuscendo ad attirare un buon numero di clienti che non apprezzano lo stile insipido degli alberghi moderni. Il fratello mi avrebbe presentato i suoi amici medici e i pazienti più danarosi, lui mi avrebbe mandato i suoi clienti, molti dei quali sono dirigenti d'azienda. Ha cercato di convincermi che si sarebbe rivelata un'attività redditizia.

«Alla fine le sue parole sono riuscite a convincermi. Forse potrebbe rivelarsi un affare migliore rispetto all'apertura di un ristorantino qui a Shibuya. Per quello dovrei aspettare la morte di mio marito, dunque c'è ancora tempo. La nostra attuale abitazione dovrà essere demolita, il terreno livellato e bisognerà costruire un nuovo edificio: un'impresa non da poco. Servirà anche un giardino, come si conviene ai ristoranti di cucina tradizionale vegetariana. Inoltre, comprare le stoviglie e tutto il necessario richiederebbe un notevole investimento. Se invece acquistassi la locanda già pronta ad Atami, dovrei solo occuparmi dei locali, arredarli con mobili e oggetti nuovi. Un altro aspetto da considerare è quello della clientela. Non sono sicura di riuscire ad attirare subito i clienti in un nuovo ristorante. La recente telefonata del signor Shiotsuki mi ha procurato ulteriori motivi di ansia. Invece, se acquistassi la locanda di Atami, avrei come cofinanziatore il signor Saeki, che si impegnerebbe a portarmi i clienti. Lo stesso vale per il fratello direttore d'ospedale. Più il paziente è ricco e più tende a fidarsi delle parole del medico, anche nel tentativo di ingraziarselo, soprattutto quando lo considera un luminare.

« Da questo punto di vista, medici e avvocati si assomigliano. Da sempre gli avvocati curano gli interessi delle classi più abbienti. Proprio come i medici hanno i loro seguaci, gli avvocati hanno i loro ammiratori. Basta un invito dell'avvocato, ed ecco arrivare nuovi clienti. E se fra questi vi è un presidente, si porterà dietro il resto dell'azienda e l'intera rete dei suoi contatti. Ci sono molti uomini che si divertono a spese dell'azienda. Sarebbe come farsi una clientela fissa prima di aprire i battenti. Il progetto del ristorante in proprio avrebbe molti punti oscuri, mentre questa è un'opportunità meno rischiosa. Dopo molte esitazioni, ho deciso di seguire il consiglio del signor Saeki ».

« *In data ...*

« Nelle ultime due settimane sono andata tre o quattro volte ad Atami insieme al signor Saeki per vedere la

Locanda Kurenai, e ho anche conosciuto il proprietario. Il posto mi piace, come pure gli spazi e il giardino. Vederla di persona mi ha dato fiducia. E ho avuto l'impressione di potercela fare. È sorprendente come, arrivata a questo punto, mi sia venuta voglia di comprare la locanda, a ogni costo.

«Il proprietario dice che ci sono altre cinque o sei persone interessate. E non sembra dirlo soltanto per ottenere un accordo migliore. Non mi meraviglia che una casa del genere faccia gola anche ad altri. Se la mettesse in vendita sul mercato, il numero dei potenziali acquirenti crescerebbe ancora. Il proprietario mi ha guardato e ha detto che una persona come me avrebbe certamente avuto successo con quella locanda. Sono perfettamente in grado di capire se una persona mi sta adulando o meno. Lui ha aggiunto che per le donne che stanno in quest'ambiente è necessario essere dotate di un fascino sensuale.

«Ho gradito i suoi complimenti, ma il problema è il denaro. Come ha previsto il signor Saeki, il proprietario ha detto di essere disposto a chiudere l'affare per duecento milioni. E a giudicare dal suo urgente bisogno di soldi, non escludo che sia disposto a scendere ancora di una decina di milioni. Se la casa in cui vivo fosse intestata a me, la ipotecherei e forse potrei racimolare la somma necessaria».

«*In data ...*

«Il signor Saeki mi ha suggerito di ipotecare il terreno su cui sorge la casa e prendere in prestito dalla banca i cento milioni di yen che dovrò pagare. Se potessi, lo farei senza pensarci due volte, ma il terreno è intestato a mio marito e non è detto che lui sia d'accordo. In verità ho già accennato un paio di volte all'argomento, e lui si è mostrato irremovibile.

«Ha detto che una volta morto la casa sarà mia e potrò farne ciò che voglio, ma finché è in vita lui non acconsentirà. A quanto pare mio marito tiene molto a questa casa. Ha aggiunto che comprare una locanda ad Atami è un'iniziativa rischiosa. Se gli affari andassero bene, il proprietario non avrebbe motivo di cederla. Ho tentato di spiegargli la situazione, ma lui non ha voluto sentire ragioni.

«Per via della sua formazione da ingegnere, mio marito non sa come va il mondo ed è duro e inflessibile come il marmo. Le sue parole: mi sto facendo ingannare da una storia ben raccontata. Devo considerare questa casa come la mia stessa vita. Che esistenza condurrò, se la perdo? Ho dichiarato di non volermi risposare, quindi l'unica cosa su cui posso contare è questo terreno. Finché i suoi occhi saranno aperti, non la ipotecherà mai, perché ipotecarla equivale a essere pronti a disfarsene.

«Gli ho assicurato che non avrei mai permesso che andasse a finire così, che l'affare sarebbe stato un successo, ma non mi stava nemmeno a sentire. Poi ha detto che gli investimenti congiunti danno sempre delle grane. Se gli affari vanno bene, una delle parti cercherà di monopolizzare i ricavi e questo porterà a continui litigi. Se si perdono soldi, allora ci si ritrova nei guai e c'è sempre qualcuno che cerca di scappare costringendo i soci a farsi carico dei debiti. All'inizio si va d'amore e d'accordo, alla fine si diventa nemici. La scelta più saggia è mantenersi alla larga da certi rischi...

«Quando ho riferito al signor Saeki la reazione di mio marito, ha riconosciuto anche lui che è improbabile che io possa ottenere il suo consenso, quindi dovremo ricorrere a un espediente. E cioè: parlare con il direttore di una banca di cui lui è consulente legale e chiedergli di prestarmi cento milioni di yen.

«Saeki mi ha spiegato l'"espediente" di cui parlava: "Il terreno di Shibuya sarebbe ugualmente ipotecato, ma sotto un altro nome, il che è contro le regole. Non dimentichi però che il testamento di suo marito è sotto la mia custodia. Nonostante sia sigillato, ne conosco il contenuto perché ero presente quando lo ha scritto. Dice che sua moglie erediterà il terreno e la casa di Shibuya, oltre a tutti i suoi titoli azionari. Farei in modo che il direttore della banca si fidi di me e che le presti i cento milioni, con l'accordo che la banca ottiene il diritto morale a procedere, anche se la legge non consente di ipotecare effettivamente il terreno e la casa".

«Dubitavo che una cosa del genere fosse possibile e mi sono chiesta se una banca, nota per la rigidità delle sue regole, fosse davvero disposta a prestarmi cento milioni "ritenendo di non poter ipotecare legalmente la proprietà", ma di avere comunque "il diritto morale" di farlo.

«Saeki si è messo a ridere e mi ha detto che le banche hanno molti clienti, per cui riescono a prestare fino a due o tre miliardi di yen senza garanzie, e che in definitiva le decisioni spettano solo al direttore e agli altri dirigenti. Il signor Saeki è in contatto con il presidente della banca in quanto suo consulente legale, e gode della sua fiducia. Ha aggiunto, pregandomi di mantenere il riserbo, che due anni fa ha aiutato il direttore a risolvere alcuni problemi sorti a causa di una sua relazione extraconiugale, faccende assai complicate, che sono state appianate senza venir scoperte da nessuno, né dalle famiglie né dall'opinione pubblica. Il direttore da allora gli è estremamente grato.

«Il mondo è pieno di segreti come questo. Se qualcuno prova a chiedere un prestito di dieci milioni, il personale della banca verificherà più e più volte le sue garanzie, e se supererà questa fase toccherà alla sede centrale approvare l'operazione. Per questo mi sembrava fantasioso che il semplice "espediente" del signor Saeki potesse convincerli a prestarmi addirittura cento milioni».

«*In data ...*

«Il signor Saeki mi ha informato che la banca è disposta a prestarmi i cento milioni. Abbiamo incontrato il direttore nel suo ufficio. È un uomo anziano con i capelli bianchi, solo le sue sopracciglia sono scure e folte. Mi ha detto molto semplicemente che si fidava del signor Saeki e che avrebbe accettato la mia istanza. Pensavo di dover affrontare problemi complicati, invece è stato così semplice che per un attimo sono rimasta interdetta.

« Poi abbiamo parlato del più e del meno. Il direttore mi ha augurato di avere successo. Pare che il signor Saeki lo abbia messo al corrente di tutta la situazione. In seguito è stato chiamato il capo dell'ufficio preposto ai prestiti perché potessimo discutere di alcune questioni amministrative. Ho chiesto al signor Saeki di occuparsi delle trattative. Mi hanno detto che ci sarebbero voluti due o tre giorni per espletare le pratiche.

« Quando sono tornata a casa, Saki mi ha riferito che oggi mio marito non si sentiva bene. Senza nemmeno cambiarmi, sono entrata nella sua stanza e l'ho trovato sdraiato con gli occhi chiusi. Il suo viso era pallido e immobile, come il resto del corpo. L'ho osservato dall'alto per qualche istante. Temevo che avesse smesso di respirare. Ma poi, forse perché aveva percepito la mia presenza, ha socchiuso gli occhi e mi ha guardato. Non in volto, ma all'altezza delle gambe.

« Sollevata, gli ho chiesto come stava, ma lui si è limitato a chiedermi con voce flebile se fossi appena rientrata. Gli ho domandato se si sentisse male e lui mi ha risposto, in un sussurro, che era solo stanco. Poi ha richiuso gli occhi e si è assopito di nuovo. Oggi sembrava ancora più giù di morale del solito.

« Non sapevo proprio come introdurre il discorso del prestito bancario. Visto quanto è irremovibile, se sapesse che gli ho disobbedito rischierebbe di agitarsi molto. Guardando il suo viso addormentato, mi è sembrato un vecchio con davanti a sé una vita breve. Le guance scavate formavano ombre scure sul suo viso. La bava gli colava ai lati della bocca. Forse erano i segnali di un'imminente morte naturale, più che di una malattia.

«Sono andata in camera mia per cambiarmi e Saki mi ha portato una tazza di tè, così mi sono informata sulle condizioni di mio marito durante la mia assenza. Saki mi è parsa agitata, perciò le ho chiesto se avessimo ricevuto qualche visita mentre ero fuori, e lei, visibilmente imbarazzata, mi ha risposto che erano venute la signora Toyoko e la signorina Taeko.

«Allora le ho domandato per quanto tempo si fossero trattenute: mi ha risposto che, come ha detto la signora Toyoko, si trovavano nei paraggi e avevano pensato di passare a salutare il signore; sono rimaste sulla soglia, senza entrare, a parlare con lui per una ventina di minuti. Ho rimproverato Saki dicendole che avrebbe dovuto riferirmelo subito. Probabilmente non lo ha fatto perché sa che io e le due figlie non siamo in buoni rapporti; ho insistito perché capisse che dovrà agire diversamente in futuro.

«Sostenevano di essere nei paraggi, ma dato che sono venute insieme, non ho dubbi che la signorina Taeko abbia invitato la signora Toyoko a unirsi a lei. Avrei preferito che non venissero quando ero fuori. Faccio ciò che posso per conoscerle meglio, ma la signorina Taeko in particolare mi respinge, mi tiene alla larga. Così anche la signora Toyoko diventa fredda nei miei confronti. Lei è davvero una brava persona. Penso sempre che, senza un legame di sangue, il nostro rapporto non possa che essere triste».

A quel punto Isako si chiese quale fosse il vero motivo della visita delle due sorelle. Erano come due ladre che approfittano dell'assenza del padrone di casa. Di sicuro dietro quella visita c'era l'astuto zampino di Taeko. Saki le aveva detto che erano rimaste sulla soglia a parlare per una ventina di minuti, ma era andata davvero così? Magari erano entrate e avevano parlato con il padre per più di un'ora. Si domandò se fosse possibile che Nobuhiro avesse istruito Saki su cosa dirle.

Forse le sorelle erano venute per indagare sul testamento. Di tanto in tanto comparivano in ospedale, e di certo lei non poteva impedire che facessero visita al padre: questo era uno dei motivi per cui aveva accelerato le dimissioni di Nobuhiro. Isako credeva che per loro fosse più difficile presentarsi a casa, e invece avevano solo dovuto attendere il momento buono.

Del resto era inevitabile che non riuscisse a presidiare la casa, considerate le sue frequenti assenze. Assenze i cui motivi non poteva certo rivelare a Nobuhiro. Ogni volta che lei e Saeki andavano ad Atami per vedere la locanda, pur non potendo fermarsi per la notte, passavano insieme circa quattro ore in un albergo, fino all'ultimo treno veloce. Erano per lei ore irrinunciabili, che la costringevano ad allentare la vigilanza su Nobuhiro: le due cose si escludevano a vicenda.

Al ritorno dall'incontro con il direttore della banca, lei e Saeki trascorsero tre ore nel solito albergo. Quando la sera rincasò, Nobuhiro era sdraiato sul *futon*. Sembrava morto. Isako si chiese se respirasse ancora: lo osservò dall'alto, trattenendo il respiro, ma alla fine gli occhi di Nobuhiro si aprirono leggermente. Poiché Isako era in piedi, lo sguardo del marito si fermò alle sue ginocchia. I suoi occhi socchiusi sembravano cercare tracce di un altro uomo sulla pelle sotto le calze. Era nauseata e inorridita. Lui le chiese se fosse appena rientrata, ma a lei sembrò che le chiedesse se, prima di rientrare, avesse concluso.

Da qualche tempo Saeki non la raggiungeva più al primo piano sul retro della casa. Aveva iniziato ad avere paura di Nobuhiro, credeva che questi avesse percepito la sua presenza. Una sensazione che Isako condivideva. Non si trattava solo dell'immaginazione di Saeki, c'erano stati dei rumori sulle scale. E anche se non ci fossero stati, Isako percepiva che i loro sospiri e gemiti erano udibili nel buio. Saeki rabbrividiva come un ragazzino ingenuo. Lei avrebbe preferito che il marito li cogliesse sul fatto. Nulla avrebbe potuto sortire un effetto migliore su un malato di cuore. Cercò di convincere anche Saeki, che si mostrava riluttante.

Un altro buon effetto era quello che la dieta ferrea stava avendo sul malato. La dieta ideale consisteva nell'evitare il gonfiore di stomaco, i cibi grassi e le sostanze eccitanti. Ma giustificava anche i sintomi più evidenti di malnutrizione.

La preoccupava però il fatto che le sue uscite frequenti potessero indurre Nobuhiro a sottrarsi alla sua condizione di « affamato ». Per questo motivo, prima di uscire faceva acquistare gli ingredienti per i pasti del marito, e sul contenitore del riso aveva fatto dei segni impercettibili, in modo tale da accorgersi se ne veniva consumato più della porzione stabilita. Solitamente funzionava, ma se Nobuhiro chiedeva a Saki di comprargli in segreto *sushi* o *onigiri* al mercato, c'era ben poco che Isako potesse fare. Pareva evidente che Saki reggesse il gioco al marito. Sarebbe stato meglio evitare di uscire, ma ora che Saeki aveva smesso di venire lì era costretta a incontrarlo fuori casa. E intanto meditava di licenziare Saki non appena avesse trovato una valida sostituta.

Ma cosa poteva aver causato la debolezza di Nobuhiro, quella sera? Non sembrava fingere per nasconderle l'incontro con le figlie. Sembrava piuttosto che qualcosa lo avesse turbato fino ad annichilirlo. Forse era rimasto scioccato dai racconti delle figlie? Forse lei e Saeki erano diventati oggetto di pettegolezzi giunti al loro orecchio... In effetti era strano che nessuno avesse mai notato lei e Saeki in macchina insieme, che facevano avanti e indietro da Atami. O forse avevano sentito dire che si preparavano ad aprire una locanda. Non poteva escludere che in giro se ne parlasse. In ogni caso, non le importava. Entrambe le notizie avrebbero sortito il loro effetto sul cuore di Nobuhiro.

XIV

« *In data ...*

« Ho incontrato il signor Saeki per parlare della Locanda Kurenai. Alla fine abbiamo fatto in modo che il venditore scendesse a centonovanta milioni, abbiamo pagato e abbiamo proceduto al cambio di intestazione per il terreno e l'edificio. Abbiamo scelto di mantenere il nome Locanda Kurenai ed è stata costituita una società, la Locanda Kurenai S.p.A., con Sawada Isako come amministratrice delegata e Saeki Yoshio come consigliere delegato. Il Consiglio di amministrazione comprende solo altre tre persone: il dottor Saeki, sua moglie e mia sorella Yoneko. Quest'ultima ha per marito un impiegato squattrinato, quindi ci ha messo solo il nome.

« Che il dottore faccia parte del Consiglio di amministrazione è comprensibile, mentre potrebbe apparire strano che fra i membri figuri anche sua moglie. Tuttavia abbiamo pensato che fosse una scelta preferibile rispetto alla moglie dell'avvocato, perché la mia partecipazione all'investimento avrebbe potuto causare qualche malinteso; perciò per qualche tempo non verrà coinvolta. Stando a quanto dice Saeki, la signora ha un temperamento molto geloso e lui vuole evitare che la cosa ci procuri dei fastidi.

« Siamo riusciti a comprare la proprietà per centonovanta milioni, ma abbiamo capito ben presto che il rinnovo degli interni ci sarebbe costato più del previsto. Non l'avevamo ispezionata con la dovuta cura. C'è una gran differenza tra un edificio con delle persone dentro e uno vuoto. Quando è abitato, le cose sono disposte seguendo un ordine, e l'occhio viene ingannato. Tutte le decorazioni sono al loro posto. Una volta rimosse, emergono i difetti. C'è molta sporcizia, inoltre la costruzione è così vecchia che alcuni travetti sotto il pavimento sono marci e rosicchiati dalle termiti.

« Ho segnalato subito che è necessario procedere a una ristrutturazione. Rispetto ai nuovi impianti a disposizione di tutti gli altri alberghi, quelli della locanda sono vecchi. Anche il numero di stanze è limitato ma, con una buona progettazione, si potrà aumentarle senza sacrificare troppo spazio. Vorrei rinnovare radicalmente l'ingresso e altre parti comuni. Avevamo già pensato a un rinnovo parziale degli interni, ma i lavori si prospettano più impegnativi del previsto.

« Secondo le stime del signor Saeki, se facessimo esattamente quello che chiedo io, il costo si aggirerebbe intorno ai sessanta o settanta milioni di yen, ma anche se riducessimo i rinnovi al minimo dovremmo comunque spendere trenta o quaranta milioni. Ora come ora io non so come fare per procurarmi tutto quel denaro.

« Saeki ha detto che potremmo limitarci a intervenire sui punti più malandati, ma non sono d'accordo. Se dev'essere una nuova gestione, esigo che sia proprio come piace a me. Vorrei rivolgermi all'architetto Y., famoso per i suoi progetti in stile tradizionale. E mi piacerebbe aggiungervi un mio tocco personale, prendendo spunto da antichi templi e case private di Kyoto e Nara. Ma il signor Saeki ha detto che ci vorrebbero almeno altri cento milioni, e io ci sono rimasta male ».

« *In data* ...

« Chiederemo alla banca un nuovo prestito di ottanta milioni di yen. Il signor Saeki ha parlato con il direttore. Cinquanta saranno a nome mio e trenta a nome suo. Sono spaventata.

« Quando ho chiesto all'architetto e al costruttore una stima dei costi, mi hanno risposto che un rinnovo, anche parziale, avrebbe richiesto almeno cinquanta milioni. Prima di tutto, i bagni devono essere completamente rifatti. Quelli attuali sono molto antiquati. E gli interni sono poco illuminati. Anche il giardino deve essere rimesso a nuovo, se vogliamo che trasmetta un senso di eleganza tradizionale così come la si intende oggi. L'attuale giardino ricorda quello di un tempio di campagna. Dopo aver verificato che mi servono davvero cinquanta milioni, trenta in più rispetto al budget e ai primi fondi stanziati, alla fine ho deciso di portare avanti il progetto.

Poiché non ho contanti a disposizione, in pratica ho dovuto aggiungere un'altra ipoteca sul terreno di Shibuya. Ma dal momento che non sono ancora io l'intestataria, il signor Saeki ha chiesto al direttore della banca di sostituire il testamento con una dichiarazione di fiducia. Il direttore ha risposto che normalmente non avrebbe accettato, ma che si fidava di lui e della signora (cioè di me), e che ci avrebbe accordato il prestito. Con questo il mio debito presso la banca è arrivato a centocinquanta milioni di yen, e anche se un giorno riuscirò a vendere il terreno di Shibuya al suo valore di mercato, non mi rimarrà molto. Penso di essermi spinta un po' troppo in là con questo affare della locanda ad Atami, ma ormai non si può più tornare indietro. Ogni volta che ne parlo con il signor Saeki mi infervoro e sprono anche lui ad andare avanti. Misteri dell'animo umano. Lui mi dice, chissà se per lodarmi o per prendermi in giro, che ho fegato, cosa insolita per una donna; tuttavia quando mi ritrovo da sola mi sento così insicura che mi viene da piangere. Posso solo sperare che la Locanda Kurenai abbia un florido futuro davanti a sé».

«*In data* ...

«Il signor Saeki è impegnato a scrivere un articolo per una rivista di diritto. È molto preso e al momento sembra essersi dimenticato della Locanda Kurenai, che attualmente è in corso di ristrutturazione. Un giovane che Saeki ha difeso è stato recentemente scagionato, e il caso è diventato l'argomento del giorno negli ambienti legali. Anche sul giornale si dice che era stato accusato di omicidio e poi assolto per insufficienza di prove. Non mi sorprende che il signor Saeki sia così entusiasta di pubblicare il suo articolo, ma io sono un po' in ansia. Mi chiedo se ad Atami stia andando tutto per il verso giusto».

Isako non era in ansia solo per Atami. La preoccupava piuttosto Ishii Kanji, che era stato assolto e aveva lasciato il carcere. Al momento faceva dei lavoretti per lo studio legale di Saeki. Un'idea di cui quest'ultimo l'aveva messa al corrente già da un po'.

«Che fa Ishii?».

«Nulla di particolare. Lavora con impegno».

Saeki stava fumando una sigaretta. Dal mento agli zigomi il suo viso era cosparso dei peli ispidi della barba che ricresceva nonostante le frequenti rasature. La pelle aveva un colorito bluastro, e Isako istintivamente pensò al personaggio di Barbablù. Era sdraiato sul letto a pancia in giù e aveva appoggiato sul cuscino il posacenere con il logo dell'albergo.

«Fa' in modo che non si avvicini a me».

Isako era sdraiata supina accanto a lui.

«Puoi stare tranquilla. Gliel'ho vietato in maniera categorica».

«Non devi permetterglielo».

« Non si avvicinerà ».
« Come puoi esserne sicuro? ».
« Quel tizio mi deve la vita. Dice che non avrebbe mai pensato di poter essere scagionato. Si dava già per spacciato, sarebbe disposto a buttarsi nel fuoco per me ».
« Tipici discorsi da delinquenti. Sai meglio di me che non ci si può fidare di chi parla così ».
« Ti dico che è serio. Lo si capisce dalla sua espressione e dall'atteggiamento. Sarà pure un delinquente, ma non è che un teppistello. Non è così sfacciato né furbo, crede in un qualche principio di umanità, forse in una sorta di senso dell'onore, o qualcosa del genere. Ha tagliato i ponti con quella gentaglia di Ōmura e Hamaguchi. In parte perché l'ho costretto io ».
« Ti ha detto qualcosa di me? ».
« Quando l'ho preso con me dopo la scarcerazione, gli ho dato un avvertimento severo su di te. Da allora non mi ha mai detto una parola ».
« Mi inquieta. Non credo che si sia completamente dimenticato di me ».
« Lo tengo d'occhio io ».
« E cosa farai? Lo terrai per sempre con te in ufficio? ».
« No, vorrei farlo assumere come operaio in un'azienda siderurgica dello Hokkaidō. Visto che è stato prosciolto, non verrà considerato come un ex criminale, e penso che la cosa andrà in porto. Se otterrà quel lavoro, andrà in Hokkaidō. Poi si troverà una donna del posto e non penserà più a te ».
« Credi che abbia intuito che cosa c'è tra noi? ».
« Certo che no ».
« Fa' attenzione. Se dovesse accorgersene potrebbe anche cambiare idea ».
« È per questo che voglio spedirlo in Hokkaidō il prima possibile ».
« Ho l'impressione che per soddisfare la tua ambizione adesso ci ritroviamo su un ponte pericolante ».
« La mia ambizione? ».
« Non è così? Hai usato Ishii per guadagnare presti-

gio, ecco perché ti sei impegnato così tanto per la sua assoluzione. Non contento, ti sei messo a scrivere sul caso per una rivista specializzata. Ho ascoltato con attenzione le argomentazioni a difesa di Ishii. Soprattutto quando sostenevi che il medico dell'autopsia non aveva considerato i frammenti di sonnifero».

«Ha funzionato, no?».

Saeki storse la bocca per espirare il fumo, che si disperse nella luce fioca della lampada vicino al cuscino.

«Mi sento anch'io una vittima della tua ambizione».

«Non dire così. Sto solo cercando di tenerti al sicuro. Ascolta, mettiamo che Ishii fosse stato giudicato colpevole. Sarebbe stato impossibile provare che l'avesse picchiata a morte, quindi probabilmente sarebbe stato accusato di omicidio preterintenzionale. Il giudice non avrebbe potuto ignorare il fatto che Noriko aveva assunto una dose potenzialmente letale di sonniferi, quindi non si sarebbe spinto fino a emettere una condanna per omicidio volontario. Per non rischiare, l'avrebbe considerato un omicidio preterintenzionale. È semplice buon senso. A quel punto, Ishii sarebbe potuto uscire in meno di due anni, anche se la sentenza fosse stata di tre. Quelli che escono in meno di due anni sono i più pericolosi. Mentre sono dentro non fanno altro che pensare alle loro donne. Con una condanna a lungo termine invece ci rinunciano, ma non succede se la reclusione è di breve o media durata. Continuano a pensare alle loro donne, a cosa faranno loro una volta rilasciati».

«Cerchi di impressionarmi?» disse Isako. Aveva uno sguardo atterrito.

«No, è la verità. Statisticamente è così. I giovani uomini non dimenticano mai colei che per prima gli ha fatto conoscere l'essenza della lussuria».

«Oh, ma Ishii aveva una vita piuttosto disordinata, in fatto di donne. All'epoca dei fatti viveva con Noriko».

«Le sue donne erano tutte giovani. Sei stata tu la prima a introdurlo all'essenza della lussuria. È stato lui stesso a dirmelo».

« Mente. Parla a sproposito ».

« Neanche a me ha fatto piacere sentirglielo dire. Ma sapevo che saresti stata in pericolo se avessi lasciato che ricevesse una condanna breve, così ho cercato di conquistarmi le sue simpatie con un'assoluzione, tenendolo lontano da te per sempre. Non nego di essere stato spinto dall'ambizione. Ma ho pensato anche alla tua sicurezza ».

Isako chiuse gli occhi senza rispondere, poi li riaprì spostando lo sguardo sul profilo di Saeki.

« Mi sento ingannata. Del resto sei pur sempre un avvocato ».

« Non è così. L'ho fatto davvero per la tua sicurezza. E mi ha dato il voltastomaco vedere Ishii, con gli occhi socchiusi, dichiarare che aveva imparato tutto dalla signora ».

« È solo una bugia ».

« Non è una bugia. Ishii dice la verità ».

Saeki schiacciò il mozzicone di sigaretta nel posacenere e si girò come d'istinto appoggiando una mano sul petto di Isako.

« Attento, farai cadere il posacenere. Se finisce sul letto la cenere si spargerà dappertutto » disse Isako ritraendosi. Saeki prese con riluttanza il posacenere e andò a posarlo sul tavolo.

« Fermati! » disse Isako voltandosi di spalle, una volta che Saeki fu di nuovo a letto.

Lui cercò di prenderla per le spalle, ma Isako inarcò la schiena. Allora cercò di infilarle una gamba tra i polpacci, ma lei lo bloccò e ripeté: « No, fermati! ».

Solo a questo punto Saeki notò che Isako, girata dall'altra parte, stava armeggiando con qualcosa all'altezza del petto.

« Che cosa stai facendo? ».

« Una cosa buona » rispose Isako ridacchiando, senza voltarsi.

« Che cosa? ».

Saeki si puntellò con il gomito e cercò di sbirciare oltre il fianco di Isako. Il letto era sfatto e dalle coperte emanava il calore dei loro corpi.

«Non essere così impaziente. Ho fatto».

Isako gli porse una piccola scatola metallica. Saeki sgranò gli occhi quando vide un lungo cavo aggrovigliato alla scatola e un piccolo microfono attaccato alla sua estremità.

Isako appoggiò il piccolo registratore su una mensola incassata accanto al letto, tese il cavo e mise il microfono, delle dimensioni di una scatola di fiammiferi, sotto il cuscino.

«Con questo registreremo le nostre voci» disse Isako mentre cercava di fermare con la mano il microfono, che stava scivolando sul letto morbido.

«Ma è una cosa di pessimo gusto».

«E perché mai? È solo una conversazione tra due persone. Non l'ascolterà nessun altro».

«Vuoi dire che noi la riascolteremo?».

«Sì. Quando capita, la ascolteremo. È ridicolo quanto ti sia ingelosito e infervorato nell'ascoltare quello che ti ha raccontato Ishii. Sarebbe molto più eccitante riascoltare i nostri sussurri, gemiti e sospiri registrati mentre facciamo l'amore, non ti pare?».

«Sono senza parole. Ma come può un registratore piccolo come quello registrare voci così basse?».

Saeki sembrava improvvisamente interessato.

«Gli ultimi modelli sono molto sensibili. A quanto sembra, basta alzare il volume».

«Nessuno alzerebbe così tanto il volume».

«Infatti, lo ascolteremo da soli a volume basso, come una dolce serenata. Su, spegni le luci. Io intanto avvio la registrazione».

«Ecco... Io lo trovo un po' imbarazzante».

«Ma che dici, uno come te che si imbarazza. Non lo faremo mica sentire ad altri, ce lo terremo per noi, per godercelo in futuro. Non ti sembra una buona idea? L'ho comprato l'altro giorno, e prima di venire qui l'ho infilato nella borsa. Anche per me è la prima volta, non credere che non sia nervosa».

Isako afferò Saeki per un braccio, e il microfono rotolò tra le pieghe delle lenzuola.

«Non è molto stabile».

«Tranquillo. Anche se si sposta, registrerà comunque le nostre voci. Su, spegni le luci».

Prima che nella stanza fosse buio, Isako controllò la posizione del microfono.

Erano circa le quattro, il sole non era ancora sorto.

Nobuhiro si svegliava sempre verso le tre e mezzo. A volte restava sdraiato a pancia in giù a fumare una sigaretta, altre volte se ne stava immobile a fissare il soffitto scuro. In quei momenti, forse, ripensava al passato. Poi si alzava e andava in bagno. Percorreva a passi lenti il corridoio. Qualche volta dal bagno ritornava a letto ma senza riuscire a riaddormentarsi. Allora accendeva la luce e rileggeva l'edizione mattutina o serale del quotidiano del giorno precedente. Poi verso le sei si riaddormentava e dormiva fino alle nove circa. Queste erano le sue abitudini.

Tornando dal bagno, sbirciava di nascosto nella stanza della moglie: anche questo adesso faceva parte delle sue abitudini. Fino a circa tre mesi prima, era solito trascinarsi in cima alle scale del piano superiore, ma ora non lo faceva più. Questo perché Isako era sempre nella sua stanza a dormire.

Quella mattina però le cose andarono diversamente. Nobuhiro, di ritorno dal bagno, si fermò nel corridoio. Rimase ad ascoltare attentamente. L'aria pesante della notte ristagnava nella casa. C'era silenzio, un'immobilità totale, e Nobuhiro udì qualcosa.

Cominciò a respirare con affanno. Era passato molto tempo dall'ultima volta. Percorse il corridoio e raggiunse la stanza della moglie. All'interno era buio, ma la porta scorrevole era semiaperta. Sua moglie non c'era.

Nobuhiro si diresse verso le scale. Dovette arrivare in fondo al corridoio e girare l'angolo, e poi girare ancora. Una lampadina elettrica illuminava il percorso. Procedeva passo dopo passo, come se seguisse un tragitto abituale.

Quando arrivò in fondo alle scale, le voci divennero più chiare. Il suono era più forte quando si sovrapponevano e ridevano. Nobuhiro deglutì ripetutamente e si fermò a riposare, nel tentativo di rallentare il battito del cuore. Le gambe magre gli tremavano. Sentiva distintamente i rumori di un uomo e di una donna. Non poteva definirli propriamente voci. Le voci c'erano, ma sembravano produrre degli schiocchi di lingua.

Nobuhiro salì le scale. Un gradino dopo l'altro, aggrappandosi e procedendo carponi. Il suo corpo debole si riempì di energia. Ogni tanto si portava una mano davanti al viso, come per scacciare l'affanno. Finalmente arrivò in cima alle scale ed entrò nella stanza. Era buio. La stanza era inutilizzata da tempo, e vi erano stati ammassati oggetti ormai in disuso. C'era un'altra stanza in fondo. Quei rumori indefinibili, suoni o voci, provenivano da lì.

Nascosta di lato in fondo alle scale, Isako vide Nobuhiro salire fino in cima. L'uomo era entrato nel ripostiglio. La stanza aveva un aspetto leggermente diverso rispetto a tre mesi prima. All'ingresso una vecchia cassettiera e una credenza erano state avvicinate, il che aveva reso più stretto il passaggio. Il resto della stanza era occupato da cianfrusaglie. Per raggiungere la stanza in fondo, bisognava passarci in mezzo. La credenza era stipata di vecchie stoviglie in ceramica, troppo pesante per essere spostata. Per arrivare alla stanza in fondo bisognava percorrere lo stretto passaggio di traverso, quasi sfiorando la cassettiera e la credenza. Il busto sottile di Nobuhiro ci passava senza problemi, ma doveva muoversi lentamente. Superata quella parte, lo spazio si allargava.

In fondo alle scale, Isako contava i minuti. A quel punto Nobuhiro doveva essersi infilato fra i mobili. Respirava a fatica, catturato dai suoni e dalle voci provenienti dalla stanza. Il nastro sarebbe finito presto. Isako batté rumorosamente i piedi.

« Papi! » gridò. « Papi, papi! Dove sei? » chiamò a gran voce.

Improvvisamente sentì un rumore sopra di sé. Nessuna risposta, solo un tonfo, come se qualcosa fosse stato spostato.

Isako seppe così che il suo pesce era caduto nella rete. Aveva superato lo stretto passaggio, ma ora sarebbe stato difficile tornare indietro. Era buio, e a differenza di pochi istanti prima era turbato. Aveva così tanta fretta di tornare di sotto che non riusciva a passare. Era evidente che Nobuhiro stesse cercando di mantenere i nervi saldi.

« Papi, papi! Vuoi dirmi dove sei? » chiamò più volte battendo i piedi nel corridoio.

Sentì un forte rumore al piano di sopra. Non era il rumore di un oggetto, ma di un corpo che cadeva.

Isako rimase immobile per un paio di minuti. Non si sentiva più niente. Prese una torcia dalla sua stanza.

Quando salì al primo piano, Nobuhiro era sdraiato sul pavimento di fronte alla cassettiera e alla credenza. Non era riuscito a superare la strettoia. La credenza, su un lato, era spostata di circa due dita. Mentre cercava di allargare lo stretto passaggio spingendo il pesante mobile con tutte le sue forze, Nobuhiro aveva avuto un attacco di cuore.

XV

Dichiarazione resa da Miyahara Motoko

«Fino a tre anni fa lavoravo per una società di stenografia, ma in seguito mi sono messa in proprio. Non ho un ufficio, uso la mia casa come sede di lavoro, e ricevo lì le telefonate. Vado a lavorare dai miei clienti. Tre o quattro clienti, aziende e case editrici, sono rimasti con me quando ho lasciato la società, ma essendo una donna sola non pretendo molto, e cerco di lavorare senza sovraccaricarmi.

«È stato circa un anno fa che, tramite un cliente abituale, conobbi il signor Sawada Nobuhiro, e ricevetti l'incarico di scrivere per lui sotto dettatura. In passato ho lavorato per dei privati, ma adesso non lo faccio più. Però mi dissero che non era un incarico urgente e che la mia presenza era richiesta solo un paio di volte alla settimana, così accettai il lavoro. Si trattava di stenografare la sua autobiografia. Il signor Sawada mi disse che l'avrebbe fatta pubblicare a proprie spese, perché era la sua prima esperienza e non si trovava a suo agio con la dettatura. Pensai che fosse lo sfizio di un dirigente d'azienda. Quando in seguito decise di lasciare la S. Optics, iniziai a fargli visita nella sua casa di Shibuya.

« Fui sul punto di rinunciare all'incarico, perché altre volte mi ero trovata a disagio lavorando a casa dei clienti; però il signor Sawada era una persona molto gentile, quindi alla fine accettai. Poco tempo dopo fu ricoverato all'ospedale Shudai di Hongō a causa di un infarto del miocardio. In quel periodo andai a trovarlo in ospedale, ma stava male e non abbiamo potuto lavorare molto.

« Mi dispiaceva per lui, e continuai a fargli visita. Non mi piace andare a lavorare nelle case private, perché in questo modo le vite altrui si rivelano dall'interno. Quando uno stenografo partecipa a una tavola rotonda, per esempio, cerca di mantenere un profilo basso, di non proferire parola e di rimanere nell'ombra, mentre se va in una casa privata è più difficile comportarsi in modo professionale. Diventa una specie di ospite in visita alla famiglia. Si ritrova in una posizione scomoda e, come dicevo, partecipa all'atmosfera di casa, coglie frammenti di faccende private sebbene sia lì solo per lavorare. Io cerco di essere il più possibile concentrata sul mio lavoro, ma spesso quando sono in casa d'altri mi distraggo. E questo soprattutto a causa delle mogli. Dipende da loro se riesco a concentrarmi o meno sulla stenografia. In base alla mia esperienza, posso dire di aver incontrato raramente delle mogli che mi hanno facilitato il lavoro. In ogni caso, lavorare in una casa privata richiede una maggiore attenzione.

« La signora Sawada era una donna strana. Perdonatemi se la mia descrizione vi sembrerà poco razionale: dava l'impressione di una specie di roccia magmatica composta dai desideri carnali e materiali tipici di una donna di trent'anni più giovane del marito. Una volta, durante una tavola rotonda a cui ho partecipato per lavoro, qualcuno disse che una donna con la carnagione chiara, la pelle sottile e liscia e le forme prorompenti non è tipo da occuparsi di un uomo solo, e la signora Sawada sembrava confermarlo. È stato sempre durante una tavola rotonda con degli studiosi che ho imparato cos'è una roccia magmatica: si tratta di una massa di lava proveniente da un'eruzione vulcanica, la cui forza di resistenza all'erosione varia da una parte all'altra, dando origine a forme strane come quelle che si vedono sul Monte Myōgi. Alle orecchie di una stenografa arrivano molte cose.

«Credo che il carattere della moglie del signor Sawada all'inizio fosse diverso, ma composto da più parti: il lato moralmente debole e incapace di controllarsi era sottoposto a una sorta di erosione, che la trasformava in una persona bizzarra. Non è mai stata un tipo semplice. Penso che in questa sua complessità fatta di diverse parti, con diversi gradi di resistenza, si sia originato un difetto senza che lei se ne accorgesse. Un po' come accade in un criminale.

«Mentre era in ospedale, il signor Sawada faceva affidamento su di me. Ero l'unica che poteva aiutarlo, perché sapeva che ero al corrente del piano criminale della moglie, dei suoi tentativi di accelerarne la morte portandolo alla fame. In altre parole, il signor Sawada si era reso conto molto prima di me di ciò che sua moglie stava architettando. In ospedale gli avevano prescritto il regime alimentare che generalmente si raccomanda ai pazienti affetti da infarto miocardico, ma lei lo costringeva a mangiare ancora meno, con il pretesto di doversi attenere scrupolosamente alle prescrizioni mediche, impedendogli di assumere qualsiasi cibo nutriente e ripetendo che i grassi fanno male al cuore.

«Il signor Sawada era un uomo che non si permetteva mai di replicare alla moglie. Se provava a discutere con lei, poi ne subiva i rimproveri. Lei gli rivolgeva parole dure, e questo lo induceva a tacere. La pazienza era un'abitudine che aveva acquisito non molto tempo dopo averla sposata. Poi la pazienza si è trasformata in arrendevolezza, e lo ha spinto a ritrarsi nel suo guscio per il tempo che gli restava. Ho visto spesso il signor Sawada ricambiare con un sorriso amaro e silenzioso gli aspri rimproveri della moglie: una reazione debole, in cui leggevo il tentativo, comune a tanti mariti, di non urtare i sentimenti della moglie, di limitare i fastidi e preservare la pace. Ma credo che, in fondo, lei gli ispirasse una sorta di pietà.

«Era molto contrariata dal fatto che le due figlie andassero a fargli visita in ospedale. Le guardava con sospetto, come fossero due ladre. Nemmeno io mi sentivo la benvenuta, anche se lei mi tollerava perché servivo ad alleviare la solitudine del marito. Forse reputava innocua la mia presenza accanto a lui. Ma non abbassava mai del tutto la guardia. Spesso si recava in infermeria per chiacchierare e scherzare con i dottori più giovani, ma quando c'ero io ogni cinque minuti tornava nella stanza per controllarmi.

«Ho capito fin da subito che la signora aveva una relazione con l'avvocato, il signor Saeki. L'ho percepito chiaramente quando li ho visti parlare in fondo al corridoio del reparto. Pare che anche il signor Sawada ne fosse al corrente. Un giorno, mentre la signora era come di consueto in infermeria, mi chiese con un sorriso tranquillo se avessi notato che il colore del suo rossetto era diverso dal solito. Solo in seguito ho capito cosa intendesse dire. Non aveva cambiato rossetto, e non aveva alcun rossetto nella sua trousse quando era uscita di casa. Una donna mette il rossetto quando esce di casa, se non ce l'ha significa che si è lavata da qualche parte. Il fatto che ne portasse uno diverso indicava che si era lavata chissà dove, e per rimediare alla dimenticanza del rossetto aveva preso in prestito quello di una cameriera.

«In un'altra occasione, la signora è arrivata nella stanza con la suola della ciabatta sporca di terra. Forse non ci aveva fatto caso, non se ne era accorta, fatto sta che davanti al reparto c'è un giardino. Un giardino con parecchi alberi e cespugli, e lei era stata lì in ciabatte. Cosa ci faceva? Il signor Saeki veniva spesso in visita all'ospedale da suo fratello; anche se non l'avevo colta sul fatto, ho immaginato quello che poteva essere successo. Ho molte altre cose da dire, ma prima vorrei spiegare in quali circostanze io abbia avuto in custodia il testamento del signor Sawada.

«È successo due giorni prima che venisse dimesso. Mentre la signora era in visita all'infermeria, il signor Sawada mi chiese di tornare l'indomani alle nove: voleva chiedermi un favore. La signora alloggiava in un albergo vicino che accoglie i familiari dei pazienti, ma di solito non lo raggiungeva mai prima delle undici, a volte arrivava verso l'una o le due del pomeriggio. Diceva di dover passare da casa per tenere tutto in ordine, ma non so se fosse vero. Non credo che avesse così tante faccende da sbrigare ogni giorno, probabilmente si faceva gli affari suoi in albergo e dormiva fino a tardi. Così, quando il signore mi ha chiesto di andare da lui intorno alle nove del mattino, ho intuito che volesse chiedermi di fare qualcosa all'insaputa della moglie. Come pensavo, quella mattina lei non c'era. Fu allora che il signor Sawada mi consegnò il testamento.

«Mi disse che precedentemente aveva redatto un altro testamento alla presenza dell'avvocato Saeki, in cui c'era scritto che sua moglie sarebbe stata l'erede di tutto il suo patrimonio, che la signora Toyoko apparteneva ormai a un'altra famiglia e che sua sorella, la signorina Taeko, era in grado di mantenersi con la pittura, mentre sua moglie, la signora Isako, non aveva entrate economiche; quindi avrebbe lasciato tutto a lei. Mi disse che però aveva cambiato idea, e aveva scritto un nuovo testamento, con una nuova data: mi chiese di conservarlo per lui senza farne parola con sua moglie. Dopo la sua morte avrei dovuto contattare le figlie e consegnarlo a loro. Così non dissi nulla. Un mio conoscente avvocato mi ha detto che un testamento è valido se è scritto di proprio pugno, è datato e firmato; e che fa fede la data più recente, che annulla ogni precedente.

«So che il signor Sawada è salito da solo, a tarda notte, al primo piano di casa sua, lì ha avuto un infarto ed è morto. Quelle stanze sono inutilizzate da anni, non so perché ci sia andato. Non mi ha mai parlato di faccende da sbrigare al piano di sopra. L'autopsia ha confermato il decesso per infarto del miocardio, quindi non c'era motivo di dubitare della signora. Però per me c'è qualcosa che non torna in questa storia. Non posso fare a meno di pensare che dietro a tutto questo ci fosse un piano.

«Se lo dico è perché so per certo che la signora desiderava la morte del marito. Vi ho già detto che con la scusa della "dieta" lo affamava, nel tentativo forse di indebolire il suo cuore. Ma quella strategia procedeva a rilento, e credo che la signora si stesse spazientendo. In ospedale, nel corridoio la sentii dire al telefono che il signor Sawada non si sarebbe ripreso, e poi aggiungere a voce alta: "Il mio papi sta morendo, vedrai che morirà presto". La sua voce era risuonata per tutto il reparto. Credo che stesse cercando di mettere a dura prova i nervi del signor Sawada. Le donne come lei non si fanno scrupoli. Penso anche che avesse messo gli occhi su un giovane medico, e questo spiega l'andirivieni dall'infermeria. Aveva già il signor Saeki, ma non mi sembra il tipo che si accontenta di occuparsi di un uomo solo.

«Credo che la signora Sawada avesse cominciato a spazientirsi quando ha scoperto che la locanda di Atami che aveva comprato richiedeva molto denaro, denaro che aveva preso in prestito dalla banca grazie a un'intesa per un'ipoteca sul terreno e sulla casa di Shibuya. Anche per questa manovra bancaria credo facesse da tramite il signor Saeki: era un cofinanziatore del progetto, no? La ristrutturazione della locanda costava più del previsto. Inoltre l'affare non dava i risultati sperati, e l'attività continuava a inghiottire denaro. Servivano sempre più soldi. Credo che anche l'avvocato Saeki si sia trovato nella stessa situazione.

«Forse anche la banca si faceva qualche remora a concederle un prestito sulla base del testamento. Dopotutto si trattava di un prestito sulla fiducia. Le avevano chiesto di mettere un'ipoteca solvibile, ma lei non possedeva altri beni. Poi, ben lungi dal riuscire a ripagare il debito, si è impantanata con quella locanda e ha dovuto chiedere altri soldi alla banca. A questo punto per la signora l'unica soluzione sarebbe stata disfarsi del terreno e della casa di Shibuya, ma non poteva farlo finché il signor Sawada fosse stato in vita. Lei non gli aveva detto di aver comprato la locanda né di avere un debito con la banca. E non poteva dirglielo, perché c'era di mezzo anche la relazione con l'avvocato. Anche se avesse assunto il suo solito atteggiamento prepotente, o se si fosse messa a fare la gattamorta e a supplicarlo, lui non avrebbe mai acconsentito. Se avessero venduto il terreno di Shibuya, il signor Sawada si sarebbe dovuto trasferire altrove, e il denaro ricavato dalla vendita del terreno sarebbe servito solo a ripagare i debiti con la banca e coprire il buco creato dalla locanda di Atami, lasciando loro ben poco. La signora Sawada sapeva che il marito non avrebbe mai accettato, e credo che fosse sempre più impaziente di vederlo morto per poter realizzare le sue ultime volontà. Quando ho saputo del suo improvviso decesso, ho subito pensato che si trattasse di un crimine, ma poi ho sentito con sorpresa che non c'era nessun indizio in tal senso, se non un tempismo fin troppo perfetto.

«Tornando al testamento, l'ho consegnato alle figlie del signor Sawada subito dopo la sua morte. Loro si sono recate in tribunale con un avvocato. Hanno chiamato la signora e l'avvocato Saeki; in quanto custode del testamento, ero presente anch'io al momento dell'apertura. Il nuovo testamento dice chiaramente che si tratta di una riscrittura del precedente, e che l'eredità va quasi tutta alle due figlie. La quota della moglie ammonta a circa tre milioni di yen in depositi bancari, e forse anche un paio di milioni di yen in titoli, se non mi sbaglio. Naturalmente è questo il testamento valido, perché è il più recente.

«La signora si è fatta livida in volto. Ha iniziato a tremare senza riuscire a pronunciare una sola parola. Non avevo mai visto quella donna così sconvolta, è sempre stata di forte temperamento. Quando finalmente la sua lingua raggelata si è sciolta, dalla sua bocca è sgorgato ogni genere di insulti e suppliche. Urlava come una pazza. Gli insulti erano rivolti al marito defunto, e le suppliche al tribunale e agli avvocati. Quando ha capito che non avrebbero sortito alcun effetto, ha preso a maledire ancora più violentemente il marito. Era furente. Alla fine si è scagliata contro il signor Saeki, il quale ha tentato di calmarla dicendo che avrebbe potuto recuperare una ventina di milioni di yen, perché le spettava un interesse residuo in quanto coniuge, ma siccome lei era sempre più sconvolta, l'avvocato si limitava a mordersi il labbro guardando fisso davanti a sé.

« Non ho avuto neanche per un attimo la sensazione che il signor Sawada avesse voluto, da morto, vendicarsi o rivalersi sulla moglie. Mi tornava in mente il suo sottile sorriso amaro, quello con cui era solito rispondere alle sue angherie.

« C'è però un'altra cosa che trovo strana. La persona che mi presentò il signor Sawada era il vicepresidente di un'azienda per la quale ho lavorato, un'azienda alimentare: si chiama signor Shiotsuki. Pare che fosse il nipote di un influente uomo politico, ora deceduto; un giorno che ero lì da loro mi propose di lavorare per il signor Sawada. Il vicepresidente era una persona importante, con cui non avevo rapporti diretti, ma dietro suggerimento del direttore generale, che invece conoscevo piuttosto bene, accettai. Il signor Shiotsuki lasciò l'azienda alimentare poco tempo dopo. Pare che non potesse più rimanere in azienda dopo la morte di suo zio.

« Quando mi propose il lavoro, il signor Shiotsuki disse che né il signor Sawada né sua moglie dovevano sapere che era stato lui il tramite; disse che aveva incontrato un dirigente della S. Optics e questi gli aveva chiesto se lui per caso conoscesse qualche bravo stenografo, perché il signor Sawada ne stava cercando uno, e il signor Shiotsuki aveva pensato a me. La nostra conversazione però doveva rimanere riservata: ufficialmente un dirigente mi avrebbe raccomandato a un suo pari della S.

Optics, che a sua volta mi avrebbe presentato al signor Sawada. Acconsentii, pensando che tutte quelle complicazioni fossero dovute a questioni di rapporti fra le società. Non ho mai rivelato al signor Sawada o a sua moglie che ero arrivata a loro attraverso il signor Shiotsuki. Li ho tenuti all'oscuro fino alla fine.

«Il signor Shiotsuki, dopo aver abbandonato la carica di vicepresidente, sembrava finito in cattive acque. Ricordo che mi inviò una lettera per annunciarmi di aver aperto un piccolo ristorante da qualche parte, ma se scriveva a una come me evidentemente gli affari non andavano così bene, e io non andai a fargli visita. Un dipendente dell'azienda alimentare mi ha poi rivelato che il signor Shiotsuki aveva fatto carriera grazie all'influenza di suo zio, e che la posizione di vicepresidente era stata creata apposta per lui, e non prevedeva delle mansioni effettive. Una volta morto l'onorevole, il signor Shiotsuki è stato immediatamente licenziato. Mi dispiace per lui.

«E poi a un certo punto eccolo trasferito ad Atami. Il mio conoscente mi ha raccontato che laggiù dirigeva un albergo. Dopo aver fallito con la sua attività di ristorazione, per la quale non era tagliato, si era messo a vendere enciclopedie porta a porta o qualcosa del genere, ma il proprietario di un albergo di Atami, che in passato era stata aiutato da suo zio, volle ricambiare il vecchio favore e gli offrì un lavoro. Com'è piccolo il mondo, no?

«La signora Sawada ha acquistato, insieme al signor Saeki, una locanda ad Atami o a Kinomiya – ah, si chiama Locanda Kurenai? Non lo sapevo –, l'ha acquistata quando il signor Shiotsuki già lavorava per quell'albergo. La faccenda mi ha incuriosito e ho raccolto qualche informazione: è successo circa due mesi dopo l'arrivo ad Atami del signor Shiotsuki. Data la somiglianza fra le due attività, proprio nello stesso luogo, non potrebbe darsi che il signor Shiotsuki, pur sapendo che la Locanda Kurenai non era un buon affare, abbia convinto il proprietario a fare una proposta allettante al signor Saeki o alla signora Sawada? Lavoro forse troppo d'immaginazione? Il proprietario dell'Hotel A., che voleva vendere la Locanda Kurenai, e il signor Shiotsuki erano in ottimi rapporti.

«Credo che il signor Shiotsuki un tempo frequentasse la signora Sawada. E anche che fosse a conoscenza della sua relazione con l'avvocato Saeki. Data la sua situazione critica, il signor Shiotsuki aveva le mani legate. Se in passato ha avuto una relazione con la signora Isako, come non posso fare a meno di supporre, doveva conoscere bene il suo carattere. Un uomo caduto in disgrazia non può lamentarsi se una donna lo abbandona. Il suo orgoglio non glielo avrebbe permesso, e comunque, anche se si fosse lamentato, a lei non avrebbe fatto né caldo né freddo.

«Ecco perché sono persuasa che il signor Shiotsuki abbia manipolato il proprietario dell'hotel affinché proponesse la vendita della Locanda Kurenai al signor Saeki e alla signora Isako. Sono entrambi dei dilettanti in questo campo, e avrebbero abboccato all'amo. Da tempo la signora Isako diceva di voler aprire un ristorantino di cucina tradizionale vegetariana. Me ne ha parlato il signor Sawada in via confidenziale quando era ricoverato in ospedale. La signora potrebbe aver deciso di cogliere al volo l'opportunità di Atami, senza aspettare la morte del marito.

«Se le cose stanno così, si potrebbe forse supporre che il signor Shiotsuki abbia approfittato dell'avidità della signora Isako per tenderle una trappola. E così il signor Shiotsuki si sarebbe vendicato della donna.

«Dite che a vendicarsi è stato un giovane di nome Ishii Kanji? Non conosco nessun signor Ishii.

«Volete sapere se questo signor Ishii ha commesso il delitto scoprendo di essere stato ingannato dall'avvocato Saeki? Questo io non lo posso sapere; io so solo che quando penso alla signora Isako rivedo i tratti stenografati a quella tavola rotonda: una donna con la carnagione chiara, la pelle sottile e liscia e le forme prorompenti non è tipo da occuparsi di un uomo solo.

«Questo è tutto ciò che posso dirvi sul mio rapporto con i signori Sawada».

Dichiarazione resa da Ishii Kanji

«Dopo tre giorni di ricerche tra la locanda e l'hotel di Atami, non ero ancora riuscito a rintracciare Isako e l'avvocato Saeki. Non li ho trovati nemmeno nell'hotel di Hongō, dove si incontravano di tanto in tanto. Non sapendo che fare, sono andato di nuovo a casa di Isako a Shibuya. C'ero già stato due volte, senza trovare nessuno. I giorni passavano, e siccome le cose che ci stanno sotto gli occhi sono spesso quelle che ci sfuggono, ci sono tornato di notte. Mi sono accorto che una luce elettrica filtrava dalle persiane. Sono andato sul retro, sono salito sul tetto del primo piano, ho aperto le imposte e sono entrato in casa senza suonare il campanello. Sapevo che al piano inferiore non si sarebbe sentito nulla, ho fatto come ho imparato dai ladri, in prigione. Al piano superiore c'è una stanza di circa sei *tatami*, e un'altra simile a un ripostiglio. Erano un po' squallide, ma nell'armadio ho visto una pila di *futon* e ho capito che dormivano lì. Era una sistemazione perfetta per nascondersi dai creditori.

«Credo di essere stato ingannato dal signor Saeki. Non è vero che mi ha salvato da un'incriminazione per omicidio: in realtà mi ha usato per la sua carriera di avvocato. Ha scritto vari articoli sul mio caso, e grazie a questa storia si è fatto un nome. Mi ha accolto nel suo ufficio dopo che sono stato assolto e rilasciato, ma ha sfruttato la mia riconoscenza per affidarmi le mansioni più umili, con una paga misera. Mi ripeteva che ero sotto la sua supervisione, mi faceva ramanzine mattina e sera e in particolare mi impediva di avvicinarmi a Isako. Ero pentito del mio comportamento, ed ero deciso a non rivederla mai più, ma l'atteggiamento dell'avvocato mi faceva sentire a disagio.

«Ho scoperto la verità solo dopo la morte del signor

Sawada, il marito di Isako. Non avevo intenzione di uccidere né l'avvocato Saeki né Isako, ma ero così arrabbiato per l'inganno subìto da non riuscire a lasciar perdere. Sono andato a cercarli per dirgli tutto ciò che pensavo di loro. Se avevo con me un coltello a serramanico è perché volevo spaventarli, ma non avevo intenzione di usarlo.

« Ho pensato che prima o poi si sarebbero ritirati nella stanza a dormire, così ho deciso di aspettarli lì, senza scendere al piano di sotto. Se li avessi sorpresi, non sarebbero potuti fuggire. Mentre aspettavo, ho notato un registratore in un angolo dell'alcova, con dentro una cassetta. Credevo che contenesse della musica, ma non potevo fare rumore; così sono rimasto lì, fermo, ad annoiarmi.

« Un'ora dopo, Isako e l'avvocato Saeki salivano le scale. Quando hanno aperto la porta scorrevole e sono entrati nella stanza, sono rimasti così sorpresi nel trovarmi lì, seduto a terra nell'alcova, che sono rimasti impietriti.

« L'avvocato, credendo forse di rabbonirmi, con fare disinvolto si è seduto insieme a Isako e si è messo a farmi uno dei suoi sermoni. Non capivo se volesse ammonirmi o scusarsi. Ma era chiaro che si stava impegnando al massimo per convincermi.

« Io non ho detto una parola, sono rimasto ad ascoltare fino alla fine le sue scuse, anzi la sua arringa, che sosteneva come fra loro non ci fosse niente di illecito, e intanto continuavo a sogghignare. Siccome volevo dimostrargli che delle loro chiacchiere non mi importava niente, ho premuto il tasto del registratore accanto a me: preferivo ascoltare musica piuttosto che le loro patetiche scuse.

« In quel momento, Isako è balzata in piedi ed è corsa via. Anche l'avvocato Saeki ha cercato di seguirla, in preda all'agitazione. È stato in quel momento, quando li ho visti di spalle che fuggivano, che ho cambiato idea. ... Sono state le voci nel registratore a uccidere l'avvocato Saeki e a ferire Isako. È stata quella cassetta a farmelo fare... ».

GLOSSARIO

futon letto tradizionale composto da un sottile materasso che poggia direttamente sul pavimento e una trapunta. Al mattino viene ripiegato e riposto in un armadio, lasciando libera la stanza.

geta sandali costituiti da una base e due supporti trasversali in legno, con infradito in tessuto.

hanten indumento imbottito, simile a una giacca, che si indossa in inverno sopra al kimono.

jōruri forma d'arte narrativa tradizionale, che combina il racconto con l'accompagnamento musicale, in genere utilizzando lo *shamisen*, uno strumento a tre corde; si sviluppò nel XVII secolo e divenne popolare durante il periodo Edo. Il *jōruri* è spesso associato al teatro dei burattini, in particolare al *bunraku*, dove i burattinai muovono grandi bambole mentre gli interpreti del *jōruri* raccontano e cantano. Le narrazioni tipiche di questa forma d'arte spesso riguardano eventi storici, leggende o racconti morali, e la musica e lo stile della narrazione sono altamente stilizzati e drammatici.

kabuki forma di teatro tradizionale nota per i suoi costumi elaborati, il trucco stilizzato e i movimenti enfatici. Ha avuto origine all'inizio del XVII secolo e da allora si è evoluta in una delle principali arti teatrali del Giappone. Le rappresentazioni coinvolgono attori altamente qualificati, specializzati in ruoli e personaggi specifici.

katakana uno dei due sistemi di scrittura sillabici della lingua giapponese (l'altro è lo *hiragana*). Si usa principalmente per trascrivere i termini di origine straniera, ma anche per aggiungere enfasi al testo o in altri casi particolari.

kotatsu sistema di riscaldamento costituito da un tavolo ricoperto da una trapunta, sotto il quale è posto un braciere.

mahjong gioco da tavolo per quattro giocatori le cui origini si fanno risalire alla Cina della seconda metà dell'Ottocento. Scopo del gioco è creare il maggior numero di combinazioni possibili con le tessere distribuite a ciascun giocatore.

miso composto ottenuto dalla fermentazione di soia, sale e lievito. È alla base di numerosi piatti della cucina tradizionale, tra cui il brodo (*misoshiru*), che accompagna spesso pasti giapponesi.

onigiri riso compresso in forma di triangolo o sfera, spesso con un ripieno di pesce, alghe, *umeboshi* (prugne salate) o altro. Viene avvolto in fogli di alga *nori* e consumato come cibo di strada o come spuntino veloce.

pachinko forma di gioco d'azzardo e di intrattenimento popolare, simile a un flipper. I giocatori acquistano piccole sfere d'acciaio e le inseriscono nella macchina, con l'obiettivo di farle arrivare in determinate tasche o fessure per vincere altre sfere. Le palline possono poi essere scambiate con premi o gettoni, che a loro volta possono essere scambiati con denaro contante.

ri antica unità di misura che storicamente si riferiva alla distanza che una persona poteva percorrere in un'ora, pari a circa 4 chilometri; fu standardizzato a 3,927 chilometri durante il periodo Meiji, quando il Giappone adottò il sistema metrico decimale. Oggi il suo utilizzo è limitato a contesti tradizionali e storici.

tatami stuoie di paglia dalle dimensioni standard di circa 90×180 cm che ricoprono i pavimenti delle stanze tradizionali. Costituisce anche l'unità di misura per le stanze.

tempura piatto composto di vari ingredienti, generalmente pesce, verdure e alghe, passati in una pastella a base di farina e fritti. Si consuma con un intingolo denominato *tempura-tsuyu*, e preparato con salsa di soia, aceto di riso e altri aromi.

tsubo unità di misura equivalente a 3,3 mq.

udon pasta lunga di farina di frumento di formato piuttosto spesso. Gli *udon* si consumano caldi, in brodo, oppure freddi, intingendoli in una zuppa servita a parte.

wakame alga dal sapore particolarmente delicato, utilizzata nella cucina giapponese sia fresca che essiccata.

yukata kimono in cotone. Si indossa soprattutto durante le feste stagionali estive e si trova anche negli alberghi in stile tradizionale e negli stabilimenti termali.

FABULA

ULTIMI VOLUMI PUBBLICATI:

370. Peter Cameron, *Anno bisestile*
371. Fabio Bacà, *Nova*
372. Ian Fleming, *La spia che mi ha amata*
373. Shirley Jackson, *La meridiana*
374. Barbara O'Brien, *Operatori e Cose*
375. Inès Cagnati, *Génie la matta*
376. Yasmina Reza, *Serge*
377. Friedrich Dürrenmatt, *Il sospetto*
378. Nancy Mitford, *Rincorrendo l'amore*
379. Lawrence Osborne, *Il regno di vetro*
380. François Boyer, *Giochi proibiti*
381. Clarice Lispector, *Il lampadario*
382. Thomas Bernhard, *La fornace*
383. Raymond Chandler, *Il lungo addio*
384. Ian Fleming, *Solo per i tuoi occhi*
385. Matsumoto Seichō, *Il dubbio*
386. Shirley Jackson, *Un giorno come un altro*
387. William S. Burroughs, *Junky*
388. Christopher Isherwood, *Il mondo di sera*
389. Inès Cagnati, *Giorno di vacanza*
390. Peter Cameron, *Che cosa fa la gente tutto il giorno?*
391. Jean Stafford, *Il puma*
392. Boileau-Narcejac, *I volti dell'ombra*
393. Michael Bible, *L'ultima cosa bella sulla faccia della terra*
394. Ian Fleming, *Al servizio segreto di Sua Maestà*
395. Benjamín Labatut, *Maniac*
396. Lawrence Osborne, *Java Road*
397. Han Kang, *L'ora di greco*
398. Thomas Bernhard, *Gelo*
399. Raymond Chandler, *Finestra sul vuoto*
400. Katja Petrowskaja, *La foto mi guardava*
401. Chetna Maroo, *T*
402. Clarice Lispector, *La città assediata*
403. William Sloane, *Attraverso la notte*

STAMPATO DA L.E.G.O. S.P.A. STABILIMENTO DI LAVIS
NEL GIUGNO 2024